REDRUM

Ardennen
1. Auflage
(Deutsche Erstausgabe)

REDRUM BOOKS, Berlin
Verleger: Michael Merhi
Lektorat: Stefanie Maucher
Korrektorat: Nicole Schumann/ Silvia Vogt
Umschlaggestaltung und Konzeption:
MIMO GRAPHICS unter Verwendung einer
Illustration von Shutterstock

ISBN: 978-3-95957-702-1

E-Mail: merhi@gmx.net
www.redrum.de

YouTube: Michael Merhi Books
Facebook-Seite: REDRUM BOOKS
Facebook-Gruppe:
REDRUM BOOKS - Nichts für Pussys!

André Wegmann

Ardennen

Zum Buch:

Privatermittler Christian Harms wird von seiner Nichte gebeten, einen verschwundenen Freund aufzuspüren. Die Suche nach dem jungen Mann führt Harms in die belgischen Ardennen, eine mystisch anmutende Naturlandschaft mit ausgedehnten Wäldern, schrulligen Einheimischen und abgelegenen Höfen, die tiefe menschliche Abgründe bergen. Bald verschwinden weitere Menschen und die Zeit tickt, denn ihnen allen droht ein schreckliches Schicksal. Doch das ist noch nicht das Schlimmste, denn in den Nächten streift jemand oder etwas mit einem unersättlichen Appetit nach Fleisch und Blut durch die urtümlichen Wälder …

Ein erbarmungsloser Harms-Thriller mit Horror- und Mystik-Elementen

Zum Autor:

André Wegmann wurde 1978 in der norddeutschen Kleinstadt Friesoythe geboren, wo er auch heute wieder lebt. Seit 2011 arbeitet er als freiberuflicher Texter und Autor. Er hat bereits mehrere Novellen, Horrorromane und Thriller veröffentlicht. Als Ausgleich zum Schreiben treibt er häufig Sport und genießt gern die Schönheit der freien Natur.

André Wegmann

Ardennen

Horror

Prolog

Die Ardennen, ein riesiges Waldgebirge im Grenzgebiet zwischen Frankreich, Belgien und Luxemburg, beherbergen urtümliche Plätze, an denen die tiefe Stille nur von gelegentlichen Naturgeräuschen unterbrochen wird. Die nicht enden wollende Hügellandschaft, die auf deutschem Terrain nahtlos in die Eifel übergeht, wird geprägt von dichten Laub- und Nadelwäldern, die dieses Gebiet seit Ewigkeiten bedecken und die allen Äxten und Sägen bis heute erfolgreich trotzen konnten. Schon Julius Cäsar zeigte sich einst von den urwüchsigen Baumreihen beeindruckt, die sich über Grate ziehen und in von rauschenden Flüssen durchflossene Täler erstrecken. Hier und da liegen einsame Bauerndörfer mit grauen Häusern wie kleine Inseln inmitten des grünen Ozeans. Aus ihren Schornsteinen strömt Rauch, der sich mit dem allabendlichen Nebel zu einer wabernden weißen Masse vermischt, welche die düstere Umgebung wie ein Leichentuch einhüllt.

In einem der weitläufigen Wälder, westlich der zur belgischen Region Wallonien gehörenden Ortschaft Recht, prescht eine Frau durch das Unterholz. Der Vollmond lugt zwischen schweren dunklen Wolken hervor und wirft silberne Lichtstrahlen durch die Baumwipfel. Das Herz der Frau trommelt in einem wilden Rhythmus, ihr Atem geht stoßweise und kondensiert zu feinen Wolken. Panisch wirft sie einen Blick über die Schulter, bevor sie durch ein Gewirr von Zweigen und Büschen pflügt, welches die Lücken zwischen zwei Baumstämmen versperrt. Dornen ritzen in die Haut ihrer nackten Arme und Astspitzen stechen in ihr Gesicht. Sie stört sich weder daran noch an der nächtlichen Kälte. Trotz ihrer spärlichen Kleidung – eine abgewetzte Trekkinghose und ein dünnes T-Shirt – glänzt Schweiß auf ihrer Haut. Ihr ganzes Bewusstsein ist vom Fluchttrieb erfüllt und sie setzt alles daran, den Abstand zwischen sich und dem zu vergrößern, was hinter ihr her ist.

Laub raschelt unter ihren Füßen, als sie weiter durch das düstere Labyrinth aus Bäumen und Sträuchern rennt und Äste beiseite fegt, die sie wie knöcherne Hände am Vorankommen hindern wollen. Hinter ihr zerfetzt ein röhrendes, lang gezogenes Knurren die Stille. Ihre Eingeweide ziehen sich vor Angst zusammen. Sie stolpert über eine Wurzel und fällt auf feuchtes Laub. Sofort rappelt sie sich wieder auf, blickt mit schreckgeweiteten Augen hinter sich. Sie sieht nichts, aber das laute Knacken von Ästen und ein Rascheln verraten, dass sie fast eingeholt worden ist. Ächzend mobilisiert sie ihre letzten Energiereserven und rennt weiter.

Die Baumreihen vor ihr lichten sich und sie erreicht eine Fläche mit hüfthohen Gräsern und Sträuchern, über die dünner weißgrauer Nebel wogt. Der Vollmond kommt hinter einer Wolke zum Vorschein und hüllt die Kulisse in milchig trübes Licht. Die Frau hat die Lichtung bereits zur Hälfte überquert, als hinter ihr ein markerschütterndes, kehliges Heulen ertönt.

Sie stößt ein ersticktes Wimmern hervor und zwingt sich, den Blick weiter nach vorn zu richten, doch ihre Instinkte übernehmen das Kommando und ihr Kopf ruckt herum.

Ein schwarzer Schatten schießt zwischen den Bäumen hervor. Die Frau sieht ihn nur einen Sekundenbruchteil, dann tritt ihr Fuß gegen etwas Hartes und sie stolpert erneut. Pures Entsetzen erfüllt sie. Noch bevor sie auf dem Boden aufprallt, weiß sie, dass ihr Ende besiegelt ist. Der Schmerz, der beim Aufschlag durch ihre Arme und die Hüfte fährt, ist nur ein Vorbote von dem, was sie kurz darauf empfindet. Brennende Qualen peinigen sie, als, von animalischem Fauchen untermalt, rasiermesserscharfe Zähne ihre Haut zerreißen und ihre Knochen zermalmen.

Kapitel 1

Jan Hofmann schlotterten die Knie, als er die gerade wenig frequentierte Straße überquerte und auf das flache Gebäude zuging, an dessen Fassade das weltberühmte goldgelbe M leuchtete. Eine Straßenlaterne ergoss ihr mattes Licht auf die Einfahrt, über die er sich dem Fast-Food-Restaurant näherte. Schon aus einiger Entfernung sah er sie vor der Tür stehen: Die Größe und füllige Figur passten. Jans Mund fühlte sich staubtrocken an und das aufgeregte Kribbeln in seinem Inneren wurde stärker, während er die letzten Meter zu ihr zurücklegte. Die widerspenstigen Locken, die unter der Kapuze hervorlugten, die sie sich aufgesetzt hatte, ließen endgültig keinen Zweifel mehr zu, dass sie es war.

»Hi«, stieß er unbeholfen hervor.

Sie wandte sich ihm zu und lächelte. »Hallo, Jan. Schön, dich zu sehen.« Zaghaft umarmten sie sich und blickten sich für ein paar peinliche Sekunden stumm in dem diffusen Licht an, das aus dem Inneren nach draußen fiel. »Endlich stehst du real vor mir«, sagte sie mit ihrer piepsigen Stimme, die nicht recht zu ihrer kräftigen Statur und ihrem Alter von vierzig Jahren passte.

Jan störte sich nicht daran, seinen eigenen sprachlichen Makel fand er weitaus schlimmer. Der war es auch, der ihn jetzt davor zurückschrecken ließ, mit mehr als einem Nicken zu antworten.

Nach einem Schlaganfall vor vier Jahren litt er unter einer amnestischen Aphasie, die Wortfindungsstörungen mit sich brachte. Unter Aufregung waren die Symptome noch ausgeprägter, deswegen hätte er gerade wahrscheinlich nicht mehr als ein Stammeln hervorgebracht, was er tunlichst vermeiden wollte.

Er betrachtete Barbara genauer. Sie war um die eins siebzig groß und hatte tief liegende dunkle Augen und aschblonde schulterlange Haare. Ihr auffälligstes Merkmal neben der exorbitanten Oberweite, die sich unter dem weiten Anorak nur erahnen ließ, war die Lücke zwischen den Schneidezähnen.

»Wollen wir reingehen?«, überwand Jan sich zu fragen, weil die Stille unangenehm wurde. Er wandte den Blick von Barbara ab und sah durch das Fenster auf die Schlange, die sich vor dem Bestellschalter gebildet hatte.

»Was hältst du davon, wenn wir zu mir fahren?« Barbara strahlte ihn an. »Es ist so voll da drinnen und ich habe noch Eintopf auf dem Herd. Wein ist auch da.«

Mit solch einem Angebot hatte Jan nicht so schnell gerechnet. Ein warmes Gefühl breitete sich in ihm aus. Sie mochte ihn also wirklich, auch von Angesicht zu Angesicht. Seine letzten Dates waren schrecklich schiefgegangen. Die Frauen hatten zwar schon im Vorfeld von seinen Handicaps gewusst, aber ihn dann in natura zu erleben, hatte ihnen anscheinend erst richtig vor Augen geführt, dass er nicht die beste Partie war. Neben seinen Wortfindungsstörungen quälte ihn auch ein stetiges Zucken seines linken Augenlids, was ebenfalls unter Nervosität besonders ausgeprägt war.

»Klar, gern«, sagte er also kurzerhand und grinste.

»Mein Wagen steht ein Stückchen die Straße hoch.« Ihre Finger tasteten nach seinen und verschränkten sich mit ihnen, während sie zum Bürgersteig schlenderten.

Händchenhalten. Jan spürte Schmetterlinge, die in seinem Bauch flatterten.

»Da wären wir schon.« Nachdem sie rund fünfzig Meter zurückgelegt hatten, deutete Barbara auf einen üppigen dunklen Geländewagen mit Ladefläche, der im trüben Licht einer Laterne am Straßenrand stand.

Sie stiegen ein und schnallten sich an. Barbara legte ihm eine Hand auf den Oberschenkel und schenkte ihm ein breites Lächeln. Zögerlich fand seine Hand wieder den Weg zu ihrer und senkte sich auf sie.

Sie hat niedliche Grübchen. Auch wenn sie keine klassische Schönheit ist.

»Lass dich noch mal drücken.« Sanft zog sie ihre Hand zurück, beugte sich zu ihm rüber und nahm ihn unbeholfen in die Arme, wobei sie ihm beinahe die Luft raubte. Er roch ihr Parfüm, das eine ausgeprägte Moschus-Note aufwies. Schließlich startete sie den Wagen und fuhr los.

Jan war, was Frauen anging, ausgehungert und nicht sonderlich anspruchsvoll. Er hatte die Nase gestrichen voll davon, seine Abende lediglich in der Gesellschaft seines Wellensittichs Joschi zu verbringen. Weil Barbara nett schien, hatte er sich auch auf sie eingelassen, obwohl sie elf Jahre älter war als er mit seinen neunundzwanzig. Nun ja, ihre beträchtliche Oberweite hatte ihr ebenfalls Pluspunkte eingebracht, gestand er sich ein. Er war eben wie alle Männer auch mit optischen Reizen zu beeindrucken.

Schon vor seinem Schlaganfall war er kein Frauenheld gewesen. Er hatte ein unscheinbares Gesicht mit kurzen schwarzen Haaren und blauen Augen. Bei seinen eins zweiundsiebzig wog er um die achtundachtzig Kilogramm, weil es ihm viel mehr Spaß machte, beim Sport zuzusehen, als diesen aktiv zu betreiben. ›Moppelchen‹ hatte ihn einmal ein Kollege wenig schmeichelhaft in der Mobilfunkfirma genannt, für die er vor dem Schlaganfall tätig gewesen war. Inzwischen fristete er seit über fünf Jahren sein tristes Singledasein und gierte danach, sich endlich wieder als richtiger Mann zu fühlen und Begehren in den Augen einer Frau aufflackern zu sehen. Die ständigen mitleidigen Blicke, weil er kaum drei Sätze ohne Aussetzer sprechen konnte, hatten ihn schon beinahe enteiert.

»Wie war das Spiel gestern? Die Alemannia hat gewonnen, habe ich gehört.« Barbara sah ihn kurz von der Seite an.

»Drei zu zwei. Und das mit zehn Mann, weil Benteke nach einem … Regelbruch runter musste.« Jan sprach bedächtig und gedehnt. Allmählich entspannte er sich, dennoch fiel ihm erst jetzt ein, dass er ›Foul‹ hatte sagen wollen. Barbara unterbrach oder verbesserte ihn nie. Das war ihm schon positiv aufgefallen, als sie das erste Mal miteinander telefoniert hatten.

Sie unterhielten sich weiter über Fußball, während die Lichter der Stadt hinter ihnen verblassten und in Dunkelheit gehüllte Felder und bewaldete Hügel vorbeirauschten.

Irgendwann verebbte das Gespräch und Barbara schaltete das Radio an, in dem Bonnie Tyler ihren 1970er-Jahre-Hit *It's a Heartache* schmachtete.

Jan starrte in die Nacht hinaus und gab sich seinen Gedanken hin. Barbara legte wieder ihre Hand auf seinen Oberschenkel und ihre Finger kraulten zärtlich über seine Hose.

Plötzlich fuhr sie an den Straßenrand und hielt an. Sie nahm ihre Hand von seinem Bein und griff nach ihrem Smartphone, das in der Ablage hinter der Gangschaltung lag. »Hätte ich fast vergessen. Wir wollten es doch ausmachen, damit wir heute ganz für uns sind. Stell dir vor, wir kommen uns gerade näher und das Ding geht los.« Sie zwinkerte ihm verschwörerisch zu, schaltete ihr Handy aus und legte es zurück.

»Ach ja.« Jan holte sein Handy aus der Hosentasche und sah, dass eine Nachricht von seiner Freundin Lisa eingetroffen war: *»Wie läufts?«*, stand da. »Ich stelle es aus«, sagte er, tippte *»Alles super«* ein, versendete die Nachricht und schaltete das Gerät aus. *Barbara hat ja recht*, dachte er grinsend. *Nachher mache ich endlich mal wieder mit einer Frau rum und das Handy verdirbt alles.*

»Wie weit ist es denn noch?«, fragte er, nachdem sie wieder losgefahren war. Inzwischen säumten dichte Baumreihen die Fahrbahn und immer seltener flackerten die Scheinwerfer entgegenkommender Fahrzeuge auf.

»Wir sind bald da.«

»Bringst du mich dann auch wieder zurück?«

»Natürlich, später oder … morgen früh«, säuselte Barbara und streichelte über seinen Schenkel. Etwa zwanzig

Minuten später bog sie in einen kleinen Weg ab, der von der Straße aus wegen der dichten Vegetation kaum auszumachen gewesen war. Schotter knirschte unter den Reifen und Zweige strichen über den Lack des Wagens. *Ganz schön abgelegen und ländlich*, dachte Jan, als sie erneut abbog, auf einen Hof rollte und stehen blieb.

»Da wären wir, mein Lieber.«

Nachdem Jan ausgestiegen war, hüllte ihn kühle Nachtluft ein, in der ein dezenter Geruch nach feuchter Erde mitschwang. Unter dem sternenklaren Himmel zeichneten sich die Umrisse eines Hauses und mehrerer unförmiger Nebengebäude ab. Auf einer Wiese, auf der kniehohe Gräser und Sträucher sprossen, waren schemenhaft einige landwirtschaftliche Geräte zu sehen. An das Haus schloss sich ein flacher Anbau an. In einem der Fenster flackerte das stroboskopartige Licht eines Fernsehers.

»Wer wohnt da?«, fragte Jan, während er um den Geländewagen herum auf Barbara zuging, die sich der Haustür näherte, über der eine karge Glühbirne brannte. Sie wandte sich fragend zu ihm um und er deutete mit einer Kopfbewegung in Richtung Bungalow.

»Das ist das Reich meines Onkels«, sagte sie zerstreut, bevor sie die Tür aufschloss, die begleitet von einem Quietschen aufschwang. »Komm rein, Süßer!« Barbara führte ihn durch eine dunkle Diele in eine kleine Küche, in der ihm würzige Essensgerüche entgegenschlugen. Auf der rechten Seite befand sich eine Spanplattenküche, die aus den 1970er-Jahren zu stammen schien und deren giftgrüne Farbe sich mit der gelben Tapete biss. Die andere Seite nahmen eine Eckbank, ein schlichter Holztisch und zwei Stühle ein. An einer Wand hing ein mächtiger ausgestopfter Wildschweinkopf. Gegenüber prangte ein Gemälde, auf dem eine nackte Frau mit knabenhafter Figur und Engelslocken mit einem Bogen in der Hand in einem Wald zu sehen war.

»Setz dich doch, ich mache das Essen warm.« Barbara schälte sich aus ihrem Anorak, unter dem sie einen schlichten grauen Kapuzenpullover trug, und hängte ihn über die Lehne eines Küchenstuhls.

Jan tat es ihr gleich, zog seine Collegejacke aus und markierte damit den Stuhl gegenüber, auf dem er anschließend Platz nahm. Das Wildschwein schien ihn mit seinen schräg liegenden Augen spöttisch zu betrachten. Es hatte seine Schnauze mit den beeindruckenden Hauern aufgerissen, sodass man meinen könnte, es würde lachen. *Ich habe nur eine überschäumende Fantasie*, dachte Jan schmunzelnd, als er sogleich die Farbe der Tapete mit Urin assoziierte.

»Na, da freut sich wohl wer, bei mir zu sein«, flötete Barbara, die ihn über die Schulter anblickte, während sie mit einer Kelle in einem großen Topf auf dem Herd rührte.

»Das stimmt.« Jan lächelte verlegen.

»Möchtest du etwas trinken?«

»Klar.«

Das Klappern von Schranktüren, die geöffnet und wieder geschlossen wurden, war zu hören. Wenig später kam Barbara mit zwei Gläsern und einer Flasche Weißwein an den Tisch. »Ein edler Chardonnay vom Château Bon Baron hier aus der Region. Passt am besten zum berühmten

Ardenner Schinken. Tut mir leid, dass ich dir den heute nicht anbieten kann.«

»Das macht nichts. Die Suppe riecht köstlich.« In der Tat hatten die aromatischen Gerüche Jans Appetit entfacht.

Im Stehen öffnete Barbara den Schraubverschluss der Flasche und füllte den Wein in die beiden farbigen Coca-Cola-Gläser. Sie reichte ihm das türkisfarbene Glas und hob ihr rotes zum Toast. »Auf uns, Süßer!«

»Cheers.« Sie stießen klirrend an. Jan trank einen Schluck und die Aromen von Zitrusfrüchten erfüllten seinen Gaumen, ergänzt von blumigen Komponenten und Noten von Eiche und Vanille. Er war zwar kein ausgesprochener Weinkenner, aber der Tropfen schmeckte so vorzüglich, dass er sich gleich noch einen weiteren Schluck gönnte. Barbara widmete sich derweil wieder dem Essen und kurz darauf stand ein dampfender Suppenteller mit einem braunen Fleischeintopf vor Jan, der sein Glas inzwischen geleert hatte. Der Alkohol entfachte ein euphorisches Gefühl in seinem Inneren und löste seine Hemmungen zusehends auf.

»Danke für alles!« Er streichelte Barbara, die sich zu ihm gesetzt hatte, über den Handrücken.

Sie schenkte ihm ihr breites Strahlen, legte ihre andere Hand auf seine und drückte sie sanft. »Lass es dir schmecken!«

Jan leckte sich über die Lippen und tauchte seinen Löffel in die Suppe, in der Fleischstücke, Kartoffelwürfel, Karotten und Schnittbohnen schwammen. Als er den ersten Löffel kostete, schloss er vor Verzückung die Augen.

Der ausgeprägte Fleischgeschmack wurde durch eine leichte süßsaure Komponente perfekt ergänzt. Er nickte Barbara anerkennend zu, die mit einem wissenden Schmunzeln antwortete. Als Fleischerin und Hobbyköchin wusste sie um ihre Fähigkeiten. Glückshormone durchströmten Jan, er hatte einen guten Fang mit ihr gemacht. Ein Vollblutweib, das nett war und ihn gern verwöhnte.

Hoffentlich verwöhnt sie mich gleich auch noch auf andere Art, dachte er und merkte, dass er eine Erektion bekam.

»Wie war denn eigentlich dein Tag? Habe mich ja noch gar nicht erkundigt.« Barbara schenkte ihnen Wein nach.

»Wie immer«, sagte Jan. »War am Computer die meiste Zeit. Arbeiten und anschließend etwas zocken.« Seitdem er nach seinem Schlaganfall seine Tätigkeit in der Mobilfunkfirma nicht mehr ausüben konnte, besserte sich Jan die Einkünfte aus seiner Berufsunfähigkeitsrente mit Grafikdesign auf. Vorwiegend gestaltete er die Webauftritte von Unternehmen, Vereinen oder Privatpersonen. »Und deiner?«

»Ach, eine Sau hat Ferkel geworfen.« Das Klirren ihrer Löffel untermalte das Gespräch. »Du kannst dir nicht vorstellen, was das für eine Aufregung sein kann. Eine echte Schweinerei halt.«

»Wie viele Ferkel sind das eigentlich pro …« Da war es wieder, ihm fiel das Wort ›Wurf‹ nicht ein. Jan trank von seinem Glas, um zu kaschieren, dass es ihm peinlich war.

»Acht bis vierzehn, kann man sagen. Huch.« Barbara legte ihren Löffel im Teller ab und schaute an sich runter. »Jetzt habe ich gekleckert.« Ein brauner Fleck prangte in

Brusthöhe auf ihrem Kapuzenpullover. Kurzerhand zog sie ihn schwungvoll aus und warf ihn auf die Fensterbank. Darunter trug sie ein tief ausgeschnittenes Top, das das verheißungsvolle Tal zwischen ihren Brüsten offenbarte. Jan schluckte trocken, während seine Erektion weiter anschwoll.

Kurze Zeit später hatten sie aufgegessen und die Weinflasche geleert. Barbara stand auf, beugte sich vor und sammelte sein Geschirr ein. Dabei erhaschte er einen Blick auf ihre melonengroßen Brüste. Sie bemerkte es und bevor er sich versah, küsste sie ihn. Die Wirkung des Weins und die Glückshormone vermischten sich in ihm zu einem berauschenden süßen Cocktail, von dem er nicht genug bekommen konnte. Ihre Zungen umschlangen sich gierig, bis sie sich ihm unvermittelt entzog und ihm die Hand entgegenstreckte. »Komm mit.«

Jan ergriff ihre Hand und ließ sich von ihr bereitwillig durch den Flur in einen dunklen Raum führen, der gleich darauf von einer Deckenleuchte erhellt wurde. Sein Blick wanderte über ein von zwei Nachttischen flankiertes schlichtes Doppelbett und blieb an der Wand dahinter haften. Die Klingen zahlreicher Messer unterschiedlicher Größe und Form funkelten im Licht.

»Das Set habe ich damals zu Beginn meiner Fleischerlehre bekommen«, sagte Barbara, als sie seinen verdutzten Gesichtsausdruck bemerkte. »Extra scharfe Profimesser mit Edelholzgriffen und Klingen aus Damaszener-Stahl.«

Jan lag die Frage auf der Zunge, wieso man sich Messer übers Bett hing, aber bevor er erwägen konnte, sie zu stellen, schubste sie ihn auf eben dieses. Im nächsten Moment kniete sie zwischen seinen Beinen und hantierte an seiner Gürtelschnalle herum. Er seufzte wohlig und beschloss, dass ihm die Messer egal waren. Nachdem Barbara die Schnalle gelöst hatte, zerrte sie ihm die Jeans herunter und machte dasselbe mit seiner Shorts. Unter normalen Umständen wäre ihm das alles womöglich zu schnell gegangen, aber die zwei Gläser Wein ließen ihn, der sonst selten trank, wie auf Watte schweben. Er gab sich ihr nur allzu bereitwillig hin und stöhnte wonnig auf, als sie seinen erigierten Penis zwischen ihre Lippen gleiten ließ.

Schwanz, es ist ein Schwanz!, schoss es ihm durch den Kopf. Als Jan beim Cybersex mit Barbara ›Penis‹ geschrieben hatte, hatte sie ihn diesbezüglich zurechtgewiesen. Zwar hatte er Probleme, sich an den Ausdruck zu gewöhnen, zumal er nicht allzu gut bestückt war, aber er schob den Gedanken beiseite und genoss vollends die überschäumenden Glücksgefühle, die sie ihm mit ihrem Mund bereitete. Gekonnt bewegte sie ihren Kopf auf und ab und ließ seinen Schwanz tief in ihren Mund gleiten. Von seiner zunehmenden Geilheit verleitet, fasste er in ihre Haare und drückte ihren Kopf bei der Abwärtsbewegung noch weiter runter, um tiefer in sie zu stoßen. Ein schmatzendes Geräusch erklang, als sie seinen Schwanz aus dem Mund gleiten ließ und kräftig mit einer Hand massierte. Sie stöhnte verzückt, leckte seinen Schaft mit der Zunge ab, umkreiste seine Eichel und nahm seinen Schwanz wieder tief in sich auf. Ein verlangendes Ziehen erfüllte Jan, das nicht mehr aufzuhalten war und zu einem gewaltigen Orgasmus anschwoll, der ihm wegen seiner Heftigkeit zunächst den Atem raubte und dann aufschreien ließ. Sein Sperma spritzte in ihren Mund, während sein ganzer Körper wie unter Strom erzitterte.

Gott, tat das gut. Barbara hob ihren Kopf, ließ seinen Schwanz aus ihrem Mund gleiten und grinste. Zähes Sperma klebte an ihren Lippen, bevor es von ihrer Zunge genüsslich eingesogen wurde. Jan lächelte glückselig und sie krabbelte über ihn und zog sich das Top über den Kopf. Dann hingen ihre monströsen Titten auch schon in seinem Gesicht und ihr warmes, weiches Fleisch streichelte seine Wangen. Jan wähnte sich im Paradies, geborgen wie ein Neugeborenes in Mutters Schoß. Voller Verlangen öffnete er den Mund und tastete mit der Zunge nach einer Brustwarze, um daran zu saugen und die wundervolle Illusion von einem behüteten Baby zu komplettieren. Er knetete die schweren, herrlich weichen Brüste und nahm einen Nippel zwischen seine Lippen. Als Barbara sich nach vorn beugte, streckte er seinen Kopf nach hinten, um die Brustwarze im Mund zu behalten, doch dann setzte sie sich auf und der Nippel entglitt ihm. Verstört sah er gleich darauf eine Messerklinge vor seinem Gesicht glänzen.

»Es verleiht einem ein Gefühl grenzenloser Macht«, säuselte Barbara geistesabwesend.

»Was machst du?«, fragte Jan. »Pack das Ding weg!«

Rittlings auf ihm sitzend, betrachtete sie das Messer mit zärtlicher Hingabe. Sie wirkte entrückt und schien von ihm und dem, was er gesagt hatte, gar keine Notiz zu nehmen. Sanft berührte sie mit ihren Fingern die Klinge, dann sah sie ihn mit plötzlicher Klarheit an.

»Du hast recht, mein Lieber. Nicht dass ich dich noch schneide.« Sie beugte sich vor, wobei ihre Titten wieder vor seinem Gesicht schwebten, und hängte das Messer zurück an die Wand.

Jan entspannte sich und merkte, dass er wieder steif wurde. *Gleich werde ich mich von ihr reiten lassen*, dachte er freudig.

»Mit dir habe ich andere Pläne«, sagte Barbara und bevor er sich ihrer Worte richtig bewusst wurde, spürte er einen beißend stinkenden Lappen auf seinem Gesicht und sein ohnehin benebeltes Bewusstsein schaltete sich gänzlich aus, um allumfassender Schwärze zu weichen.

Kapitel 2

2 Wochen später

Christian Harms starrte gedankenversunken auf den schwarzen Grabstein aus Granit, auf den mit kunstvollen bronzefarbenen Lettern der Name seines Vaters Georg graviert worden war. Davor lag ein Gesteck mit orangefarbenen Rosen, welches er heute mitgebracht hatte. Weitere farbenprächtige Grabblumen stammten von der Beerdigung, die nunmehr rund zwei Wochen zurücklag.

Harms fühlte sich, als würde eine kalte Faust sein Herz zerquetschen. Er überlegte, ob er ein stilles Gebet sprechen sollte, entschied sich aber mit bebenden Lippen dagegen. Inzwischen hatte er seine atheistische Einstellung zwar abgelegt, doch er fühlte sich von Gott gelinde gesagt verschaukelt. Über Jahre hatte sein Vater durch Alzheimer immer mehr von seiner Seele verloren, nur um jetzt von einem simplen Herzinfarkt dahingerafft zu werden. Ausgerechnet auch noch kurz nachdem er eine tödliche Gefahr der ganz anderen Art überlebt hatte. Für Harms bewies das Gottes Willkür, es war, als würde ihm der Allmächtige den ausgestreckten Mittelfinger ins Gesicht halten.

Er wandte sich ab und ging in Richtung Friedhofseingang. Trotz empfindlich kalter Temperaturen lag ein Hauch von Frühling in der Luft: Die Sonne schien von einem wolkenlosen Himmel und vereinzelt zwitscherten Vögel. Doch Harms hatte keinen Sinn für die schönen

Seiten dieses Februartages. Er zwang sich dazu, gedanklich seinen weiteren Tagesablauf durchzugehen, der im Wesentlichen aus Arbeit und Sport bestand. Zwei wichtige Konstanten in seinem Leben, die ihm Halt gaben und davor bewahrten, die triste Leere in seinem Inneren wie früher in zu viel Alkohol zu ertränken. In seiner Detektei in der Oldenburger Innenstadt musste er heute lediglich liegen gebliebenen Papierkram erledigen und einen Auftraggeber anrufen. Das mittelständische Pharmaunternehmen würde sicher die Ohren spitzen, wenn er ihnen berichtete, dass einer ihrer Mitarbeiter seine auffällig häufigen Krankheitszeiten dazu nutzte, eine baufällige Scheune in ein schmuckes Einfamilienhaus zu verwandeln. Nachdem das erledigt wäre, konnte Harms sich in Gerd's Gym begeben und bis zur Erschöpfung Hanteln stemmen.

Er durchquerte das schmiedeeiserne Friedhofstor und hielt auf seinen silberfarbenen Ford Mondeo zu. Als er seinen muskelbepackten Körper gerade auf den Fahrersitz gewuchtet hatte, kündigte der anhaltende Vibrationsalarm seines Smartphones einen eingehenden Anruf an. Er zog es heraus und schaute aufs Display: seine Nichte Lisa. Er konnte sich nicht entsinnen, dass sie ihn überhaupt jemals angerufen hatte. Neugierig nahm er das Gespräch an und kratzte sich mit der freien Hand am kahl rasierten Schädel.

***

Am nächsten Vormittag, nachdem er seine Reisetasche gepackt, sich von seinen Papageien Bonnie und Clyde verabschiedet, seinem neuen Kollegen Ramir Instruktionen gegeben und eine mehrstündige Autofahrt hinter sich gebracht hatte, betrat Harms das Café Fonk in der belgischen Stadt Eupen. Mit weißem Leder überzogene Stühle, schwarze Holztische, Wandleuchten aus Kristall, die gemütliches Licht spendeten, und Rundbogenfenster vereinten sich zu einem gediegenen Ambiente. Es roch nach Kaffee und frischen Backwaren, die hinter einer gläsernen Auslage aufgereiht waren.

Harms nickte der Angestellten zu, die ihn freundlich begrüßt hatte, und blickte die Tischreihen entlang. Ein gestriegelter Geschäftsmann schaute konzentriert auf den Laptop vor sich, drei Mädchen steckten kichernd die Köpfe zusammen, während sie sich Gebäckstücke schmecken ließen und ein altes Paar unterhielt sich leise beim Kaffeetrinken. Hinten in der Ecke entdeckte er Lisa. Als er ihren Tisch erreichte, stand sie lächelnd auf und sie umarmten einander kurz. Seine sechsundzwanzigjährige Nichte sah aus, als wäre sie gerade einem Gothic-Magazin entsprungen: blasser Teint, schwarze Kurzhaarfrisur mit roter Strähne, dunkel geschminkte blaue Augen und schwarze Kleidung. Normalerweise glänzte sie mit ihrem vielen Silberschmuck auch noch mit jedem Christbaum um die Wette, aber heute entdeckte er nur zwei schlichte Ohrstecker. Sie hatten sich direkt nach ihrer Schicht – sie arbeitete in einem Pflegeheim – verabredet und Harms wusste, dass sie ihre Ringe dort nicht tragen durfte.

»Du schon wieder«, scherzte Lisa, während Harms sich seinen olivgrünen Parka auszog. Sie setzte sich wieder und nachdem Harms die Jacke über die Stuhllehne gehängt hatte, nahm auch er Platz.

»Unsere Familienzusammenkünfte nehmen überhand, in der Tat.« Sie hatten sich gerade erst im Rahmen der Beerdigung von Harms' Vater gesehen. Die Jahre zuvor waren sie sich höchstens an Weihnachten begegnet. Nach dem Tod seiner Frau und seines kleinen Sohnes vor einigen Jahren hatte Harms den Kontakt zu ihr vernachlässigt, obwohl sie immerhin sein Patenkind war. Das schlechte Gewissen deswegen war einer der Gründe, warum er sich schnell hatte überreden lassen, herzukommen.

»Wie war die Fahrt?«

»Ereignislos. Ich wusste gar nicht, dass im Osten Belgiens Deutsch gesprochen wird.«

»Tja, da hast du wohl in Geschichte nicht gut aufgepasst. Die Gegend um Eupen und Malmedy war einst Teil des Deutschen Kaiserreichs und gehört erst seit Ende des Ersten Weltkriegs zu Belgien.«

»In Geschichte war ich wirklich nicht gut.«

»Du hast halt andere Qualitäten.« Lisa blickte demonstrativ auf Harms' voluminöse Oberarme, die sich unter dem dünnen Stoff seines schwarzen Sweatshirts spannten.

Er schmunzelte. »Das lose Mundwerk liegt wohl in der Familie«, entgegnete er, immerhin war er selbst gern für einen sarkastischen Spruch zu haben.

Lisa schenkte ihm ein warmherziges Lächeln. »Spaß! Ich weiß ja, dass du was auf dem Kasten hast, sonst hätte ich dich kaum um Hilfe gebeten.«

Eine junge Kellnerin, die ihre langen Haare zu einem Zopf gebunden hatte, trat an ihren Tisch und fragte nach ihrer Bestellung.

»Bitte nur einen Kaffee«, sagte Harms.

»Du musst unbedingt die Lütticher Waffeln mit heißen Kirschen probieren.«

Lisas entschiedener Ton duldete kaum einen Widerspruch, also bestellte er diese dazu.

»Für mich dasselbe und einen Latte macchiato«, sagte Lisa. »Entschuldige übrigens, dass ich dich nicht zu mir nach Hause eingeladen habe, aber Daniel hatte Nachtdienst und ich wollte ihn nicht stören.« Daniel war Lisas Freund und der Grund, dass es sie vor fünf Jahren in diese Gegend verschlagen hatte.

»Kein Problem. Dein Kumpel ist nicht zufällig über Nacht wiederaufgetaucht, nehme ich an?«

Lisa schaute sorgenvoll aus dem Fenster, vor dem eine belebte Fußgängerzone verlief. »Ich bin mir wirklich sicher, dass etwas passiert ist, sonst hätte ich dich nicht herbestellt.«

»Wie lange kennst du ihn?«

»Etwa vier Jahre. Er hatte damals einen Schlaganfall und ich habe für einen mobilen Pflegedienst gearbeitet und mehrmals die Woche nach ihm geschaut. So haben wir uns angefreundet.«

»Erzähl noch mal, was du über sein Verschwinden weißt.«

Die Bedienung kam zurück und brachte ihre Bestellung. Kurz darauf hatte Harms eine dampfende Tasse Kaffee und einen Teller mit zwei dicken Waffeln, aus denen

Kirschsoße heraustriefte, vor sich stehen. Sie bedankten sich und Harms nahm einen Bissen. Der zuckersüße, buttrige Geschmack der mit quadratischen Mustern versehenen Waffeln wurde von den fruchtigen Kirschen vorzüglich abgerundet.

Lisa musste Harms seine Verzückung angesehen haben, denn sie lächelte wissend, bevor sie sich ihrerseits der Köstlichkeit widmete. Mit etwas Kirschsoße im Mundwinkel fing sie an zu erzählen: »Also wir waren vor zwei Wochen, am Montag um zehn, verabredet und er war nicht da. Da war ich schon alarmiert, obwohl die Polizei zunächst vermutete, er würde im Liebesglück schweben.«

Harms nickte und trank einen Schluck Kaffee.

»Aber wie ich dir schon sagte, ist Jan der zuverlässigste Mensch, den ich kenne. Wir hatten uns sogar mal darüber unterhalten, wie wichtig uns beiden Zuverlässigkeit ist. Manchmal kam ihm auch etwas dazwischen, aber dann hat er immer Bescheid gesagt. Das war diesmal nicht der Fall. Am Vortag, dem Sonntag um halb elf abends, habe ich zuletzt von ihm gehört. Er schrieb, dass alles okay sei, nachdem ich ihn fragte, wie sein Date sei. Nun ist er seit über zwei Wochen verschwunden und es gibt keine Spur von ihm. Hoffentlich ist er nicht tot.« Lisa stockte und wischte sich eine Träne aus dem Augenwinkel.

»Und du weißt nicht viel über die Frau, die er gedatet hat?«

Lisa schlürfte etwas von der pornös anmutenden Menge Milchschaum, die ihren Latte macchiato krönte, und wischte sich über den Mund.

»Nein, nur dass die Frau ein gutes Stück älter ist. Er sprach nicht gern über seine Dates, erst recht, weil die letzten in die Hose gingen. Kann ich ihm nicht verübeln, ich würde mit meinen Freunden auch erst über einen Typen reden, wenn es mit ihm ernster wird. Ich weiß lediglich, dass sich die beiden in Sankt Vith bei McDonald's treffen wollten.«

Harms zog eine Augenbraue in die Höhe. »Nettes Etablissement für ein Date.« Er schlang einen weiteren Bissen seiner Waffeln herunter. »Also haben sich die beiden online kennengelernt. Weißt du wo?«, fragte er mit vollem Mund.

»Ich bin mir nicht sicher, aber ich vermute Tinder. Von Tinder hat er öfter geredet.«

Harms machte eine Miene, als hätte er auf etwas Saures gebissen.

»Was denn?«

»Das erklärt, warum die Polizei auf seinem Computer nichts gefunden hat und im Dunkeln tappt. Das ist doch diese Handy-App, oder?«

Lisa nickte. »Ich glaube aber auch nicht, dass sie sich ein Bein ausreißen. Der Beamte hat mir unmissverständlich klargemacht, dass Jan ein erwachsener Mann ist, der vielleicht für einige Zeit abtaucht sei, um sein Liebesglück zu genießen. Aber …?«

»Aber?«

»Wie gesagt, er würde das nicht tun, ohne Bescheid zu sagen. Schon gar nicht so lange. Außerdem ist er so … unbedarft. Er braucht feste Strukturen und würde sich nie freiwillig länger von seiner gewohnten Umgebung fernhalten. Dass er sich auf dieses Online-Dating überhaupt eingelassen hat, rührt von seiner tiefen Sehnsucht her, wieder eine Freundin zu haben.«

Harms schob sich den Rest seiner Waffeln in den Mund und dachte, dass er den jungen Mann verstehen konnte. Irgendwann nach dem Tod seiner kleinen Familie hatte sich auch bei ihm, zunächst eher unbewusst, wieder der Drang nach einer erfüllenden Liebesbeziehung eingestellt. Dann hatte er im letzten Herbst eine Frau kennengelernt, die sein Herz entflammen konnte. Es gab nur ein Problem: Sie war eine Nonne. Da sie seine Gefühle durchaus erwiderte, war das zwar nicht automatisch das Todesurteil für ihr aufkeimendes Liebesglück, aber zu allem Überfluss hatte sie kurz nach ihrem Kennenlernen eine Querschnittslähmung davongetragen. Momentan befand sie sich in einer Rehabilitationsklinik in Bayern und versuchte, sich seelisch und körperlich auf ein neues Leben einzustellen.

»Kannst du mir ein Bild und einen Steckbrief von Jan mailen?«

»Klar.« Lisa leckte Kirschsoße von ihrem Finger.

»Dann wollen wir mal sehen, wo dein Freund geblieben ist. Zunächst mal brauche ich aber eine Unterkunft. Hast du eine Idee?«

Kapitel 3

Zuvor, kurz nach Jans Verschwinden

Jan seufzte wohlig und schmiegte sich an den weichen Busen, als er ein Kitzeln an der Nase spürte und blinzelte. Der Traum verblasste und er öffnete benommen die Augen. Sonnenlicht blendete ihn, das aus einem kleinen Fenster in einiger Entfernung drang. Gerade wollte er den Kopf drehen und wieder in den behaglichen Traumzustand abdriften, als Erinnerungsfetzen in sein Bewusstsein gelangten und seine Umnachtung auflösten. Schlagartig war er hellwach.

Abrupt richtete er sich auf und bemerkte einen beißenden Geruch nach Mist und Gülle. Er rückte ein Stück zur Seite, um nicht weiter geblendet zu werden, und nahm seine im Halbdunkeln liegende Umgebung in Augenschein. Entsetzen wallte in ihm auf, als er vor sich ein Gitter sah. Auf der rechten Seite und in seinem Rücken, so stellte er mit einem schnellen Blick über die Schulter fest, bildete eine Ziegelsteinmauer eine unüberwindliche Barriere. Er befand sich in einem verdammten Käfig, der in Länge und Breite etwa zweieinhalb Meter maß. Seine Bestürzung wurde noch größer, als er sah, dass sich links weitere Käfige aneinanderreihten. In dem neben seinem saß ein Mann mit dem Rücken an die Wand gelehnt und schaute ihn teilnahmslos an.

Jan schluckte trocken. »Wo bin ich?« Der stattliche Mann mit dem zurückgewichenen Haaransatz und dem Vollbart murmelte etwas auf Französisch, das Jan nicht verstand. Mit jeder Sekunde, die verstrich, drang die grausige Realität klarer in sein Bewusstsein. Ein Angstschauer nach dem anderen jagte über seinen Rücken. Sein Herz pochte schnell in der Brust, er schnappte nach Luft. Ächzend stand er auf und stolperte, noch schwach auf den Beinen, auf die Käfigtür zu. Er umfasste die kühlen Stahlstreben und rüttelte heftig daran, merkte jedoch sogleich, dass sich dies als sinnlos erwies, weil es sich um eine robuste Konstruktion handelte. Sein Herz hämmerte immer wilder und ihm brach der Schweiß aus, während er verzweifelt zu begreifen versuchte. Das Letzte, woran er sich erinnern konnte, war, dass Barbara rittlings auf ihm gesessen hatte. Plötzlich hatte sie eins ihrer Fleischermesser in der Hand gehalten und ihm kurz darauf irgendetwas aufs Gesicht gepresst. Jetzt befand er sich hier, eingesperrt wie ein Stück Vieh im hintersten Winkel eines Stalls. Genau das war sein Gefängnis, begriff er, als er sich an die Tür presste und durch eine der quadratischen Löcher zu dem schräg gegenüberliegenden Mittelgang blickte, der auf beiden Seiten von Abteilen gesäumt war. Hinter einem Gatter wuselten leise grunzende Schweine umher. Irgendwo krähte ein Hahn.

Jan fuhr sich mit der Hand durch die Haare, drehte sich um die eigene Achse und sein verzweifelter Blick flog über den mit Stroh ausgelegten Boden, bis er an einer verwitterten Holzkiste in der Ecke haften blieb. Er bückte sich davor und untersuchte den Inhalt: Zwei Flaschen Cola, diverse Schokoriegel, eine Tafel Schokolade, eine Stange Salami, eine Packung Milchbrötchen und weitere Lebensmittel lagen in der Kiste. Aufgrund der Absurdität der Situation hätte Jan beinahe aufgelacht. Eingesperrt wie ein Schwein, aber mit einer Minibar wie im Luxus-Resort. Das konnte doch nur ein schräger Traum sein.

Wieder wandte er sich dem Franzosen in dem Käfig neben ihm zu. »Was ist das hier für ein Mist?«

Der Mann murmelte eine Antwort in seinen Bart, zog die Knie an den Oberkörper heran und wandte demonstrativ den Blick ab.

Eine Bewegung lenkte Jans Aufmerksamkeit einen Käfig weiter. Dort saß ein fülliger Typ mit dunklem Wildwuchs im Gesicht und auf dem Kopf im Schneidersitz vor einer weiteren Holzkiste und aß etwas.

»Hey, du!«

Der Mann schaute flüchtig auf, bevor er in die Kiste griff und sich erneut etwas in den Mund steckte.

»Verdammte Scheiße«, murmelte Jan und drehte sich erst zur linken, dann zur entgegengesetzten Seite, unschlüssig, was er tun sollte.

Intuitiv hatte er längst erfasst, dass er in eine Falle getappt war. Barbara hatte in hereingelegt und in seiner Naivität und Notgeilheit hatte er sich als allzu leichtes Opfer erwiesen. Ausgerechnet er, wo er gewöhnlich so umsichtig und zaghaft war. Mit so etwas hätte er jedoch niemals gerechnet, das passierte doch sonst nur Frauen und meistens lediglich in Filmen und Büchern.

Nackte Angst kroch seine Wirbelsäule hinauf, pulsierte durch seine Venen und krallte sich in seinen Magen. Allmählich begriff er seine Situation in ihrer ganzen unbarmherzigen Tragweite. Er begab sich zurück an die Stelle, wo er aufgewacht war und ließ sich mit dem Rücken an der Wand zu Boden sinken.

Aus eigener Kraft komme ich hier nicht raus, dachte er verzweifelt beim Blick auf die stabile Stahlkonstruktion. Was mochte Barbara mit ihm vorhaben? *Sicher nichts Gutes. Dieses verdammte Miststück!* Wie hatte er so blöd sein können? Wut, auch auf sich selbst, wallte in Jan auf. Selbstvorwürfe brachten ihn nun aber auch nicht weiter.

Kurz darauf drang ein entferntes Klappern, gefolgt von leisem Quietschen in seine Ohren. Ein Klacken ertönte, das sich alle zwei Sekunden wiederholte und lauter wurde.

Klack-klack-klack.

Jemand kam. Jan verkrampfte sich innerlich und starrte auf die Käfigtür. Nach einigen Sekunden schnappte er nach Luft wie ein Karpfen im Trockenen, weil er diese unwillkürlich angehalten hatte.

Klack-klack.

Eine Gestalt schob sich in sein Gesichtsfeld. Sie war klein und hatte einen vornübergebeugten Gang. Das Klacken verstummte. Es war von einem Gehstock verursacht worden, auf den sich ein betagter Mann stützte, der eine altertümliche Schiebermütze auf dem Kopf trug. Er sah Jan neugierig an und neigte dabei den Kopf von einer Seite auf die andere. Über seinem Mund kräuselte sich ein Oberlippenbart wie eine karge verschneite Hecke.

»Hey, öffnen Sie die …« Jan stockte, weil ihm das Wort nicht einfiel. »Lassen Sie mich raus!«

Der Alte betrachtete ihn stumm weiter wie ein Zoobesucher ein bemerkenswertes Tier. Dann trat er dicht vor das Gitter und steckte mit zittriger Hand seinen Gehstock hindurch. Die Spitze tanzte einen Meter vor Jan in der Luft, aber plötzlich schoss, begleitet von einem Surren, eine metallene Verlängerung aus dem Stock. Der Alte beugte sich vor und pikste Jan mit der Spitze unsanft in die Brust.

»Hey«, schrie dieser, packte mit der Rechten die Stangenspitze und wollte sie zur Seite drücken. Schlagartig blitzte das Metall auf und es zuckte schmerzhaft in seiner Hand, als hätte er einen elektrischen Weidezaun angefasst. Jan schrie und zog die Hand zurück.

Der Alte gackerte freudig und stieß nun ungehindert mit dem Stock zu. Jan verkrampfte sich, presste seinen Rücken gegen die harte Wand und biss die Zähne aufeinander. Immer wieder bohrte sich die Stockspitze schmerzhaft in seinen Oberkörper. Sein Peiniger wieherte vor Freude, bis Jan vor Wut erneut an den Stock griff und ihn zur Seite riss. Der Alte guckte verdutzt und runzelte die faltige Stirn, dann verpasste er Jan erneut einen Stromschlag, woraufhin der sich schmerzerfüllt auf die Seite fallen ließ und am Boden krümmte. Jauchzend pikste der Alte immer wieder in Jans Bauch, während der jaulte wie ein frisch verwaister Hund.

Kapitel 4

Irgendwann hatte Jan der Segen der Bewusstlosigkeit ereilt. Als er wieder zu sich kam, war der Alte verschwunden und durch die schlitzförmigen Fenster oben an der Wand des Stalls fiel nur noch wenig Tageslicht. Stöhnend wand Jan sich auf dem Boden – sein Oberkörper schmerzte wie bei einem üblen Muskelkater.

In was für eine kranke Scheiße bin ich hier nur hineingeraten? Er dachte an seine Mutter Hannah, die er regelmäßig samstags in Aachen besuchte. Sie würde noch nichts von seinem Verschwinden wissen. Dann fiel ihm die Verabredung mit Lisa ein und ein Hoffnungsschimmer entfachte etwas Licht in der allumfassenden Schwärze seines Gemüts. Wahrscheinlich würde sie sich ernsthafte Sorgen machen, immerhin wusste sie um seine Zuverlässigkeit. Auch von seinem Date hatte er ihr erzählt, vielleicht würde sie bald die Polizei einschalten. Konnte die ihn hier mitten in den tiefen Wäldern der Ardennen ausfindig machen? Er stellte sich einen Polizisten vor, der an Barbaras Haustür klingelte und sich nach ihm erkundigte. Mit ihrem falschen Lächeln und der Piepsstimme würde sie dem Beamten sagen, dass sie ihm nicht helfen könne und bedauernd mit den Schultern zucken.

Ein gepresstes Stöhnen aus dem Nachbarkäfig holte Jan in die Gegenwart zurück. Er richtete sich ein Stück weit auf und blickte in dem Halbdunkeln zu dem Mann hinüber, der sich in einer Ecke in die Hocke begeben hatte und erneut gedehnt aufstöhnte.

O nein, er macht sein Geschäft.

Wie zur Bestätigung strömte Jan eine vage Duftnote nach frischen Exkrementen in die Nase, die sich mit allgegenwärtigen Mief nach Mist und Gülle vermischte. Angewidert verzog er das Gesicht, drehte sich auf die andere Seite und atmete nur noch durch den Mund. Er wollte gar nicht darüber nachdenken, dass ihm früher oder später wohl nichts anderes übrig blieb, als es dem Mann gleichzutun. Gelegentlich grunzten die Schweine leise, ansonsten herrschte Stille. Doch unerwartet erklang ein Poltern, das Jan veranlasste, einen Blick über die Schulter zu werfen. Der Typ im übernächsten Käfig beugte sich über die Kiste und wühlte darin herum. Seine massige Silhouette zeugte davon, dass er dem Essen nicht abgeneigt war. Als Jan vorhin seine Fresskiste das erste Mal gesehen hatte, hatte er sich kaum vorstellen können, irgendwas darin hinunterzubekommen. Und immer noch verdarb ihm die Situation jeglichen Appetit. Der wurde sicher auch nicht dadurch gefördert, dass neben ihm jemand auf den Boden kackte.

Wie lange mochten die anderen Männer hier schon festgehalten werden? Jan konnte sich vorstellen, dass in einem monotonen Alltag aus permanenter Angst, Eintönigkeit und zunehmender Hoffnungslosigkeit das Essen für kleine Glücksmomente sorgte und so etwas Tröstliches an sich hatte.

Hunger hatte Jan zwar keinen, dafür aber Durst. Sein Mund fühlte sich ausgetrocknet an, die Zunge klebte förmlich am Gaumen. Ächzend mühte er sich auf die Beine und begab sich zu der Kiste, aus der er sich eine Colaflasche nahm. Er drehte den Schraubverschluss auf und trank einen großen Schluck. Irritiert verzog er das Gesicht, ihm war, als hätte das süße Getränk eine untypische bittere Note. Kurz erwog er es wieder auszuspucken, aber dann entspannte er sich, schluckte es hinunter und trank weiter. Vielleicht reagierten seine Geschmacksnerven aufgrund der Ausnahmesituation übersensibel. Er ging nicht davon aus, dass man ihn in einen Käfig verfrachtete, um ihn dann zu vergiften. Die anderen Männer lebten schließlich auch noch. Jan leerte die Flasche zur Hälfte, verschloss sie wieder und legte sie zurück.

Inzwischen war es draußen dunkel, in der Scheune konnte man kaum noch etwas erkennen. Jan saß in Gedanken versunken mit dem Rücken an die Wand gelehnt da. Sein Wellensittich Joschi war sicher völlig verstört, immerhin hatte heute niemand das Tuch von seinem Käfig genommen. Mit dem allabendlichen Zudecken läutete Jan immer die Nachtruhe des Vogels ein. Ob Lisa sich um den Vogel kümmern würde? Immerhin hatte sie für Notfälle einen Schlüssel für seine Wohnung. Doch womöglich ging sie davon aus, dass er auf rosafarbenen Wolken schwebte und verschwendete keinen Gedanken an ihn, zumindest keinen besorgten.

Plötzlich ertönte wieder das Klappern, gefolgt von einem leisen Quietschen. Licht, das von irgendwelchen Deckenlampen stammte, die Jan nicht sehen konnte, erhellte den Stall. Schritte waren zu hören. Jan hielt die Luft an und hoffte inständig, dass nicht erneut das Klacken des Gehstocks einsetzte und der durchgeknallte Alte kam, um ihn zu quälen. Er vernahm das verräterische Geräusch nicht, trotzdem gestattete er sich kein Durchatmen. Wer wusste schon, was ihn stattdessen erwartete. Drei Gestalten schritten den Gang entlang und bogen zu seinem Käfig ab. Flüchtig registrierte Jan zwei Männer: einen Hünen mittleren Alters und einen stämmigen Typen, dessen Gesicht unter einer Kapuze verborgen lag. Dann haftete Jans Blick an der dritten Gestalt: Barbara. Sie trug dreckige, einstmals weiße Gummistiefel und eine Schlachterschürze, auf der rote Striemen ein bizarres Muster bildeten. Ein Schiffchen saß schief auf ihrer ungebändigten Lockenmähne. Die Kopfbedeckung mochte irgendwann einmal weiß gewesen sein, nun wies sie ein rot-graues Camouflage-Muster auf, das als modisch schick durchgegangen wäre, wenn es eine Spur weniger blutig und schmutzig ausgesehen hätte. Um ihre Schürze war ein Gürtel mit einem Messerköcher gebunden, aus dem die schwarzen Griffe verschiedener Fleischermesser herausragten. Sie hatte die dicklichen Hände in die Hüften gestemmt und schaute emotionslos auf Jan hinunter.

»Hallo, Jan. Hast du dich schon eingelebt?« Ohne die aufgesetzte Heiterkeit fand Jan ihre Stimme gruselig und damit höchst passend zu ihrem martialischen Look.

»Was soll das?«, fragte er. »Ich will nach … nach Hause!«

Barbara lachte laut und gekünstelt. »Was du so alles willst, mein Kleiner. Iss regelmäßig, damit du noch mehr auf die Hüften bekommst, und mach keinen Ärger. Dann hast du hier in Anbetracht der Umstände eine erträgliche Zeit.« Sie wandte sich ihren beiden Begleitern zu. »Holt die Schubkarre und kümmert euch um Mathéo.«

Jan stand abrupt auf, trat vor die Käfigtür und rüttelte daran. »Lass mich raus, Barbara«, presste er wütend hervor.

»Hör auf, mich Barbara zu nennen, das ist nicht mein richtiger Name. Nenn mich Nanna, die Mutter, oder noch besser: Halt einfach die Schnauze!« Die Fleischerin bedachte ihn mit einem finsteren Seitenblick.

Jan fluchte vor sich hin und rüttelte erneut an der Tür, aber die Fleischerin beachtete ihn nicht weiter und schaute in Richtung der beiden Männer, die gleich darauf aus einer Ecke des Stalls mit einer großen Schubkarre zurückkamen. Vor dem übernächsten Käfig mit dem korpulenten Typen blieben sie stehen. Der brabbelte etwas in flehendem Tonfall auf Französisch, kauerte sich in eine Ecke und streckte die Hände vor sich aus, als wolle er die Männer, von denen einer gerade die Tür aufschloss, so daran hindern, zu ihm zu kommen. Der Mann mit der Kapuze öffnete die Tür und der grobschlächtige Hüne, der etwas Längliches in der Hand hielt, trat ein. Der Dicke wimmerte und bettelte lautstark. Der Hüne näherte sich ihm lauernd wie eine Katze einer Maus und stieß schließlich mit einem Stab nach ihm. Ein von einem elektrischen Knistern begleitetes Surren ertönte, als der Dicke an der Schulter getroffen wurde. Schlagartig verstummte der Mann, seine Arme sanken schlaff herunter und er sackte reglos zu Boden. Ein Viehtreiber, dachte Jan. Er hatte diese Geräte, die eigentlich dazu dienten, Rinder zu bändigen, neulich in einer Dokumentation gesehen. Gemeinsam mit dem anderen Mann machte sich der Hüne daran, den Dicken aus seinem Käfig zu hieven. Beide ächzten angestrengt, schafften es aber schließlich, das reglose Opfer hinauszutragen und in die Schubkarre zu wuchten. »Danke schön«, sagte der Hüne außer Atem.

Jan rüttelte an der Gittertür. »Lass mich raus! Ich bin ein Mensch und kein Stück Vieh.«

Die Fleischerin, die das Geschehen mit noch immer in die Hüften gestemmten Händen beobachtet hatte, wandte sich ihm ruckartig zu und taxierte ihn mit einem starren Blick, der Jan einen eiskalten Schauer über den Rücken laufen ließ. »Nein! Du bist Fleisch, einfach nur Fleisch!«

Kapitel 5

Gegenwart

Die Fahrt zu der Adresse, die Lisa ihm gegeben hatte, führte Harms durch eine herrliche Naturlandschaft, die einem Meer aus Grün glich. Es ging steile Auffahrten hinauf zu malerischen Hochplateaus, hinunter in verschwiegene Täler und kurvenreich vorbei an üppig bewaldeten Hügeln, Wiesen, auf denen Kühe grasten, und dunklen Fichtenwäldern, in denen die Bäume so dicht beieinanderstanden, dass kaum je ein Sonnenstrahl seinen Weg zum Erdboden fand. Gelegentlich passierte er graue Landhäuser, die sich an die Hänge klammerten, und überquerte Brücken, die sich über träge dahinfließende Flüsse spannten. Nachdem ein weiterer ausgedehnter Wald an ihm vorbeigerauscht war, lichtete sich die Vegetation und die abfallende Straße führte in ein Tal, in dem eine Ansammlung weit auseinanderstehender Häuser ein kleines Dorf bildete. Harms folgte den Anweisungen des Navigationsgeräts eine Anhöhe hinauf und parkte den Wagen kurz darauf vor einem zweigeschossigen weißen Haus mit einem anthrazitfarbenen Satteldach.

Nachdem er ausgestiegen war, sog er die erdige Landluft tief ein und schaute sich um. Ein dunkles Holzschild mit der Aufschrift ›Zur Alten Post‹ prangte an der Fassade des Gebäudes. Die Blumenkästen vor den Fenstern und kleinen Holzbalkone im zweiten Stock verliehen dem Gasthof ein gemütliches Flair. Im Eingangsbereich standen mit Planen überdeckte Terrassenmöbel und zwei geschlossene Sonnenschirme. *Es ist sicher schön, hier im Sommer, umgeben von der üppig grünen Natur, das eine oder andere Bierchen zu zischen*, dachte Harms und blickte auf eine trutzige Steinkirche mit einem zwiebelförmigen Turmhelm, die gegenüber auf der anderen Straßenseite stand.

Harms hielt auf die dunkle Eingangstür des Gasthofs zu und wollte gerade eintreten, als diese geöffnet wurde und ein Mann rückwärts hinaustrat. »Richte ich aus, bis dann!«, sagte der Typ und rempelte Harms leicht an.

»Pass doch auf!«, raunzte Harms ihn an. Nur mit Mühe konnte er sich bremsen, dem Kerl keinen kräftigen Schubser zu verpassen. Da war sie wieder, die Wut.

Der Mann, der eine zerschlissene beigefarbene Baseballmütze trug, warf ihm im Fortgehen einen finsteren Blick zu.

Harms betrat den Gasthof. Vor ihm erstreckte sich ein dunkler Flur, rechts führte ein breiter Durchgang in eine Wirtsstube, die mit einer Theke aus dunklem Holz und mehreren Sitzgelegenheiten eingerichtet war. Es roch nach Möbelpolitur mit Zitronenduft.

Ein Mann in den mittleren Jahren mit grau meliertem Haar nahm gerade ein großes, mit Alufolie umwickeltes Päckchen von der Theke, als er Harms bemerkte. »Guten Tag, das Wirtshaus hat noch nicht geöffnet.«

»Ich suche ein Zimmer. Meine Nichte meinte, dass ich hier unterkommen kann. Sie ist die Freundin von Daniel.«

Der Wirt musterte Harms einen Moment und stellte dann das Päckchen zurück. Er hatte einen exzentrischen Bart, der wie eine braune Hecke zwischen Nase und

Oberlippe spross und an den Enden aufwärts geschwungen war, als würde er ihn regelmäßig mit einer harten Zahnbürste striegeln. »Zimmer habe ich genug. Wenig los zu dieser Zeit, die Wandersaison hat noch nicht richtig angefangen. Wie gehts dem Jungen denn?«

»Als Freund meiner entzückenden Nichte wähnt er sich vermutlich jeden Tag im siebten Himmel.«

Der Wirt guckte verdutzt und lächelte dann. »Natürlich. Ich bin übrigens Louis.«

»Christian Harms, aber die meisten nennen mich einfach Harms.«

Die beiden schüttelten sich die Hand und hielten etwas Small Talk. Anschließend erledigten sie die Anmeldeformalitäten, dann führte Louis seinen neuen Gast eine knarzende Holztreppe hinauf in den zweiten Stock. Sie gingen einen lang gestreckten, mit Teppichboden ausgelegten Flur entlang, an dessen Wänden Landschaftsporträts und Gemälde mit Jagdszenen hingen. Auf einem der Bilder standen sich zwei muskulöse Hirschböcke auf einer Waldlichtung gegenüber und hatten ihre prächtigen Geweihe ineinander verkeilt.

»Bevor ich es vergesse«, sagte Louis, der bemerkte, dass Harms das Bild betrachtete. »Unten neben der Eingangstür hängt ein Schwarzes Brett mit einem Zettel, auf dem die Jagdtermine hier in der Gegend verzeichnet sind. Momentan ist es ruhig, was die Jagd angeht, aber Wildschweine werden das ganze Jahr gejagt. Für den Fall, dass Sie wandern wollen.«

»Gut zu wissen.«

Louis schloss ein Zimmer auf der rechten Seite auf, führte Harms hinein und übergab ihm den Schlüssel. »Ist nichts Besonderes, aber man kann es aushalten, denke ich.«

»Alles prima«, sagte Harms und schaute sich in dem spartanisch ausgestatteten Raum um. Ein Bett, ein Schreibtisch mit Stuhl und eine Kommode mit einem kleinen Flachbildfernseher bildeten die wesentliche Ausstattung. Links ging eine Tür ab.

»Da ist die Toilette. Ab siebzehn Uhr öffnen wir die Wirtsstube, da bekommen Sie etwas zu essen, wenn Sie möchten. Hier ist auch noch eine Minibar.« Louis deutete zum Tisch, unter dem ein kleiner Holzschrank auf Rädern stand.

»Wunderbar!« Die Ausstattung reichte Harms völlig. Nachdem der Wirt sich verabschiedet und die Tür hinter sich geschlossen hatte, deponierte er seine Reisetasche auf dem Bett und holte einen kleinen Bilderrahmen daraus hervor, den er auf den Nachttisch stellte. Das Foto zeigte seinen Vater Georg, als dieser mit seinen vollen weißen Haaren, der von viel Bewegung an der frischen Luft herrührenden gebräunten Haut und den strahlend blauen Augen noch voller Vitalität gewesen war. Die Aufnahme war einige Jahre zuvor gemacht worden, bevor seine Alzheimer-Erkrankung jeden Tag ein wenig mehr von seinem Geist ausgelöscht hatte.

Harms setzte sich aufs Bett und seine Gedanken wanderten von seinem Vater zu Schwester Bernadette. Schließlich zwang er sich, die ersten Schritte bei der Suche nach Jan Hofmann im Kopf durchzugehen. Bald darauf holte er seinen Laptop aus der Reisetasche, stellte ihn auf den Tisch und startete ihn. Während das Gerät hochfuhr, warf er einen Blick in die Minibar, in der sich Schokoriegel, eine Packung Erdnüsse und verschiedene Getränke befanden. Nach kurzem Zögern griff er sich eine Dose Jack Daniel's & Cola. Alkohol war sein großes Laster und sein größter Feind. Als er vor einigen Jahren seine Familie verloren hatte, fing er an, den Kummer in Alkohol zu ertränken. Infolge des grausamen Schicksalsschlages entwickelte er eine *Intermittent explosive disorder*, kurz gesagt ein Wutsyndrom, das ihn kurz darauf seine Anstellung bei der Polizei kostete. Fortan war Alkohol, meist in Form von Whiskey, sein stetiger Begleiter, der ihm etwas Trost in der Krise vorgaukelte. Zunächst gestand er sich das Problem nicht ein, immerhin schaffte er es, sein Leben doch irgendwie in der Spur zu halten, die Detektei zu eröffnen und sich als Privatermittler eine gute Reputation aufzubauen. Aber irgendwann konnte er die Augen nicht mehr davor verschließen, dass der Alkohol und die Wut ihre destruktiven Kräfte bündelten und drohten, ihn in den Abgrund zu reißen. Eigentlich hatte er nach den einschneidenden Ereignissen im letzten Herbst sein Leben radikal ändern wollen, aber das Gefühlschaos in seinem Inneren und jetzt der Tod seines Vaters ließen ihn immer wieder in alte Verhaltensmuster zurückfallen.

Begleitet von einem Zischen öffnete er die Dose und nahm einen großen Schluck. Er hatte gerade auf dem Stuhl Platz genommen, als ein Signalton einen eingehenden Skype-Anruf ankündigte. Harms stellte die Dose auf den Tisch, rückte den Laptop in Position und nahm das Gespräch an.

»Bist du gut angekommen? Wie geht es Lisa?« Auf dem Bildschirm war ein Foto seiner Schwester Sabine zu sehen, die mit ihren fünfzig Jahren vier Jahre älter war als er selbst. Sie hatte ein freundliches, herzförmiges Gesicht und trug ihre Haare zu einer modischen Kurzhaarfrisur geschnitten. Harms berichtete ihr von dem Treffen in dem Café, dann wurde er von einer krächzenden Stimme unterbrochen: »Kotnascher! Kotnascher!«

Offenbar war Sabine bei ihm zu Hause, denn es handelte sich unverkennbar um Clyde, einen seiner beiden Papageien. Wenn Harms beruflich unterwegs war, kümmerte sich seine Schwester um ihn und seine Partnerin Bonnie. Harms rollte schmunzelnd mit den Augen. »Hast du ihm wieder neue Ausdrücke beigebracht?«

»Diesmal bin ich unschuldig«, sagte Sabine mit Nachdruck. »Das muss er im Fernsehen aufgeschnappt haben.«

Sie unterhielten sich noch kurz über Belanglosigkeiten, dann beendete Harms das Gespräch mit dem Versprechen, Lisa von Sabine zu drücken. Im Anschluss rief er seine ehemalige Kollegin bei der Polizei Kathrin Frerichs an. Die beiden hatten vor über zehn Jahren eine kurze Affäre gehabt und waren danach befreundet geblieben. Er half der alleinstehenden Frau gelegentlich bei Arbeiten an ihrem Haus oder im Garten, sie ließ dafür im Gegenzug bei Bedarf im Rahmen ihrer Möglichkeiten die Muskeln des Polizeiapparats für ihn spielen. Zu Harms' Verdruss dämpfte sie heute gleich seine Erwartungen, viel für ihn tun zu können. Der Fall lag außerhalb des Zuständigkeitsbereichs der Polizei Oldenburg bei der Behörde eines anderen Landes. Kathrin versprach jedoch, sich im Kollegenkreis umzuhören, ob jemand Kontakte zur belgischen Eifelpolizei unterhielt, die den Vermisstenfall bearbeitete.

Nachdem sie aufgelegt hatten, leerte Harms die Dose Jack Daniel's und startete den Internetbrowser. Dann würde er sich die gewünschte Information eben notfalls auf anderem Wege beschaffen. Er kratzte sich am Kopf und begab sich auf eine zufälligerweise von einer belgischen Detektei initiierte Plattform namens SID: *Stendebach Investigation Database*. Dabei handelte es sich um eine Art Facebook für Privatermittler. Tausende Detekteien aus ganz Europa und ihre Informanten waren auf der Seite miteinander vernetzt und unterstützten sich gegenseitig, meist entgeltlich, bei der Suche nach vermissten Personen, der Informationsbeschaffung und weiteren Anliegen, bei denen fachspezifisches Schwarmwissen weiterhalf. In letzter Zeit, so war zumindest Harms' Eindruck, tummelten sich immer mehr zwielichtige Gestalten auf der Plattform, die mit Angeboten am Rande der Legalität einen netten Zusatzverdienst einstreichen wollten. Der Betreiber, die Detektei Stendebach & Partner, verwies in dem Zusammenhang darauf, dass sie klare Nutzungsbedingungen vorgegeben hatte, letztlich aber nur die Plattform stellte und die Vereinbarungen der Mitglieder untereinander außerhalb ihres Einflussbereichs lagen. Diesen Umstand wollte sich Harms zunutze machen, denn eigentlich war es für Privatdetektive illegal, ein Mobilgerät ohne Kenntnis und Erlaubnis des Besitzers zu lokalisieren. Das war Harms aber herzlich egal, solange er so den jungen Mann aufspüren und womöglich vor Schlimmerem bewahren konnte. Zunächst lud er das Foto und den Steckbrief von Jan, was Lisa ihm gemailt hatte, auf die Seite und erkundigte sich auf Deutsch und Englisch, ob jemand mit Informationen zu seinem Aufenthaltsort dienen konnte. Er beendete das Posting mit dem Kürzel PT, was für *Phone Tracking* stand.

Nachdem das erledigt war, loggte er sich aus, lehnte sich zurück und verschränkte die Arme hinter dem Kopf. Er hoffte, möglichst bald Licht ins Dunkel, um das Verschwindens von Jan Hofmann zu bringen.

Harms hatte sich aufs Bett gelegt und war weggedöst. Als er die Augen öffnete, war es merklich dunkler in dem Zimmer geworden. Er setzte sich auf, schwang die Beine über die Bettkante und nahm sich einen Augenblick Zeit, die Benommenheit abzuschütteln. Schließlich stand er auf und begab sich hinaus auf den Balkon. Kühle Luft umhüllte ihn und ließ ihn frösteln, als er an das Geländer trat und die Aussicht genoss. Hinter einer grünen Wiese und einer kargen Hecke zeichneten sich die Umrisse benachbarter Gebäude in der Dämmerung ab. Aus einigen Schornsteinen strömte Rauch, der sich mit dem Nebel mischte, der wie eine trübe Suppe über der Szenerie lag. Im Hintergrund waren durch den Dunst vage die majestätischen, dicht bewaldeten Hänge zu erkennen, die das Tal umgaben. Eine verwunschene Kulisse, wie gemacht für einen Fantasyfilm.

Harms kehrte in sein Zimmer zurück, schloss die Tür und ging, nachdem er sich kurz frisch gemacht hatte, hinunter in die Wirtsstube. Dort schlugen ihm köstliche Essensgerüche entgegen, die augenblicklich seinen Appetit anregten. An einem Tisch spielten vier Männer Karten, an einem anderen saß sich ein älteres Pärchen gegenüber und trank Wein. An der Theke hockte ein drahtiger Mann um die fünfzig und starrte in sein Bierglas. Der Barhocker schabte laut über den Boden, als Harms ihn zurückzog und sich zwei Plätze weiter ebenfalls an die Theke setzte. Er sah sich um und bestaunte die zahlreichen unterschiedlichen Bierdeckel, welche die Wand neben der Eingangstür zierten.

»Ah, der Niedersachse!« Louis war aus einem Durchgang hinter der Theke erschienen. »Was darfs denn sein?«

»Ein Bier und eine Kleinigkeit zu essen.«

Louis nickte nur, wandte sich um und legte einen Moment später eine in einen ledernen Umschlag gebundene Speisekarte vor Harms auf die Theke. »Haben Sie schon mal belgisches Bier getrunken?«

»Was Bier angeht, war ich bisher wenig experimentierfreudig.«

»Ah, ihr Deutschen mit eurem strengen Reinheitsgebot. Dabei bietet Bier so viele Möglichkeiten für raffinierte Kreationen.«

»An 'nem Bier muss man nicht viel herumpfuschen, sonst ist es kein Bier mehr, sondern eine neumodische Hipster-Plörre.« Der Wirt schüttelte lächelnd den Kopf, während Harms seine Augen von seinem kunstvoll gestriegelten Schnurrbart losriss und durch die Speisekarte blätterte. In der standen jede Menge üppige Gerichte mit klangvollen Namen verzeichnet. Er entschied sich prosaisch für Pommes mit Bratwurst. Louis legte derweil einen Bierdeckel vor ihn und stellte ein Glas darauf ab. Mit routinierten Bewegungen öffnete er eine Flasche Bier, was ein Zischen erklingen ließ, und goss den goldgelben Gerstensaft in das Glas, bis es von einer perfekten Schaumkrone bedeckt war. Anschließend stellte er die Flasche daneben. Auf dem Etikett war ein Zwerg mit weißem Rauschebart und roter Zipfelmütze abgebildet.

»Probieren Sie mal. La Chouffe Blonde D'Ardenne. Wir haben über tausend Biersorten hier in Belgien und das ist einer der beliebtesten Klassiker.«

Harms bedankte sich und gab seine Bestellung auf.

»Marie! Einmal Pommes mit Bratwurst«, rief Louis in Richtung Durchgang.

Nach einem kurzen skeptischen Blick auf das Glas, nahm Harms einen Schluck und spürte dem Geschmack nach. Das Bier schmeckte fruchtig und würzig, nach Zitrone mit einer deutlichen Koriander-Note. Die reichlich vorhandene Kohlensäure, die das Bier frisch und spritzig machte, und die Bitterstoffe wurden durch eine leichte Süße gelungen austariert. »Nicht schlecht«, sagte Harms, was Louis sichtlich gern hörte.

»Was führt Sie eigentlich zu uns in die Gegend?«, fragte der Wirt.

Harms erzählte ihm, dass er einen jungen Mann suchte, der vermisst wurde.

»Hoffentlich ist er nicht allein in den Wäldern unterwegs«, warf der Mann ein, der rechts von Harms an der

Theke saß. »Hier kann man sich schon mal verlaufen und ganz ungefährlich ist es auch nicht.« Der Mittvierziger hatte wache blaue Augen, die von einem scharfen Intellekt kündeten, und ein wettergegerbtes Gesicht. Er erinnerte Harms an einen jüngeren Harrison Ford.

»Wieso denn gefährlich, was redest du denn da?«, fragte der Wirt.

»Na, denk mal an den Schamanen. Und so manches Raubtier streunt auch durch die Wälder.« Louis' rechte Augenbraue zuckte nach oben und er warf dem Mann einen ungläubigen Blick zu. Als er etwas sagen wollte, wurde er von einer weiblichen Stimme gerufen, wandte sich ab und verschwand durch den Durchgang.

Harms trank einen Schluck Bier. »Was hat es mit dem Schamanen auf sich?«

»Der war früher ein ganz normaler Bürger hier aus dem Dorf. Vor rund fünfzehn Jahren verschwand seine kleine Tochter spurlos. Man vermutete, jemand hätte sie geschnappt. Kurz darauf beging seine Frau Selbstmord. Er zog daraufhin in einen Wohnwagen unten am Fluss und hat sich völlig abgekapselt. Ist wohl total durchgeknallt und betet Geister an oder so einen Quatsch. Viele aus dem Dorf halten ihn für gefährlich. Als vor fünf Jahren ein junges Touristenpärchen in der Gegend verschwand, hieß es, er hätte sie getötet und verscharrt. Man konnte ihm aber nichts nachweisen.«

»So, Ihr Essen.« Louis stellte einen prall gefüllten Teller vor Harms ab und legte das Besteck daneben. »Lassen Sie es sich schmecken.«

Harms bedankte sich und leckte sich beim Anblick der goldgelben Pommes genüsslich über die Lippen.

»Ich hoffe, du erzählst deinen Wanderern nicht dasselbe«, sagte Louis zu dem Mann. »Sonst wäre es kein Wunder, wenn die Touristen nicht mehr wiederkommen.«

»Ich schneide mir doch nicht ins eigene Fleisch.« Der Mann grinste verschmitzt. »Aber er ist ja schließlich kein Tourist.« Er hob sein Bierglas in Richtung Harms. »Ich heiße Armin und biete bei uns im Dorf geführte Wanderungen und andere Outdoor-Erlebnisse an.«

Harms stieß mit ihm an und stellte sich vor, bevor er eine der dicken Pommes auf die Gabel spießte, sie in den Klecks Ketchup am Rand tunkte und sich in den Mund steckte. Die Pommes waren außen knusprig und innen schön weich.

»Gut, gell?« Louis lächelte Harms an, während er ein Bierglas abtrocknete. »Wir frittieren die Pommes immer zweimal hier in Belgien, deswegen schmecken sie so gut.«

Harms nickte anerkennend und schaufelte sich den nächsten Bissen in den Mund. Er war ein großer Fast-Food-Freund und gute Pommes wurden für ihn nur von einem üppigen Burger überboten, aus dem die mit Fett und geschmolzenem Käse vermischte Soße heraustroff.

»Raubtiere gibt es hier auch?«, fragte er kauend und warf Armin einen kurzen Seitenblick zu.

»Ach, der eine oder andere Wolf verirrt sich neuerdings wieder her«, sagte Louis. »Sonst nichts.« Harms probierte ein Stück von der Bratwurst und der saftige, ausgesprochen würzige Geschmack erfüllte seinen Gaumen mit Wonne.

»Na ja, was ich vor zwei Wochen bei einer Wanderung gesehen habe, war eher nicht das Werk eines Wolfs.« Armin machte eine bedeutungsschwere Pause und leerte sein Bierglas. »Meine Gruppe hat gerade gerastet und ich entfernte mich zum Pinkeln ein Stück in den Wald. Da sah ich in mehr als zwei Metern Höhe zwischen den Ästen eines Baums einen Tierkadaver hängen. Der Torso war völlig zerfetzt, die Gedärme baumelten heraus und Fliegen und Insekten feierten ein Festmahl. Statt Augen hatte das Ding nur noch dunkle Schlünde. Lediglich anhand des Geweihs war es noch als Hirsch zu identifizieren.«

Harms verzog das Gesicht und ärgerte sich bei dem köstlichen Gericht, dass sein Appetit gerade ein wenig gesunken war.

Kapitel 6

Zuvor

Die Fleischerin stand mit vor der Brust verschränkten Armen im weiß gefliesten Schlachtraum, dessen Edelstahlgeräte das kalte Licht der Neonröhren reflektierten. Der bewusstlose Mann namens Mathéo wurde unter ihren wachsamen Augen von Adrian und dem Gratiator aus der Schubkarre gehievt und auf einen Tisch verfrachtet. Der Name Gratiator war eine Mischung aus dem lateinischen Wort *Gratias*, das ›Danke‹ bedeutete, und dem Terminator. Als der Hüne mit dem schütteren schwarzen Haar vor langer Zeit als kleiner Junge auf den Hof gekommen war, hatte sich herausgestellt, dass er sich bei jeder passenden und unpassenden Gelegenheit bedankte. Er erzählte, dass sein Vater großen Wert auf Anstandsregeln gelegt hatte. Immer wenn der Junge, der eigentlich Walter hieß, vergaß sich für etwas zu bedanken, zum Beispiel, wenn ihm ein Teller Essen vorgesetzt wurde, setzte es eine schallende Ohrfeige. Schnell sagte er ständig Danke, um sich diese schmerzhaften Sanktionen zu ersparen. Als junger Mann war er zu einem grobschlächtigen Hünen herangewachsen, was die Anspielung auf den Terminator erklärte. Henry hatte ihn eines Tages Gratiator genannt und die Bezeichnung hatte sich etabliert.

Zusammen mit dem zwanzigjährigen Adrian, einem drahtigen Slawen mit kurz rasierten schwarzen Stoppeln und emotionslosen grauen Augen, entkleidete der Gratiator Mathéo, den die Fleischerin wie auch Jan beim Online-Dating aufgerissen hatte. Anschließend legten sie ihm stählerne Fußringe an. Adrian wirkte übereifrig und von einer nervösen Anspannung erfüllt. Die Fleischerin kannte den jungen Mann noch nicht lange, aber sie hegte den Verdacht, dass ihm das Töten Spaß machte. Das missbilligte sie, denn darum war es ihr nie gegangen. Gewiss genoss sie die Macht über Leben und Tod, die ihr Beruf mit sich brachte. Aber es waren vor allem die Leidenschaft zum Handwerk, die Lust der Nahrungszubereitung und der Akt des Essens an sich, die sie antrieben. Sie betrachtete sich eher als Künstlerin, denn schon ihr Vater, der sie im zarten Alter von zwölf Jahren erstmals auf den Schlachthof mitnahm, hatte einst gesagt: *»Wir Fleischer sind Künstler, denn es ist doch zweifellos Kunst, aus einem Tier, das nur frisst und scheißt, Delikatessen zu machen.«* So sah es die Fleischerin ebenfalls und selbstverständlich ging es auch um das liebe Geld, denn sie war eine ambitionierte Geschäftsfrau, die noch viel vorhatte.

Lautes Kettenrasseln riss sie aus ihren Gedanken. Die beiden Männer befestigten die Ketten an den Fußfesseln und hängten Mathéo kopfüber an einer Hochbahn auf.

»Vielen Dank«, sagte der Gratiator zu dem von der Apparatur baumelnden Mann, der benommen stöhnte. Die durch den Viehtreiber hervorgerufene Bewusstlosigkeit ließ allmählich nach.

»Aus dem Weg!« Die Fleischerin trat vor, packte den Mann an der Hüfte und schob ihn rund einen Meter nach links, sodass er über einer großen Auffangwanne hing. Anschließend griff sie in ihren Köcher und zog ein

Hohlstechmesser mit einer sechzehn Zentimeter langen, extrem scharfen Edelstahlklinge daraus hervor. Gerade als der Mann die Augen öffnete und verwundert blinzelte, packte die Fleischerin mit der freien Hand seinen Hinterkopf, stach ihm die Klinge tief in den Kehlkopf und zog sie mit einem Ruck wieder heraus. Der Körper des Mannes zuckte wie bei einem spastischen Anfall, die Konstruktion, an der er festgemacht war, klapperte und die Ketten rasselten. Wie Wasser aus einem Springbrunnen sprudelte das Blut aus der Wunde in die Wanne. Die Fleischerin trat einen Schritt zurück und legte das Messer auf den Tisch.

Das Ausbluten war nötig, damit das Fleisch länger haltbar blieb. Sie war zufrieden, dass Mathéo von seinem Schicksal kaum etwas mitbekommen hatte, immerhin war sie kein Unmensch. Auch Schweine betäubte sie fachgerecht mit einem Bolzenschussgerät, damit die Tiere nicht unnötig litten. Es lag in der Natur, dass die unten in der Nahrungskette rangierenden Lebewesen ihr Fleisch opferten, aber unnötig wehtun sollte man ihnen nicht. In dieser Hinsicht unterschied sie sich von Henry, der Spaß daran hatte, andere Lebewesen zu quälen.

Ein ausgeprägter Kupfergeruch breitete sich im Schlachtraum aus. Als immer weniger Blut aus der Wunde sickerte und der rote Lebenssaft schließlich nur noch spärlich in die Wanne tropfte, wies die Fleischerin ihre Gehilfen an, den Toten in die Enthaarungsmaschine zu legen. Das war bei Mathéo unentbehrlich, denn der Belgier war nicht nur auf dem Kopf und im Gesicht dicht behaart. Krause schwarze Haare bedeckten nahezu seinen gesamten Körper.

Der Gratiator und Adrian machten den Toten von der Apparatur los und trugen ihn zu einem Gerät, das auf den ersten Blick einer Sonnenbank aus Edelstahl glich. Die kombinierte Brüh- und Enthaarungsmaschine war eine Sonderanfertigung, welche die Fleischerin im Darknet erworben hatte. Sie war für Schweine und Menschen gleichermaßen geeignet. In der Maschine wurden die Körper bei zweiundsechzig Grad gebrüht und anschließend wurden ihnen die Borsten beziehungsweise Haare entfernt.

Während ihre Gehilfen den Toten in die Maschine legten, die kurz darauf ein Brummen absonderte und ihre Arbeit begann, griff sich die Fleischerin einen bereitliegenden überdimensionalen Rührstab und rührte kräftig in den etwa fünf Litern Blut, die sich in der Wanne gesammelt hatten. Das war nötig, damit das Blut nicht gerann und es für die Fertigung von Blutwurst verwendet werden konnte.

Wie sagte schon Wilhelm Busch? ›Des Schweines Ende ist der Wurst Anfang.‹ In diesem Fall wohl eher des Menschen Ende, dachte die Fleischerin schmunzelnd. Sie liebte Zitate und Weisheiten, ganz besonders solche, die ihr Metier betrafen.

Nach wenigen Minuten hatte die Maschine ihr Werk verrichtet und die Gehilfen legten Mathéo, der jetzt haarlos und blutleer, mit weißer glatter Haut nicht mehr viel Ähnlichkeit mit seinem ursprünglichen Erscheinungsbild hatte, zurück auf den Edelstahltisch in der Mitte des

Raums. Während die Fleischerin weiterrührte – allmählich schmerzte ihre Schulter und sie biss angestrengt die Zähne zusammen –, nahm der Gratiator ein Abflammgerät zur Hand, mit dem er die letzten Härchen des Toten entfernte. Eine bläuliche Flamme schoss aus dem kurzen silberfarbenen Rohr, das über einen Gasschlauch mit einer Propangasflasche verbunden war. Der Gratiator hielt das Rohr ein Stück weit über den Körper des Toten und arbeitete sich von den Füßen bis zum Kopf vor. »Danke«, sagte er schließlich, schaltete den Brenner aus und legte ihn beiseite. Zusammen mit Adrian hängte er den Leichnam anschließend erneut mit den Füßen an der Hochbahn auf.

»Verarbeitet ihr das Blut weiter, ich kümmere mich um den Rest«, sagte die Fleischerin, die froh war, mit dem anstrengenden Rühren aufhören zu können.

»Danke schön!« Der Gratiator bückte sich, packte die Wanne an den Rändern und zog sie unter dem an den Haken schaukelnden Leichnam weg. Es quietschte, als sie über den Boden schabte. Die Fleischerin nahm aus einem Wandregal eine Kettensäge und schaltete sie an. Ein ohrenbetäubendes Dröhnen erfüllte den Raum. Sie trat vor den Leichnam, bückte sich und bewegte die ratternde Klinge von rechts nach links durch den Hals. Mit Leichtigkeit durchtrennte die Motorsäge Haut, Sehnen und Knochen, deren Splitter wie Holzspäne umherflogen. Nachdem der Kopf wie eine Bowlingkugel auf die Erde gepurzelt war, schaltete die Fleischerin die Säge ab und legte sie auf den Tisch. Mit beiden Händen hob sie den Kopf auf und deponierte ihn daneben. Nachdem sie sich wieder dem kopflosen Torso zugewandt hatte, folgte ein routinierter Griff in den Köcher, woraufhin sie ein kurzes Messer in der Hand hielt. Sie packte den schrumpeligen Penis des Toten, zog ihn stramm und trennte ihn mit einem gezielten Schnitt am Ansatz ab. Lässig warf sie das Geschlechtsorgan neben den Kopf, tauschte das Kurzmesser leise vor sich hin summend gegen ein längeres Schlachtermesser und begab sich zu dem Wandregal, aus dem sie eine Schlachtaxt entnahm. Diese klemmte sie sich zwischen Köcher-Gürtel und Hüfte.

Wieder vor dem Leichnam stehend, schnitt die Fleischerin diesen vom Becken bis zum Hals auf und ließ ein paar gezielte Hiebe mit der Axt folgen. Schon war der Körper in zwei Hälften geteilt und die Gedärme quollen heraus wie Kabelsalat aus einem geöffneten Maschinengehäuse.

»Zum Auskühlen in den Kühlraum!« Die Fleischerin wischte sich mit dem Handrücken Schweiß von der Stirn und legte Messer und Schlachtaxt auf den Tisch.

»Wird gemacht, Nanna, danke sehr«, sagte der Gratiator.

Kapitel 7

Die Fleischerin, die ihren Metzgerkittel und die Kopfbedeckung abgelegt hatte, stand vor dem Herd und starrte in den Topf mit dem kochenden Wasser. Sie freute sich auf diese kleine Pause, bevor die weitere Verarbeitung des Fleisches anstand. Vor allem das Zersägen der Knochen war mit zunehmender Dauer körperlich anstrengend, während die Zusammenstellung der verschiedenen Pakete ihre ganze Konzentration erforderte. Sie wollte ihre Kunden schließlich zufriedenstellen und keinen Anlass zu einer Reklamation bieten. Heutzutage waren die Leute verwöhnt und anspruchsvoll – passte ihnen etwas nicht, quittierten sie es gleich mit einer kritischen Bewertung im Internet, die einem Betrieb schnell schaden konnte.

Sie holte eine Flasche mit einer veilchenblauen Spirituose und zwei Schnapsgläser aus einem Küchenschrank und brachte die Sachen zum Esstisch. Spontan goss sie sich ein Glas des Wacholderschnapses Pékèt ein, einer Spezialität der wallonischen Region, und kippte es hinunter. Der Alkohol erzeugte eine behagliche Wärme in ihrem Inneren. Leise summend deckte die Fleischerin den Tisch und nahm eine große Schüssel mit Kartoffelsalat aus dem Kühlschrank. Nannas Kartoffelsalat war der beste, daran gab es nicht den geringsten Zweifel. Mit hausgemachter Fleischwurst, Gewürzgurken und einer geheimen Mischung aus Kräutern, die sie auch auf die nette Nachfrage von Nachbarn niemals preisgab.

Als sie die Schüssel gerade auf den Küchentisch gestellt hatte, hörte sie, wie die Haustür geöffnet wurde.

Klack-klack-klack.

Henry schob seinen alten Körper in die Küche und schnüffelte, wobei er einem Frettchen glich, das die Spur eines Beutetiers aufgenommen hatte. »Das riecht herrlich.« Er lächelte und präsentierte dabei seine weißen und perfekten, künstlichen Zähne.

»Setz dich, Henry, und nimm dir schon mal. Was hast du denn da?« Die Fleischerin schaute demonstrativ auf die Plastiktüte in seiner Hand.

Henry deponierte die Tüte auf der Anrichte. Ein Stück dunkles Fell lugte aus der Öffnung hervor. »Das ist Tommy, hab ihm wohl zu sehr zugesetzt. Vielleicht kannst du ihn verarbeiten?«

»Geh mir weg damit, ich koche doch keine Katzen! Bring ihn zu den anderen Tieren!« Die Fleischerin stemmte entrüstet die Hände in die Hüften.

Mit schuldbewusster Miene nahm Henry die Tüte wieder an sich und verließ die Küche. Missbilligend rümpfte die Fleischerin die Nase. Diese Facette mochte sie überhaupt nicht an ihm, allerdings hatte er auch viele gute Seiten, allen voran seine Zuverlässigkeit und Loyalität schätzte sie sehr. Kurz darauf betrat er wieder die Küche.

»Wo sind Lilly und Claude?«, fragte sie ihn.

»Ich habe sie heute noch nicht gesehen«, sagte der alte Mann beim Nähertreten. Unwillkürlich machte die Fleischerin einen Schritt zurück, weil Henry beim Reden immer unangenehm geiferte.

»Ich bring ihnen später eine Tupperdose rüber.« Sie ging zu dem alten, würfelförmigen Mini-Fernseher am Rand der Küchentheke und stellte einen Musiksender an.

Fröhliche Popmusik schallte aus dem Gerät: Tones and I mit *Dance Monkey*. Bei dem abgefahrenen Video mit den golfspielenden und tanzenden Senioren musste sie immer lachen.

»Das ist gut.« Henry, der seinen Gehstock an die Wand gelehnt hatte, hielt sich mit einer Hand an einer Stuhllehne fest. Er schnippte mit den Fingern der anderen und bewegte seinen Kopf im Rhythmus der Musik vor und zurück. Die Fleischerin schmunzelte und schaltete den Herd aus. Ihr fiel eine Aussage des schottischen Dichters Sir Walter Scott ein: *»Fleisch, das ohne Frohsinn und Musik gegessen, ist schwer verdaulich.«*

Nachdem sie das kochende Wasser in den Abfluss gegossen hatte, nahm sie mithilfe eines Lappens den dampfenden haarlosen Kopf aus dem Topf und deponierte ihn auf einem großen Teller. Anschließend holte sie ein langes Messer aus der Küchenschublade, trennte die Zunge fein säuberlich heraus und legte sie in ein Schälchen. Damit kehrte sie an den Küchentisch zurück, an dem Henry mittlerweile schon Platz genommen hatte. Er leckte sich gierig über die Lippen, während sie sich zu ihm setzte.

Kurz darauf hatten beide einen Teller mit Kartoffelsalat und jeweils einer Hälfte von Mathéos Zunge vor sich stehen. Die Fleischerin griff nach einer Flasche Heinz-Ketchup, schraubte sie auf und schüttete sich eine großzügige Portion an den Tellerrand. »Auch Ketchup, Henry?«

»Yes … Ketchup geht immer, aber nur Heinz.« Der Alte goss sich mit zittrigen Händen ein Glas Schnaps ein und füllte auch das der Fleischerin auf. Dabei schüttete er etwas der veilchenblauen Spirituose auf das pfirsichfarbene Tischtuch, das die Fleischerin gerade erst gewaschen hatte. Die seufzte genervt und schluckte den aufkeimenden Ärger hinunter. »Erst mal ein Schnäpschen, zum Wohl«, sagte Henry fröhlich und hob sein Glas.

Sie stießen an und widmeten sich ihrem Gericht. Die Fleischerin liebte menschliche Spezialitäten. Für manche Leute stellten Meeresfrüchte wie Austern, Jakobsmuscheln und Krabben die ultimative Gaumenfreude dar. Derlei Leckereien war die Fleischerin zwar auch nicht abgeneigt, aber Lippen und Zungen kitzelten die Geschmacksnerven auf unnachahmliche Weise und bescherten ihr jedes Mal unglaubliche kulinarische Glücksgefühle. Sie schnitt ein kleines Stück der rosafarbenen Zunge ab, spießte es auf die Gabel und schob es sich in den Mund. Die oberste Schicht war wunderbar weich wie Schweinefett, aber dann präsentierte sich die Zunge al dente und bestach durch einen fein würzigen, leicht süßlichen Geschmack. Die Fleischerin kaute genussvoll, um die herrlichen Aromen voll auszukosten.

Als Henry den ersten Bissen von der Delikatesse nahm, schloss er vor Wonne seine Augen unter den buschigen weißen Brauen. Mit einem entzückten Lächeln im Gesicht schaufelte er dann Kartoffelsalat in sich hinein. »Nachher gucke ich diese Sendung mit den maskierten Sängern«, erzählte er schmatzend. »Ich bin mir sicher, dass Roberto Blanco unter dem Bienenkostüm steckt.«

»Der Neger lebt auch noch?« Die Fleischerin tunkte den Rest der Zungenhälfte in Ketchup.

»Natürlich!« Henry blickte die Fleischerin an, als wäre sie nicht von dieser Welt. Im fahlen Licht der einsamen Glühbirne, die über dem Küchentisch baumelte, glich seine runzlige blasse Gesichtshaut einer verschneiten Kraterlandschaft. »Weißt du noch? Den haben wir früher mal stundenlang bei einer Feier gehört.« Henry summte die Melodie von *Ein bisschen Spaß muss sein* und nickte rhythmisch mit dem Kopf dazu.

Die Fleischerin klopfte unwillkürlich mit dem linken Fuß auf den Boden. *Irgendwo muss ich noch eine CD von Roberto Blanco herumliegen haben. Die könnte ich mir mal wieder anhören*, dachte sie, während sie den Rest des Ohres aß.

Henry summte vergnügt weiter und kippte sich noch einen Schnaps ein. »Auch noch einen?«, fragte er.

Die Fleischerin lehnte ab und legte ihr Besteck zur Seite. »Iss in Ruhe weiter. Ich muss wieder, die Arbeit ruft.«

Kapitel 8

Jan erwachte und verspürte einen enormen Druck auf der Blase. Er blinzelte und schaute zu den Fenstern hinauf, durch die schwaches Tageslicht drang. Ächzend rappelte er sich auf die Beine und begab sich in die hinterste Ecke des Käfigs, um zu urinieren. Dabei achtete er drauf, seinem verbliebenen Nachbarn den Rücken zuzuwenden. Schließlich hatte er sich trotz der Ausnahmesituation sein Schamgefühl bewahrt. Allerdings interessierte sich der Franzose ohnehin nicht für ihn, so apathisch, wie er wirkte. Inzwischen hatte Jan noch einen weiteren Kommunikationsanlauf unternommen und versucht, sich mit Gesten mit dem Mann zu verständigen. Der hatte ihm jedoch nur einen müden Blick zugeworfen und sich dann abgewandt. Jan war definitiv auf sich allein gestellt und er saß mächtig in der Scheiße.

Sein Urin plätscherte ins Stroh, während heiße Wut in ihm aufloderte und durch seine Adern rauschte. Sie erfüllte ihn mit Energie und ließ ihn sich lebendig fühlen, was allemal besser war als die ängstlichen, hilflosen Empfindungen zuvor.

Tatsächlich handelte es sich bei dieser feurigen Wut um ein Gefühl, das er schon lange nicht mehr empfunden hatte. Nach seinem Schlaganfall und den damit einhergehenden Beeinträchtigungen hatte er nachts oft wach gelegen und einen stillen Zorn gegenüber dem Schicksal empfunden. Doch der war durchtränkt gewesen von reichlich Selbstmitleid. Jetzt hingegen wurde seine Wut befeuert von Hass – Hass auf dieses elendige Miststück, das ihn in eine Falle gelockt und unmissverständlich klargemacht hatte, dass er den Stellenwert von Nutzvieh einnahm. Jan tat sich auch diesmal leid, denn solch ein Schicksal hatte er definitiv nicht verdient, und er empfand eine Heidenangst vor dem, was ihn erwartete, doch der Gedanke, der falschen Natter eigenhändig den Hals umzudrehen, erfüllte ihn mit einem freudigen Prickeln. Hoffentlich würde sich ihm diese Chance bieten. Wahrscheinlich sah sie nur einen schüchternen und komplexbehafteten Mann in ihm, der keine Bedrohung darstellte. Aber sollte er die Gelegenheit bekommen, würde er ihr zeigen, dass sie sich den Falschen für ihre infamen Machenschaften ausgesucht hatte.

Als er fertig war, zog er den Reißverschluss seiner Hose hoch und knöpfte sie zu. Inzwischen verspürte er einen Bärenhunger. Er musste dringend etwas essen, auch um seine Chance zur Rache oder gar Flucht zu wahren. Also kniete er sich vor die Kiste und machte sich über die Papiertüte her, die der Hüne hineingelegt hatte. Darin befanden sich in Alupapier eingewickelte Sandwiches. Mit was sie belegt waren, ließ sich im Halbdunkel nicht genau erkennen, aber Jan scherte sich auch nicht darum. Er setzte sich im Schneidersitz vor die Kiste, biss herzhaft in ein Sandwich und schmeckte Speck, Wurst und Mayonnaise. Gierig schlang er beide Brote hinunter und spülte mit einem großen Schluck Cola nach. Im Anschluss befreite er auch noch zwei Schokoriegel aus ihrer Verpackung und aß sie auf. Endlich gesättigt, ließ er die Nahrung sacken und dachte nach. Die Vermutung, die er hegte, war naheliegend und ungeheuerlich zugleich: Barbara, oder wie immer sie hieß, und ihre Lakaien mästeten Menschen wie Schweine, um sie zu Fleisch zu verarbeiten.

Aufgewühlt stand Jan auf und lief wie ein Panther im Gehege auf und ab. Zwischendurch hielt er inne und suchte sein Gefängnis zum vielleicht hundertsten Mal nach einer Fluchtmöglichkeit ab. Es gab schlichtweg keine. Selbst MacGyver oder James Bond wäre es nicht gelungen, sich einen Weg nach draußen zu bahnen. Jan atmete tief durch und merkte, dass die Wut allmählich der Resignation wich. Wahrscheinlich blieb ihm nichts anderes übrig, als das Unvermeidliche hinzunehmen.

Ein Klappern ertönte, gefolgt von Quietschen – die inzwischen vertrauten Geräusche kündigten Besuch an. Jan verharrte vor der Käfigtür und umklammerte die Stahlstreben. Das Licht wurde angeschaltet, aber weder Schritte noch Stimmen waren zu hören. Die Sekunden zogen sich. Als er schon glaubte, man wolle Psychospielchen mit ihnen treiben, tauchte eine schmächtige, kleine Gestalt in seinem Blickfeld auf. Zaghaft trat sie näher an seinen Käfig heran, hielt aber schüchtern etwas Abstand. Es war ein Mädchen mit langen aschblonden Haaren, die ihr in zwei dünn geflochtenen Zöpfen über die Schultern fielen. Sie trug Sandalen, eine schlabbrige graue Jogginghose und eine weite Strickjacke um ihre schmalen Schultern. Sie lutschte an einem Lolli und betrachtete Jan neugierig. Sein Zellennachbar sagte irgendwas auf Französisch, das wenig freundlich klang.

»Du musst der Neue sein«, sagte das Mädchen, ohne den Franzosen zu beachten. Erst jetzt, bei genauerem

Hinsehen, bemerkte Jan, dass sie doch älter war. Dreißig, fünfunddreißig vielleicht. Sie hatte einen fahlen Teint, spröde Lippen und blaue Augen mit einem getrübten Blick, als hätte sie gekifft oder sich irgendwelche anderen Drogen reingezogen. Hässlich sah sie keinesfalls aus, aber sie hatte etwas Verbrauchtes an sich.

»Ich bin Lilly.« Ihre weiche Stimme klang entrückt.

Die hat definitiv was im Tee gehabt, dachte Jan. Er schluckte trocken. »Ich bin Jan. Was machst du hier?«, fragte er nicht unfreundlich.

»Du siehst süß aus.« Sie lächelte wie ein Kind, das einen niedlichen Hamster anschaute. »Ich hätte gern einen Freund wie dich. Dann könnten wir im Heu kuscheln oder Händchen haltend am See spazieren.«

Ganz frisch ist die nicht, vermutete Jan immer stärker. »Das können wir machen. Du musst mich nur herauslassen.«

Lilly steckte sich den Lolli in den Mund und schaute nach unten, als würde sie nachdenken.

»Magst du die … den Käfig aufmachen?«

Mit einer kindlich anmutenden Offenheit schaute sie ihn an. »Vielleicht willst du abhauen. Dann bleibe ich allein und habe noch immer keinen Freund.«

»Nein.« Jan rang nach Worten. »Ich möchte dir die Sternbilder am Nachthimmel zeigen.«

Lilly zog den Lolli aus ihrem Mund und kicherte begeistert. »Das wäre toll.«

»Magst du mich nun rauslassen?« Jan nickte demonstrativ in Richtung Türschloss.

Lillys fröhliche Miene verflüchtigte sich und sie runzelte die Stirn. »Ich hab ’ne Idee.« Mit einer Schnelligkeit, die überraschend kam, trat sie vor und kletterte auf den Käfig. Sie krabbelte über das Dach bis zur Wand und drehte sich um. Verblüfft beobachtete Jan, wie sie ihre Jogginghose bis zu den Knien herunterzog und dasselbe mit ihrem Slip tat. »Zuerst machst du, was Freunde bei ihren Freundinnen tun. Dann mache ich die Tür auf.«

Jan war so perplex, dass er nicht wusste, wie er reagieren sollte.

Sie drückte ihren kleinen runden Po noch tiefer durch eines der etwa fünfundzwanzig mal fünfundzwanzig Zentimeter großen Stahlvierecke. »Mach es mir mit der Zunge!«

Fast hätte er aufgelacht. Das Mädel war richtig durchgeknallt. Selbst wenn er gewollt hätte, wäre das schlecht gegangen, weil sich das Käfigdach etwa dreißig Zentimeter über seinem Kopf befand.

»Zu hoch«, sagte er nur.

»Dann nimmst du die Kiste, drehst sie um und steigst darauf.« Sie sprach, als würde sie einem begriffsstutzigen Kind etwas erklären.

Unschlüssig schaute Jan zu der Holzkiste. Das war so bizarr.

»Sei lieb zu Lilly und Lilly ist lieb zu dir.«

Jan atmete tief durch und sah hilfesuchend zu seinem Zellennachbarn. Der saß wie meistens mit angezogenen Knien vor der Wand und schüttelte den Kopf. Jan hatte wenig Lust auf dieses absurde Spiel, doch er konnte sich die Chance schlecht entgehen lassen. Das Mädchen war nicht ganz sauber in der Birne, vielleicht würde sie ihn tatsächlich hier herauslassen. Dann könnte er weglaufen, in sein altes Leben zurückkehren und den verkommenen Drecksäcken die Polizei auf den Hals hetzen. Er machte eine halbherzige Geste mit den Händen. *Was solls!*

»Komm zu mir, Jan«, säuselte Lilly.

Er räumte die Lebensmittel aus der Holzkiste, hievte sie an die rückwärtige Wand und kippte sie um. Anschließend schob er sie noch ein Stück weit nach rechts, sodass sie direkt unterhalb der Stelle stand, wo Lilly saß. Schließlich stieg er auf die Kiste und näherte sich mit seinem Mund ihrer rosigen Spalte. Ein fischiger Geruch strömte in seine Nase. Bevor er es sich anders überlegen konnte, hob er den Kopf weiter und schob seine Zunge zwischen ihre Schamlippen.

Sie stöhnte und wand sich über ihm. »Höher noch.«

Ihr Innerstes war feucht und schleimig, Jan stellte sich vor, eine Muschel zu schlecken. Sie schmeckte süßsauer und salzig, begleitet vom stechenden Aroma nach etwas Verdorbenem. Jan keuchte, hielt die Luft an und widerstand dem Drang, sich zurückzuziehen.

»Ja, da«, stöhnte sie.

Er spürte eine Art Knubbel an seiner Zunge und ließ diese darum kreisen.

»Fester!«, keuchte Lilly und presste ihm ihr Becken noch ein Stück weiter entgegen.

Mit zusammengekniffenen Augen folgte Jan ihrer Aufforderung und übte mehr Druck mit der Zunge aus. Sein Nacken schmerzte und er bekam schlecht Luft, weil er sich kaum zu atmen traute, dennoch bemerkte er überrascht und beinahe bestürzt, dass eine Erektion gegen seine Jeans presste.

»Nicht aufhören!«, stieß Lilly erregt hervor. Ein Beben ging durch ihren Unterkörper, gleichzeitig schrie sie ihre Lust heraus.

Jan schnappte nach Luft, als Lilly ihr Becken anhob. Ihr Saft klebte an seiner Nase und seinen Lippen. Unwillkürlich wischte er ihn ab. Sein Atem normalisierte sich langsam. Der Gülle-Mief mutete im Vergleich zum Geruch ihrer Vagina wie frische Bergluft an.

»Lässt du mich nun raus, Lilly?«

Sie krabbelte über das Dach zur Vorderseite und kletterte vom Käfig. Mit einem breiten Lächeln im Gesicht und leuchtenden Augen schaute sie ihn durch die Gitterwand an. »Natürlich nicht, Baby. Aber du warst echt gut!«

Kapitel 9

Gegenwart

Alice Dupont trällerte den Hit *Just give me a Reason* von Rockröhre Pink mit, der aus dem Autoradio dröhnte, während in Dunkelheit gehüllte Baumreihen an ihr vorbeirauschten. Sie war auf dem neununddreißigsten Geburtstag ihrer Freundin Olivia in Saint-Hubert gewesen und fuhr nun zurück nach Sankt Vith, zu ihrer kleinen Familie.

Hoffentlich war ihr Mann Jules noch wach. Der selbst gemachte Hugo auf der Geburtstagsfeier hatte sie in eine losgelöste Stimmung versetzt und ihr stand der Sinn nach Sex. Mila, die gemeinsame vierjährige Tochter und ihr Ein und Alles, würde hoffentlich fest schlummern, sodass sie sich etwas Zweisamkeit gönnen konnten. Die war in letzter Zeit ohnehin viel zu kurz gekommen.

Alice klopfte mit zwei Fingern den Takt der Musik auf dem Lenkrad mit und schaute auf die Digitaluhr am Armaturenbrett: 23:45 Uhr. Noch gut zwanzig Minuten, dann wäre sie endlich zu Hause. Die Autoscheinwerfer schälten Sträucher und unzählige dicht beieinanderstehende Fichten aus der Dunkelheit. Sie mochte Olivia wirklich, aber die etwa achtzig Kilometer Wegstrecke zu ihr erwiesen sich jedes Mal als lästiges Übel.

Wie aus dem Nichts krochen bleigraue Nebelschwaden aus dem Wald und schoben sich über die Fahrbahn. Alice trat auf die Bremse und verringerte das Tempo.

So schnell die trübe Suppe entstanden war, lichtete sie sich wenig später wieder. Nur noch vereinzelt tanzten Nebelschleier wie Gespenster auf der schmalen Straße. *Irgendwie unheimlich*, dachte Alice und drückte aufs Gaspedal, um schnellstmöglich nach Hause zu kommen. Plötzlich war ihr, als hätte sie rechts zwischen den Bäumen etwas Farbiges ausgemacht. Sie wandte den Kopf und blickte durch das Beifahrerfenster, sah aber nichts als Schwärze. Als sie wieder auf die Fahrbahn schaute, driftete der Wagen gefährlich zur Seite ab und die rechten Reifen polterten über die Grasnarbe am Straßenrand. Im letzten Moment gelang es ihr, das Lenkrad herumzureißen und ihren Golf wieder auf die Straße zu lenken. Erleichtert atmete Alice durch. Das war knapp gewesen. Ein Unfall nachts in dieser verkehrsarmen Gegend fehlte ihr noch.

Auf einmal erklang ein kurzer Knall von vorn links, gefolgt von lautstarkem Rattern. Sie wurde durchgeschüttelt, als würde sie über eine mit Schlaglöchern übersäte Holperpiste fahren. Alice hielt die Luft an, presste die Lippen aufeinander und weigerte sich, das Offensichtliche zu akzeptieren. Mit starr geradeaus gerichtetem Blick fuhr sie weiter, wurde aber unvermittelt langsamer. Verzweifelt drückte sie das Gaspedal stärker durch, doch der Wagen verlor zusehends an Tempo. Ein Geruch nach verbranntem Gummi breitete sich im Innenraum aus.

»Scheiße!«, kreischte Alice und lenkte den Golf auf den Grünstreifen rechts neben der Fahrbahn. Er tuckerte noch ein paar Meter weiter und kam zum Stehen. Instinktiv schaltete Alice das Warnlicht an. Nachdem sie den

Motor ausgestellt hatte und das Autoradio verstummt war, durchschnitt lediglich das rhythmische Klacken des Blinkers die Stille.

Klack-klack-klack.

Genervt schnallte Alice sich ab, öffnete die Fahrertür und trat in die Nacht hinaus. Trotz ihrer braunen Wildlederjacke und eines Schals fröstelte sie in der kühlen Luft, als sie sich neben den linken Vorderreifen begab und diesen begutachtete. Hinter den Autoscheinwerfern war kaum etwas zu erkennen, also beugte sie sich hinunter und befühlte das Gummi, das völlig zerfetzt war.

Okay, dachte Alice und versuchte sich zu beruhigen. *Wie gut, dass Jules mir eine ordentliche Autoversicherung mit 24-Stunden-Pannendienst aufgeschwatzt hat.* Sie beugte sich ins Auto und klaubte ihr Handy vom Beifahrersitz, in dem die Nummer von der Versicherung eingespeichert war. Als sie auf die Taste zum Verbindungsaufbau drückte, tat sich allerdings nichts.

Das darf doch nicht wahr sein, erst ein geplatzter Reifen und jetzt auch noch kein Empfang. Ungläubig starrte sie neben der offenen Fahrertür stehend auf ihr Mobiltelefon und überflog ihre Optionen. Sie könnte sich ins Auto setzen und darauf warten, dass jemand vorbeikam und ihr aus der Patsche half. Allerdings erschien ihr das in dieser ländlichen Gegend und um diese Zeit weder sehr Erfolg versprechend noch angenehm. Außerdem wusste man nicht, wer hier nachts unterwegs war. Womöglich geriet sie an einen zwielichtigen Zeitgenossen, der nur darauf wartete, einer hilflosen, nicht gerade unansehnlichen Frau zu begegnen. Sie könnte auch in die nächste Ortschaft laufen, dort Jules anrufen und sich abholen lassen. Allerdings stünde ihr dann ein Marsch von etwa vier oder fünf Kilometern bevor, auf den sie ebenfalls wenig Lust verspürte.

Ein Rascheln aus den dichten Baumreihen, die nur zwei Meter neben der Straße begannen, riss sie aus ihren Gedanken. Unwohlsein erfüllte sie. Sie hatte zu viele Horrorfilme gesehen und verfügte darüber hinaus über eine blühende Fantasie. Die erwies ihr bei ihrem Job in der Werbebranche oft gute Dienste, in Situationen wie diesen war sie aber eine Bürde. Ihr handwerkliches Geschick hielt sich in Grenzen und sie interessierte sich nicht für Autos, allerdings war sie nicht auf den Kopf gefallen. Also erschien ihr die dritte Option, den Reifen zu wechseln, als am wenigsten unangenehm. Zumal sie einen Mann hatte, der gern auf alle Eventualitäten vorbereitet war und deswegen auch Wert darauf gelegt hatte, das nötige Werkzeug für einen Reifenwechsel im Auto unterzubringen.

Sie ging zum Kofferraum, öffnete diesen und sah sich um. In der Ecke hinter dem bunten Strandspielzeug von Mila, das sie im Spätsommer in Dänemark gekauft hatten, lag eine alte Sporttasche. Darunter befand sich die Mulde mit dem Reserverad. Als sie die Tasche herausnahm und neben sich auf die Erde stellte, fiel ihr die Warnweste darin auf und sie erwog kurz, diese anzuziehen. Soweit sie wusste, war sie dazu sogar verpflichtet, aber es erschien ihr hier bei dem nicht vorhandenen Verkehrsaufkommen überaus albern. Stattdessen entnahm sie der Tasche einen batteriebetriebenen Arbeitsscheinwerfer, schaltete ihn an und positionierte ihn einen guten Meter links neben dem Heck des Autos, sodass sein kaltes weißes Licht die Wagenseite beleuchtete.

Ein Krachen ertönte im Wald, das Geräusch von zersplitterndem Holz. Erschrocken stand Alice aus der Hocke auf und suchte die Wand aus hüfthohem Gestrüpp und Bäumen ab, während sich ein ängstliches Kribbeln in ihr ausbreitete. Nervös leckte sie sich über die Lippen. Womöglich war irgendwo ein morscher Ast heruntergekracht. Stille umgab sie, nur das leise Klacken des Warnblinkers war zu hören.

Mach hin! Und dann nichts wie weg! Alice huschte zum Kofferraum zurück, beugte sich hinein und zog die Abdeckung in der Ecke so weit zur Seite, dass das Reserverad frei lag. Angestrengt ächzend hievte sie es aus der Mulde und lehnte es an den linken Hinterreifen. Anschließend holte sie den Wagenheber aus der Tasche und schleppte das klobige, schwere Teil neben den kaputten Vorderreifen. Sie richtete sich auf, pustete durch und überlegte, wo sich der Aufbockpunkt für den Wagenheber befand. Vage erinnerte sie sich, dass Jules ihr erklärt hatte, dieser ließe sich anhand einer kleinen Einkerbung am Rande der Karosserie aufspüren. Ihre Kniegelenke knackten, als sie neben dem Wagen erneut in die Hocke ging. Nach kurzem Zögern kniete sie sich auf den Straßenrand, weil es ihr inzwischen egal war, ob sie ihre neue Leinenhose dreckig machte. Sie tastete über die kühle Karosserie unterhalb der Fahrertür und fand die Kerbe unweit des Vorderrads. Alice zog den Wagenheber zu sich und platzierte ihn an der entsprechenden Stelle, als erneut ganz in der Nähe Holz zerbarst. Alice verharrte. Schluckte trocken. Dem lautstarken Krachen nach hatte es sich nicht um einen kleinen Ast gehandelt. *Irgendwas ist im Wald.* Mit der rechten Hand umfasste Alice den Hebel des Wagenhebers, eine etwa dreißig Zentimeter lange robuste Metallstange, und zog sie aus der Öffnung des Geräts.

Mit angespannten Sinnen schaute sie abwechselnd zu beiden Seiten neben sich. Sie zwang sich, ruhig zu atmen und wartete ab. Sie war zwar eine zierliche Frau, aber alles andere als zerbrechlich und die Stange verlieh ihr eine gewisse Sicherheit. Außerdem hatte sie im Laufe ihres Lebens mehrere Selbstverteidigungskurse mitgemacht.

Sollte mich jemand angreifen, könnte und würde ich mich wehren. Sofort, als ihr der Gedanke kam, schmunzelte sie innerlich. *Wahrscheinlich streift nur ein Hirsch durchs Unterholz. Inzwischen spielt meine Fantasie wirklich verrückt.*

Die Sekunden vergingen, wurden zu einer Minute und mehr. Allmählich entspannte Alice sich, steckte den Hebel zurück in die Vorrichtung und pumpte die Hebebühne ein Stück weit hoch. Um den Aufbockpunkt nicht zu verfehlen, beugte sie sich tief hinunter und schaute unter die Karosserie.

Sie erstarrte. Im künstlichen Licht des Arbeitsscheinwerfers sah sie auf der anderen Seite des Autos eine Bewegung. Dunkle Beine traten aus dem Unterholz, ein kehliges Knurren erklang. Vor Schreck setzte Alices Herzschlag aus. Nahezu zeitgleich drang ein entferntes

Motorengeräusch an ihre Ohren und ließ sie unwillkürlich nach links schauen. Ein greller Lichtpunkt näherte sich und wurde schnell größer.

Ruckartig drehte sie den Kopf und schaute wieder nach vorn unter das Auto. Die Beine waren nähergetreten und standen unmittelbar neben dem Fahrzeug, das zu wackeln begann. Das tiefe gutturale Knurren war trotz des lauter werdenden Motorengeräuschs zu hören.

Alice krabbelte entsetzt ein Stück zurück, als ihr der Hebel des Wagenhebers einfiel. Also begab sie sich wieder nach vorn und bewaffnete sich mit diesem. Vor Angst keuchend flog ihr Blick zur Seite auf das sich nähernde Fahrzeug, bei dem es sich wegen des einen Scheinwerfers um ein Motorrad oder Moped handeln musste. Es war nicht mehr weit entfernt.

Das Auto schwankte wie ein Boot auf stürmischer See, jemand oder etwas Schweres rüttelte daran.

Voller Panik stand Alice auf, stolperte dabei und fiel zurück auf den Hosenboden. Sofort kämpfte sie sich erneut auf die Beine und als sie stand, machte sie auf der anderen Seite des Wagens im Zwielicht Bewegungen aus. Genaueres konnte sie nicht erkennen. Das Fahrzeug, es schien ein Moped zu sein, war noch zwanzig Meter entfernt und entschleunigte. Alice sah die Silhouette des Fahrers im Scheinwerferlicht.

Dann waren es nur noch zehn Meter.

Ungestüm schoss, begleitet von lautem Fauchen, ein großer Körper hinter dem Wagen hervor, galoppierte mit geschmeidigen Sätzen quer über die Fahrbahn und sprang den Mopedfahrer mit einem gewaltigen Satz wie eine

Raubkatze an. Die Wucht des Zusammenpralls katapultierte die Kreatur mit ihrer Beute in das Unterholz auf der gegenüberliegenden Straßenseite.

Vor Fassungslosigkeit fiel Alice der Hebel aus der Hand und polterte scheppernd auf die Straße.

Das unbemannte Moped rollte ein paar Meter weiter, bevor es, ziemlich genau auf ihrer Höhe, auf die Seite fiel und geräuschvoll über den Asphalt schlitterte.

Alice schlug sich entsetzt eine Hand vor den Mund.

Ein fauchendes Grollen drang aus den dunklen Baumreihen ihr gegenüber.

»O Gott!«, stieß sie hervor.

Sekundenlang stand sie schockstarr da, dann löste sie sich endlich aus ihrer Erstarrung. Sie stolperte hinter das Auto und lief in den Wald hinein. Weg von der Kreatur, die inzwischen ein tiefes Heulen ausstieß, das Alice durch Mark und Bein fuhr.

Kapitel 10

Harms saß mit dem Rücken an die Wand gelehnt auf dem Bett in seinem Zimmer. Auf seinem Schoß befand sich sein Laptop und neben ihm auf dem Nachttisch stand eine Dose Fassbrause Erdbeer-Rhabarber, die er der Minibar entnommen hatte. Nach dem köstlichen Essen fühlte er sich satt und träge, aber er verspürte den Drang noch irgendetwas zu tun, das ihn bei der Suche nach Jan Hofmann voranbrachte.

Einem Impuls folgend, startete er eine Google-Suche nach vermissten Personen in den Ardennen. Ihm wurden zahlreiche Ergebnisse angezeigt, was nicht sonderlich überraschend war, immerhin handelte es sich um ein riesiges länderübergreifendes Gebiet. Er las von der ›Kannibalin aus Wallonien‹, einer einfältig aussehenden Frau um die Vierzig, die Ende der 1980er-Jahre ihren Mann umgebracht, zerteilt und teilweise verspeist hatte, wofür sie zu lebenslanger Haft verurteilt worden war. Mindestens genauso fürchterlich mutete die Mordserie der sogenannten Ardennenbestie an, die auf einem Bild von der Gerichtsverhandlung wie der nette graubärtige Onkel von nebenan aussah. Hinter der harmlosen Fassade verbarg sich der Franzose Michel Fourniret, der zwischen 1987 und 2003 sieben Mädchen und junge Frauen zwischen zwölf und zwanzig Jahren entführt, vergewaltigt und ermordet hatte. Sofort fiel Harms der Schamane aus Armins Erzählung ein, der seine Tochter verloren hatte. Die *Aachener Abendzeitung*, auf deren Internetpräsenz er den Bericht las, titelte von der brutalsten Tötungsserie aller Zeiten in

Frankreich. Bei seinen Gräueltaten war der Franzose von seiner Ehefrau unterstützt worden, welche die Opfer zum Auto des Paars gelockt hatte. Beide waren 2008 zu lebenslanger Haft verurteilt worden.

Harms griff zu der Fassbrause und trank einen Schluck, bevor er zu der Ergebnisliste zurückkehrte. Ein aktueller Bericht, erst wenige Wochen alt, stach ihm ins Auge. Darin ging es um ein junges belgisches Paar, das bei einer Wanderung spurlos verschwunden war. Ebenfalls noch nicht alt war ein Artikel über einen französischen Backpacker, von dem sich bei Arbrefontaine jede Spur verlor. Harms pustete die Backen auf. Wenn er auf anderen Wegen nicht weiterkäme, würde er sich eine Landkarte ausdrucken und die Vermisstenfälle der letzten Jahre anhand von farbigen Markierungen abstecken. Vielleicht stieß er auf ein Muster. Allerdings wäre das lediglich ein Schuss ins Blaue – fast überall auf der Welt verschwanden hin und wieder Menschen, erst recht in großen Waldgebieten. Womöglich hatten sich die Wanderer und der Backpacker verlaufen oder sie waren verunglückt und ohne schnelle Hilfe letztlich gestorben.

Harms' Handy vibrierte in seiner Hosentasche. Er zog es heraus und nahm den Anruf entgegen: seine Ex-Kollegin Kathrin.

»Chris! Ich hoffe, du hast noch nicht geschlafen?« Die einundvierzigjährige Polizistin, die sich meist am Schreibtisch mit Wirtschaftsdelikten befasste, war einer von nur wenigen Menschen, die ihn Chris nannten.

»Du weißt doch, meine Liebe, vor Mitternacht gehe ich selten schlafen. Daran hat sich bis heute nichts geändert.«

»Dann bin ich ja beruhigt. Ich habe eine gute und eine schlechte Neuigkeit für dich. Welche willst du zuerst hören?«

»Fangen wir mit der guten an.«

»Okay. Über einen Kollegen, der einen Bekannten bei der Eifelpolizei hat, bin ich an die Akte zu deinem Fall gekommen.«

Harms' Herzschlag beschleunigte sich. »Und?«

Kathrin seufzte. »Das ist die schlechte Nachricht. Viel gibt die nicht her. Ich habe dir eine Mail mit den Koordinaten geschickt, wo das Handy des Vermissten zuletzt erfasst wurde. Das ist ein großes Waldgebiet. Weit verstreut leben da anscheinend nur einige alte Bauernfamilien. Auf dem Computer des jungen Mannes wurde nichts Auffälliges gefunden. Das Date, von dem seine Freundin, deine Nichte, berichtete, muss er über eine App auf seinem Handy klargemacht haben. Mehr gibt es nicht. Steht alles in der Mail.«

»Ich danke dir sehr. Du hast inzwischen mehr als einen gut bei mir. Wenn ich also mal wieder irgendwas für dich tun kann …«

»Ach, schon gut. Nein, gerade gibt es nichts. Wobei …« Ihre Stimme wurde leise und brüchig.

»Immer raus mit der Sprache«, insistierte Harms.

»Ich habe dir gegenüber doch mal angedeutet, dass ich Stress mit einem Nachbarn habe, einem älteren alleinstehenden Mann. Seine Hecke an der Grundstücksgrenze ist höher gewachsen, als sie nach den Abstandsregeln werden dürfte. Ich habe ihn mehrfach höflich gebeten, die auf mein Grundstück überhängenden Äste zurückzuschneiden. Das hat er immer ignoriert, also wurde es mir zu bunt und ich habe den Rückschnitt selbst vorgenommen. Seitdem bin ich sein Hassobjekt und er schikaniert mich. Wohlweislich immer so, dass ich ihm nichts kann. Letzte Woche …« Sie schluchzte. »Bernie, mein Kater, man hat ihn vergiftet. Ich bin sicher, dass es mein Nachbar war.«

Harms spürte die Wut durch seine Venen fluten. »Das gibts nicht! Was sagen denn die Kollegen?« Er konnte Ungerechtigkeiten nicht ausstehen. Um ihnen entgegenzuwirken, war er zur Polizei gegangen und hatte später seine Detektei eröffnet. Gewalt gegen Unschuldige war noch ein ganz anderes Kaliber. Am meisten verabscheute er Angriffe gegen Kinder und Tiere, die sich nicht wehren konnten.

»Er streitet alles ab und wir können ihm nichts nachweisen.«

»Pass auf, wenn ich wieder im Lande bin, gehe ich der Sache nach. Wenn er wirklich dahintersteckt, kriege ich ihn dran.« Als Privatdetektiv war er nicht so stark an gesetzliche Bestimmungen und Vorgaben gebunden wie die Polizei. Er konnte freier agieren und auch mal am Rande der Legalität balancieren, um der Gerechtigkeit Genüge zu tun.

Nachdem sie sich verabschiedet und aufgelegt hatten, ging Harms ins spartanisch eingerichtete Badezimmer und machte sich fürs Bett fertig. Während er sich die Zähne putzte, stellte er fest, dass sich immer mehr graue Härchen in seinem dunkelblonden Rund-um-den-Mund-

Bart eingenistet hatten. Auch die Fältchen, die sich in seinen Augenwinkeln abzeichneten, waren nicht weniger geworden. Die narbigen Vertiefungen an seinen Nasenflügeln waren Erinnerungen an den vergangenen Herbst, als ihm die halbe Nase abgebissen worden war. Dank der Fähigkeiten des Hautchirurgen bei der darauffolgenden kosmetischen Operation, konnte man sie nur bei genauem Hinsehen erkennen. Lauter Spuren des Lebens, doch trotz seiner zunehmenden Müdigkeit hatten seine blauen Augen nichts von ihrer Strahlkraft verloren. Der starre, intensive Blick, mit dem er sein Spiegelbild bedachte, hatte schon so manchen Ganoven eingeschüchtert und zeugte von Stärke und festem Willen.

Zurück im Zimmer zog er sich bis auf die Shorts aus und ging ins Bett. Als er gerade den Laptop auf dem Nachttisch ausschalten wollte, verkündete Skype einen eingehenden Videoanruf: Bernadette. Sein Herz machte einen Sprung. Er setzte sich kerzengerade hin, lehnte sich mit dem Rücken an die Wand und deponierte das Gerät auf seinem Schoß. Dann räusperte er sich und nahm den Videoanruf an. »Hey, Hübsche, was für eine angenehme Überraschung!«

»Guten Abend, der Herr.« Bernadette lag, den Kopf auf eine Hand gestützt, auf der Seite. Ein verschmitztes Lächeln umspielte ihre sinnlichen Lippen. Um den Hals trug sie ein silbernes Amulett mit dem Taukreuz, das vor ihr auf Brusthöhe auf der Matratze funkelte. Sie hatte ein schlichtes schwarzes Top an, unter dem sich die Rundungen ihrer Brüste abzeichneten, und war offenbar beim

Friseur gewesen. Ein modischer Pony ergänzte ihre ansonsten kinnlangen schwarzen Haare. Die Frisur glich der von Uma Thurman in *Pulp Fiction*. Sie sah nicht wie eine Nonne aus, sondern wie die manifestierte Sünde. Dazu passend bedachte sie ihn mit einem Schlafzimmerblick aus saphirblauen Augen, die Harms jedes Mal an Meerwasser in einem Urlaubsparadies erinnerten.

»Schicke neue Frisur.« Harms ignorierte nach Kräften, dass er sich fühlte wie ein hormongeladener verliebter Teenager.

»Danke, deine gefällt mir auch.« Sie lächelte ihn warmherzig an und blickte demonstrativ auf seine breite Brust, auf der sich Haare kräuselten.

Harms grinste verlegen, er hatte ganz vergessen, dass er bis auf die Shorts nackt war. »Wie geht es dir? Wie war dein Tag?«

Sie seufzte. »Anstrengend. Mehrere Einheiten Physiotherapie und Gesprächstherapien. Zwischendurch habe ich einen ausgedehnten Ausflug gemacht. Eine Mitpatientin hat mich auf einem barrierefreien Wanderweg um einen See geschoben. Schöne Natur hier überall.«

Bernadette befand sich momentan in einer Rehaklinik im bayerischen Kurort Bad Gögging, wie Harms von einem ihrer früheren Telefonate wusste.

»Jede Menge Natur habe ich auch gerade um mich herum.« Er erzählte ihr, wo er sich befand und was ihn hergeführt hatte.

»Die Ardennen, das Land der Legenden und Märchen. Schöne Gegend eigentlich, mit abergläubischen, schrulligen Leuten. Weite Wälder, alte Burgen, Klöster und Schlösser.«

Harms hing an ihren Lippen. Er liebte ihren Mund mit der stärker ausgeprägten Unterlippe, die ihr einen leicht schmollenden Ausdruck verlieh. »Kennst du dich hier aus?«

»Ich habe dir ja erzählt, dass ich mit achtzehn einige Wochen in Frankreich war. Da habe ich einen mehrtägigen Ausflug nach Monthermé in die französischen Ardennen unternommen, wo die Flüsse Maas und Semoy zusammentreffen.« Bernadette strich mit ihren feingliedrigen Fingern eine Haarsträhne zur Seite. »Wusstest du, dass die Ardennen nach der keltischen Göttin Arduinna benannt sind?«

Harms schüttelte den Kopf.

»Die entspricht nach der Interpretatio Romana wiederum der römischen Jagdgöttin Diana, die im Mittelalter die Göttin der Hexen wurde. Wenn ich mich recht erinnere, waren die Ardennen auch ein Hotspot der Hexenverfolgung. Rund 300 Hexenverbrennungen soll es dort Anfang des 17. Jahrhunderts gegeben haben.«

»Woher weißt du das denn alles?«, fragte Harms verblüfft.

»Na ja, Religion und Mythologie liegen oft nahe beieinander.« Ihre Finger spielten mit dem Amulett. »Sei vorsichtig, okay?«

»Klar, bin ich.«

»Wäre jetzt gern bei dir.« Wehmut spiegelte sich einen Moment lang in ihrem Blick, dann lächelte sie bemüht. »Ich muss jetzt schlafen, bin echt erledigt.«

»Ruh dich schön aus, Augenstern.«

Ihr Lächeln wurde breiter. »Bis bald.«

»Bis bald.« Harms schaltete den Laptop aus, stellte ihn auf den Nachttisch und legte sich hin. In seiner Brust spürte er die aufwallende Sehnsucht.

Kapitel 11

Alice riss sich schützend die Hände vors Gesicht und stürmte durch verwachsenes Gestrüpp in den Wald hinein. Dornige Zweige stachen in der Dunkelheit nach ihr und griffen nach ihren Haaren. Die Stämme der dicht gedrängten Fichten ragten wie dunkle Pfähle in die Höhe. Panisch bahnte sich Alice einen Weg durch das Labyrinth von Bäumen, um Abstand zwischen sich und das Tier zu bringen, das es ursprünglich auf sie abgesehen hatte. Bei dem wütenden, kehligen Knurren, das sie vernahm, zog sich ihr Magen vor Angst zusammen. Mit rasendem Herzen stolperte sie vorwärts, froh darum, heute ihre flachen Sneaker angezogen zu haben, mit denen sie einigermaßen gut über das unebene Terrain laufen konnte.

Sie überlegte, um was für ein Tier es sich handeln mochte. Nur vage hatte sie es für einen kurzen Moment gesehen, als es über die Straße gejagt war. Für einen Bären erschien es ihr nicht wuchtig genug, für einen Wolf dagegen war es zu kräftig gebaut. Am ehesten hatte es sie an eine schwere Raubkatze erinnert, als es den armen Mopedfahrer angesprungen hatte. In den Ardennen gab es aber keine Raubkatzen außer Luchse und ein Luchs mutete, verglichen mit dieser Kreatur, wie eine verschmuste Babykatze an.

Alice stolperte über einen quer liegenden Ast, konnte aber das Gleichgewicht halten und einen Sturz verhindern. Außer Atem verringerte sie ihr Tempo und wagte es erstmals, kurz über die Schulter nach hinten zu schauen. Ihr Blick verlor sich in der undurchdringlichen

Schwärze des Waldes. Sie wusste nicht, ob die Kreatur sie verfolgte. Zu hören waren nur noch ihre eigenen hastenden Schritte, unter denen Tannennadeln und kleine Äste leise knackten.

Allmählich wurde ihr richtig bewusst, in welch einem Schlamassel sie steckte. Allein im dunklen Wald mit einem gefährlichen Raubtier in der Nähe. Sie würde von Glück reden können, wenn sie diese Nacht überstand und ihre Mila, ihren über alles geliebten Sonnenschein, wieder in die Arme nehmen konnte. Alice schluchzte leise und war versucht, in ein gemächlicheres Tempo zu verfallen, weil ihr die Kondition ausging. Sie widerstand dem Drang und preschte weiter voran, streifte schneidende Farne und wich einem besonders dicken Baumstamm aus, der sich vor ihr in den Himmel erhob.

Mit etwas Glück machte sich die Kreatur über den Mopedfahrer her und hatte kein Interesse mehr an ihr. Sofort schalt Alice sich für den egoistischen Gedanken, aber so war es nun mal. Mit dem Reifen war auch die Illusion der vermeintlich sicheren Zivilisation geplatzt, nun sah sie sich mit den Gesetzen der unbändigen Natur konfrontiert. Und hier herrschte das Recht des Stärkeren. Ihre brennende Lunge zwang sie, langsamer zu werden und schließlich sogar dazu, für einen Moment innezuhalten. Keuchend blieb sie stehen, beugte sich vor und stützte sich mit den Händen auf den Oberschenkeln ab. Die Umrisse dunkler Baumstämme umgaben sie von allen Seiten, der Wald schien keinen Anfang und kein Ende zu haben.

Lauf weiter, mahnte ihre innere Stimme. Alice befürchtete, sich womöglich im Kreis zu bewegen, wenn sie sich weiter planlos fortbewegte. Ein lautes, kräftiges Knurren zerschnitt die Stille und ließ ihren Kopf nach hinten rucken. Damit stand definitiv fest, wohin sie ihre Flucht fortsetzen würde. Sie unterdrückte ein aufkommendes Schluchzen und rannte los. Nach einigen Metern trat sie ins Leere und als sie wieder Boden unter den Füßen spürte, fiel sie hin und rollte einen kurzen Abhang hinunter. Sofort begab sie sich wieder auf die Beine und lief weiter. Erneut ein Knurren, kehlig und kraftvoll, ähnlich dem Brüllen eines Löwen und näher als zuvor. Verzweiflung drohte Alice niederzuringen.

Das Ding wird mich töten, dachte sie. Sie rang inzwischen heftig um Atem, ein schmerzhafter Druck erfüllte ihren Brustkorb. Bei einem kurzen Blick über die Schulter sah sie nur schwarze Schatten zwischen den Bäumen. Sie rechnete damit, dass sie jeden Moment von hinten niedergerissen wurde und sich scharfe Klauen und Zähne in sie bohrten. Plötzlich erfüllte ein reißender Schmerz ihre Brust und sie prallte hart zurück. Während ein Schrei in ihrer Kehle aufstieg, realisierte sie, dass sie den Waldrand erreicht hatte und mit vollem Tempo in einen Stacheldrahtzaun gerannt war.

Lautes Fauchen und das Knacken von Ästen hinter ihr veranlassten sie, den Schmerz so gut es ging auszublenden. Panisch bewegte sie sich an der Barriere entlang bis zu einem Holzpfosten, an dem die Drahtstränge in drei horizontalen Reihen festgemacht waren. Sie stützte sich mit den Händen darauf ab und kletterte unbeholfen mit den Füßen über den Draht. Aus dem Augenwinkel sah sie eine Bewegung im Unterholz, dann erklang ein durchdringendes Fauchen aus nächster Nähe. Etwas Schweres prallte gegen den Zaun, der erzitterte. Alice fiel zu Boden und stellte erleichtert fest, dass sie es auf die andere Seite geschafft hatte. Sie krabbelte ein Stück weit vom Zaun weg, kämpfte sich ächzend hoch und lief weiter, während in ihrem Rücken ein zorniges Knurren durch die Nacht dröhnte. Die Umrisse einiger Gebäude schälten sich aus der Dunkelheit, dann erblickte Alice ein Licht und hielt darauf zu. Als sie ein Weidetor erreichte, kletterte sie mit letzter Kraft über die waagerechten Streben.

Sie fand sich auf einem Hof wieder, das Licht stammte von einer kleinen Tischleuchte auf dem Fensterbrett eines Wohnhauses. Alice eilte zur Tür neben dem Fenster und hämmerte vehement gegen das Holz. Auf Gesichtshöhe besaß die Tür ein kleines viereckiges Fenster, durch das sie sah, wie drinnen Licht anging.

Grenzenlose Erleichterung machte sich in ihr breit. Sie hatte es geschafft, bald würde sie wieder zu Hause sein und diese Nacht zu einer unschönen Erinnerung verblassen lassen, die sie in manchen unruhigen Nächten als Albtraum heimsuchen würde. Quietschend wurde die Tür geöffnet und ein Mann schaute durch einen Spalt nach draußen.

»Bitte helfen Sie mir! Ich hatte einen Unfall und … im Wald hat mich ein Raubtier verfolgt … Ich muss telefonieren. Kann ich reinkommen?« Alice schleuderte ihm die Worte so schnell wie eine Maschinengewehrsalve entgegen.

»Nur zu, komm erst mal rein, Kindchen!«

Im Gegenlicht sah Alice nur, dass es sich um einen kleinen älteren Mann handelte. Sie gestattete sich ein kurzes Durchatmen, als er die Tür hinter ihr schloss, war aber noch viel zu aufgewühlt, um sich wirklich zu entspannen.

»Komm erst mal in die Küche und setz dich«, näselte der Mann, schlurfte an ihr vorbei und führte sie durch einen dunklen Flur, in dem ein würzig-süßer Duft von abgestandenem Pfeifentabak in der Luft hing. Sie betraten eine alte, schlichte Küche.

»Setz dich, Kindchen.« Der Mann deutete auf einen kargen Holzstuhl an einem dazu passenden Küchentisch, auf dem benutztes Geschirr stand.

»Bitte, ich muss schnellstmöglich telefonieren«, flehte Alice beim Hinsetzen.

»Ich gebe dir erst mal was zu trinken, dann hole ich das Telefon.« Der Mann lächelte und tätschelte ihren Oberarm. Er war um die fünfundsechzig, hatte gelbe Zähne und nur noch spärliche graue Haarreste, die über den Ohren und am Hinterkopf wucherten. Als er sich zur Küchenanrichte umdrehte und an einem Schrank herumhantierte, streifte Alice' Blick seine fleckige Jogginghose. Sie war noch immer außer Atem und völlig durcheinander.

Im nächsten Moment hatte sie ein volles Glas Wasser vor sich stehen. »Trink das, Kindchen. Ich hole jetzt das Telefon.« Der Mann nickte ihr besänftigend zu. Seine rot entzündeten blauen Augen glänzten wässrig.

Er entfernte sich durch einen Durchgang und Alice stürzte dankbar das Wasser hinunter. Erst jetzt registrierte sie, wie sehr sie schwitzte. Sie atmete tief durch und nahm sich vor, den Mann gleich um ein weiteres Glas

Wasser zu bitten. Zunächst würde sie jedoch den Notruf und Jules anrufen. Ihr Blick haftete sich an die Küchenwand, an der ein düsteres Holzgemälde hing, das zwei massige Wildschweine auf einer Waldböschung zeigte. Irritiert stellte sie fest, dass ihr Blick sich trübte. Sie sah die Tiere plötzlich nur noch konturenhaft und schließlich gar nicht mehr, als sie schlaff nach vorn sackte und ihr Kopf auf den Küchentisch knallte.

Kapitel 12

Nach dem Vorfall mit Lilly hatte Jan lange Zeit wie zur Salzsäule erstarrt in seiner Zelle gestanden, bevor sich die angestauten Gefühle ein Ventil verschafften und er, völlig wider seiner introvertierten Natur, wie ein tollwütiger Gorilla an den Käfigstäben rüttelte und wüste Beschimpfungen gegen Barbara und ihre Sippe ausstieß. Irgendwann sank er zu Boden und wimmerte nur noch leise. Mit einem Mal waren jegliche Energie und Hoffnung aus ihm entwichen und er verfiel in eine Apathie, die auch die folgenden Tage anhielt. Diese verliefen eintönig und relativ ereignislos. Einmal täglich kamen der Hüne und der junge Mann mit dem eiskalten Blick und brachten ihm und seinem Mitgefangenen Nahrungsmittel. Nachdem der grobschlächtige Riese Burger, Sandwiches, Snacks und Softdrinks in die Kiste gelegt hatte, sammelte er die leeren Verpackungen vom Vortag ein und verließ die Zelle wieder. Nicht, ohne sich vorher zu bedanken. Jan wertete dieses Verhalten als Beweis, dass der Typ völlig durchgeknallt war. Genauso wie alle anderen auf diesem verfluchten Bauernhof.

Inzwischen hatte Jan sich daran gewöhnt, sein Geschäft in einer Ecke der Zelle zu verrichten, auch wenn er dabei immer noch Unbehagen und Scham empfand. Er wischte sich seinen Hintern mit Stroh ab und bedeckte auch die Exkremente damit. Alle paar Tage misteten der Riese und sein Kollege aus, dennoch stank es erbärmlich in dem Stall. Wenigstens durften Jan und der Franzose gelegentlich aus ihren Zellen kommen und in ein Holzfass steigen, in das die Handlanger zuvor mit dem Schlauch Wasser gefüllt hatten. Für Jan, dem Reinlichkeit schon immer wichtig gewesen war, erwies sich das als Wohltat und es machte ihm zu seiner eigenen Überraschung nicht mal etwas aus, sich vor den Fremden auszuziehen. Leider blieb ihm danach nichts anderes übrig, als wieder in seine verschmutzten Sachen zu steigen. Als er den Hünen fragte, ob sie nicht etwas anderes zum Anziehen hatten, schwieg dieser nur. Er und der andere redeten nur das Nötigste mit ihm und dem Franzosen. Wie Jan schon kurz nach seiner Ankunft vermutet hatte, stellte das Essen die einzige Beschäftigung und kleine Freude dar, die ihnen vergönnt war. Kein Wunder also, dass er die ganzen Snacks, die man ihnen brachte, inzwischen mehr als bereitwillig in sich hineinstopfte. Seiner Rechnung nach war er inzwischen über zwei Wochen hier und ein Blick an sich hinunter bestätigte ihm, dass er deutlich zugenommen hatte. Eigentlich zu deutlich, auch wenn er nur kalorien- und fettreiche Nahrung vorgesetzt bekam.

Einmal mehr erwachte Jan aus einem unruhigen Schlaf und sein erster Blick ging, wie er es sich angewöhnt hatte, hinauf zu den kleinen Fenstern an der Seitenwand. Spärliches Licht drang in das Gebäude. Ganz in der Nähe krähte ein Hahn. Der Franzose schnarchte leise, die Schweine verhielten sich still und schliefen anscheinend noch. Jan richtete sich auf, gähnte und gestattete sich, kurz daran zu denken, dass er zu dieser unwirtlichen Zeit normalerweise noch in seinem bequemen Bett liegen würde. Er hatte oft mit seinem früheren Leben gehadert und war in Selbstmitleid versunken, inzwischen würde er alles dafür geben, es zurückzuerhalten. Allerdings würde er hier nicht rauskommen, da durfte er sich keinen Illusionen hingeben. Umso größer wäre am Ende die Enttäuschung. Es war fest davon auszugehen, dass die Polizei nach ihm suchte, aber offensichtlich hatte sie keinen Schimmer, wo er sich befand. Womöglich war die Suche sogar schon abgebrochen worden. Könnte er doch nur seine Mama noch einmal in den Arm nehmen und seine besten Freunde Lisa und Frank. Auch Joschi, den Wellensittich, vermisste er. Er hoffte, dass sich jemand um ihn kümmerte. Lisa vielleicht.

Die Traurigkeit schnürte ihm die Brust zu und er krabbelte zu der Kiste, um etwas zu trinken, als er hörte, wie die Stalltür geöffnet wurde. Normalerweise kamen Barbaras Lakaien erst später. Ein ängstliches Kribbeln breitete sich in Jan aus. Er fristete sein Dasein hier ständig mit der Aussicht, dass etwas Schreckliches bevorstand und seine letzte Stunde bald läuten würde. Vielleicht tat sie das jetzt. Er stand auf, trat vor die Käfigtür und wartete gebannt, wer den Gang entlangkam. Im schwachen Licht hatte er Mühe, etwas zu erkennen, aber es waren die Umrisse der beiden Lakaien, die sich aus der Dunkelheit schälten. Der Hüne hielt etwas Größeres vor sich in den Händen.

»Mach auf«, sagte er zu seinem Kollegen. Der schloss die leere Zelle auf, in der zuvor der Mann mit den dunklen Haaren gefangen gehalten worden war. Die Tür wurde quietschend aufgezogen.

»Danke.« Der Riese begab sich in die Zelle und legte das, was er in den Händen hielt, darin ab.

Es war ein Mensch, erkannte Jan jetzt. Der rührte sich jedoch nicht und war offenbar weggetreten.

Die beiden Männer gingen hinaus, verriegelten die Tür und verließen den Stall.

***

Der Tag war deutlich vorangeschritten, inzwischen fiel mehr Licht in den Stall, als der Neuankömmling zu sich kam. Jan erkannte an den langen rotbraunen Locken, dass es sich um eine Frau handelte, als die sich, begleitet von einem benommenen Stöhnen, schwerfällig aufsetzte. Er erhob sich, trat vor das Gitter der Nachbarzelle und beobachtete, wie die Frau sich mit dem Rücken zu ihm an den Kopf fasste. Der Franzose saß in seiner üblichen Position an die Wand gelehnt da und schaute scheinbar gelangweilt ebenfalls zu ihr hin.

»Wo bin ich?«, murmelte die Frau und sah sich um. Plötzlich schien sie die Situation zu erfassen. Wie aufgeschreckt stand sie auf, wobei sie fast gestolpert wäre. Unsicher und schwach auf den Beinen torkelte sie zur Tür ihres Käfigs und rüttelte daran. Sie schaute sich panisch um und ihr Blick flog vom Franzosen weiter zu Jan.

»Hey«, sagte der mit belegter Stimme. Er konnte sich nicht erinnern, wann er zuletzt gesprochen hatte.

»Was ist hier los?«, stieß sie schrill hervor. Ihr Blick, der pures Entsetzen spiegelte, hastete weiter umher. Entsetzt schlug sie sich eine Hand vor den Mund und schluchzte leise.

Unter normalen Umständen hätte Jan sie als hübsch empfunden. Sie hatte eine schlanke Figur mit netten Kurven und ausdrucksstarke Augen.

»Sie halten uns hier gefangen«, sagte Jan und kam sich doof dabei vor. »Ich heiße Jan.«

»Ich will hier raus!« Sie wandte sich von ihm ab, rüttelte erneut an der Käfigtür und schrie lauthals um Hilfe. Dann tastete sie verzweifelt ihre Jacke und Hose ab. Mit ihrer hellen Lederjacke und schicken Leinenhose wirkte sie völlig deplatziert in diesem buchstäblichen Saustall. »Nein, o Gott, nein!«, schrie sie inbrünstig aus ganzer Kehle. Nach einer Weile ging der Schrei in ein ersticktes Wimmern über. Sie ließ sich mit dem Rücken an die Gittertür gedrückt zu Boden sinken und verbarg ihr Gesicht in den Händen.

Jan hätte gern etwas Tröstliches zu ihr gesagt, sie irgendwie aufgemuntert, aber ihm fiel beim besten Willen nichts ein. Es gab einfach nichts Erbauendes in dieser Situation.

Klappern gefolgt von Quietschen. Jemand kam. Die Frau stand blitzartig auf, machte ein paar Schritte von der Käfigtür weg und wartete, genau wie Jan auf das, was geschehen würde. Die beiden Lakaien kamen den Gang entlang.

»Was wollt ihr von mir?«, stammelte die Frau.

Die Männer begaben sich in eine Ecke des Stalls und gleich darauf schob der Hüne eine Schubkarre, in der eine Mistgabel lag, bis vor Jans Zelle.

»Lasst mich hier raus!«, flehte die Frau. »Ich hatte einen Autounfall, mein Mann und die Polizei suchen nach mir.«

Der Hüne schloss Jans Zellentür auf und schob die Schubkarre hinein.

»In die Ecke«, sagte er bestimmt zu Jan.

Der leistete dem Befehl Folge und stellte sich in die hintere linke Ecke.

»Danke dir.« Der Hüne griff sich die Mistgabel und fing an, auf der gegenüberliegenden Seite, wo Jan seine Notdurft verrichtete, Stroh in die Schubkarre zu schaufeln.

»Nein!« Unvermittelt schrie die Frau laut und Jan beobachtete, wie der junge Mann mit dem Kapuzenpullover ihre Zelle betrat und lauernd auf sie zuhielt. »Geh weg!« stieß die Frau hervor und presste sich in die äußerste Ecke. Ihr Peiniger näherte sich und grapschte nach ihr.

»Was zur Hölle machst du da?«, knurrte der Riese, trat vor die Käfigwand und rammte das Griffende der Mistgabel auf den Boden.

»Will nur mal sehen, wie sie so gebaut ist«, stieß der andere lüstern hervor und betatschte sein schluchzendes Opfer.

»Hör sofort damit auf! Nanna will das nicht.«

In Jans Wahrnehmung schien die Zeit plötzlich stillzustehen. Der Hüne stand direkt vor ihm, keinen Meter entfernt, und wandte ihm sein Profil zu. Er war voll und ganz auf das Geschehen in der anderen Zelle konzentriert. Die Tür von Jans eigenem Gefängnis stand weit offen. Ehe er Zeit hatte, darüber nachzudenken, preschte Jan an dem Riesen vorbei durch die Tür und nach links auf den Gang zu. Er passierte die Zelle mit der Frau, lief an den Schweinegehegen entlang und stürmte durch die offen stehende Scheunentür. Euphorie machte sich in ihm breit, als frische Luft in seine Lunge strömte und jede Zelle seines Körpers belebte. Nach Wochen in dem Mief mutete das Atmen im Freien wie ein Sprung in einen kalten, klaren Quellsee an.

Jan ließ sich kaum Zeit, die Umgebung zu erfassen, machte nur die Umrisse einiger unförmiger Gebäude und scheinbar willkürlich in der Gegend abgestellten landwirtschaftlichen Geräte aus. Ein Güllefass schräg gegenüber, ein rostiger Pflug einige Meter zu seiner Linken. Hinter diesem begann keine zwanzig Meter entfernt der Wald. Kies knirschte unter seinen Füßen, als er darauf zulief. Er war frei und würde sich jetzt in Sicherheit bringen und dieser Hölle endgültig entrinnen.

Kapitel 13

Die Kirchenglocken läuteten und es nieselte, als Harms am Morgen den Gasthof verließ und zu seinem Auto ging. Er hatte sich nur ein simples Frühstück in Form von einem Käsebrötchen und einer Tasse Kaffee gegönnt und war voller Tatendrang. Mehrere Leute waren auf dem Weg zu der gegenüberliegenden trutzigen Kirche aus grauem Schieferstein. Ein altes Mütterchen mit Kopftuch und buckligem Rücken schleppte sich den ansteigenden Gehweg hoch und schenkte Harms im Vorbeigehen ein zahnloses Lächeln. Auf der anderen Straßenseite eilte ein Mann im beigefarbenen Mantel vorüber, dessen Gesicht hinter einem großen Regenschirm verborgen lag.

Im Wagen angekommen, tippte Harms die Koordinaten aus der Akte, die Kathrin ihm gemailt hatte, in das Navigationsgerät. Dann fuhr er los. Im Antlitz der gewaltigen Hangwälder folgte er den Anweisungen des Navis aus dem Dorf heraus. Für seine verstorbene Frau Jasmin wäre Autofahren in dieser Hügellandschaft nichts gewesen, ging ihm durch den Kopf. Ihr war immer schnell schlecht geworden im Auto und das Auf und Ab hier glich mitunter einer Bootsfahrt bei regem Wellengang. Nachdem er die letzten Häuser hinter sich gelassen hatte, war er auf einer kurvenreichen und von dichten Baumreihen gesäumten Straße unterwegs, auf der ihm nur selten Fahrzeuge entgegenkamen. Nach vier Kilometern überquerte er eine rustikale Steinbrücke, die einen Fluss überspannte. Drei Kilometer weiter hatte er laut der monotonen Stimme seines Navigationsgeräts sein Ziel erreicht.

Er fuhr rechts ran und hielt auf einem schmalen Grünstreifen, neben dem karges Gestrüpp wucherte. Knorrige Tannen und majestätische Fichten flankierten den Asphalt, soweit das Auge reichte.

In dieser sogenannten *Location Area* mitten im Nirgendwo hatte Jans Provider zuletzt ein Signal seines Mobiltelefons erfasst. Das Problem war, dass die *Location Area* einen Bereich zwischen verschiedenen Funkzellen bezeichnete, der etliche Quadratkilometer umfassen konnte. In ländlichen Gebieten wie hier waren die Bereiche wesentlich größer als in urbanen Gegenden. Durch eine Handyortung ließ sich die Position des Mobiltelefons also nur grob erfassen. Um den Standort genauer zu lokalisieren, hatte die belgische Polizei, wie aus Kathrins Mail hervorging, eine stille SMS an Jans Handy gesendet. Das war ein übliches Vorgehen, das allein die deutschen Sicherheitsbehörden jedes Jahr Hunderttausende Male anwendeten. Bei einer stillen SMS handelte es sich quasi um eine heimliche SMS, deren Eingang der Empfänger nicht mitbekam. Sie wurde ihm weder angezeigt noch wurde ihre Ankunft akustisch angekündigt. Das Handy reagierte darauf allerdings, indem es sich bei der nächsten Funkzelle zurückmeldete – es sei denn, es war ausgeschaltet oder nicht mit einer gültigen SIM-Karte im Netz eingebucht. Jans Handy hatte auf die stille SMS nicht reagiert, was bedeutete, dass es seit dem Abend seines Verschwindens nicht wieder eingeschaltet worden war. Das wertete Harms als schlechtes Zeichen, denn nach allem, was er über den jungen Mann wusste, wirkte der nicht wie jemand, der absichtlich und geplant hatte untertauchen wollen.

Harms pustete die Backen auf und fuhr gemächlich weiter, wobei er sich aufmerksam zu beiden Seiten der Fahrbahn umschaute. Nach rund zwei Kilometern bog er rechts auf einen schmalen Zufahrtsweg ab. In einigen Metern Höhe ragten die Äste der Fichten über den Weg und bildeten ein grünes Dach. Harms schaltete die Scheinwerfer an und rollte langsam durch den natürlichen Tunnel, bis sich die Baumreihen lichteten und er einen Bauernhof aus regionalem Schieferstein erreichte. Neben dem zweigeschossigen grauen Wohnhaus gehörten einige flache Nebengebäude zu dem Anwesen. Er parkte vor dem Haus und stellte den Motor ab. Schotter knirschte unter seinen Füßen, als er ausstieg und um das Auto herumging. Feine Regentropfen benetzten seine kahle Kopfhaut, irgendwo bellte ein Hund. Vor einem der in Holz eingefassten Fenster welkten Blumen in einem Kasten vor sich hin. Eine verdorrte Kletterpflanze klammerte sich an ein hölzernes Rankgitter neben der Tür.

Harms erblickte keine Klingel, also klopfte er an die mit einer Milchglasscheibe versehene Holztür. Nichts tat sich. Er setzte zum nochmaligen Klopfen an, als er durch die Scheibe diffuse Bewegungen ausmachte. Ein Schlüssel wurde herumgedreht und die Tür geöffnet.

»Was wollen Sie?« Ein alter Mann starrte ihn misstrauisch an. Er trug eine blaue Latzhose und einen Strohhut. Weiße Bartstoppeln sprossen auf seinem vom Wetter gegerbten Gesicht.

Harms stellte sich vor, holte sein Smartphone aus der Hosentasche und zeigte ihm ein Foto von Jan.

Der Mann öffnete die Tür etwas weiter und beugte sich vor, um auf das Display zu schauen. »Nach dem hat sich die Polizei schon erkundigt. Ich kenn den Jungen nicht.«

Harms presste die Lippen aufeinander und nickte. »Einsame Gegend hier«, sagte er und schob das Handy zurück in die Hose.

»Da hat man seine Ruhe und niemand geht einem auf die Nerven«, sagte der Alte ernst.

»Da ist was dran. Also dann, vielen Dank!«

»Viel Glück«, sagte der Mann noch und schloss abrupt die Tür.

Harms, der selbst kein ausgemachter Menschenfreund war, dachte darüber nach, wie es wäre, auf einem Bauernhof zu leben. Die Vorstellung gefiel ihm durchaus, allerdings würde er das niedersächsische Flachland vorziehen. Die dichten Wälder hier würden auf ihn schnell bedrückend wirken, da war er sich sicher.

Eine halbe Stunde später hatte er einen weiteren Bauernhof besucht und einer alten Frau das Foto von Jan unter die Nase gehalten. Er hatte die Bäuerin wegen ihres Dialekts kaum verstanden, ihr Kopfschütteln beim Betrachten des Fotos war jedoch unmissverständlich gewesen. Frustration füllte ihn aus, während er mit dem Auto über einen unebenen Schotterweg holperte und sich einem weiteren Gehöft näherte.

Das bringt alles nicht viel. Man wird mir kaum die Tür öffnen und sagen: »Aber ja, der junge Mann verweilt hier in der Scheune und genießt das ursprüngliche Landleben.« Die Polizei hat die Höfe in der Umgebung sicher schon abgeklappert. Aber auch wenn die Chance noch so klein war, auf diese Weise auf eine Spur zu stoßen, so wollte Harms diese naheliegende Feldarbeit dennoch gemacht haben.

Der Weg führte zu einem offen stehenden Metallgittertor, auf dem Harms beim Vorbeifahren ein ›Betreten verboten‹-Schild ausmachte. Er rollte auf einen asphaltierten Hof, den ein wuchtiges Wohnhaus mit schmutziger grauer Fassade und mehrere landwirtschaftliche Anbauten und Nebengebäude umgaben. Vor dem Haus parkte ein weißer Lieferwagen, neben dem ein Mann und eine Frau standen. Als Harms einige Meter weiter links neben dem anderen Fahrzeug parkte, fing er den finsteren Blick der Frau auf, die gerade Anstalten machte einzusteigen. Sie war korpulent, trug eine helle Schürze und hatte ein Vogelnest von aschblonden Haaren auf dem Kopf. Sie sagte etwas zu dem Mann, wuchtete ihren Körper auf den Fahrersitz und schlug die Tür zu. Harms stieg aus und sah den Mann aufgeregt gestikulierend auf sich zukommen. Der Lieferwagen fuhr derweil vom Hof.

»Haben Sie das Schild nicht gesehen?«, raunzte er Harms an und plusterte sich vor ihm auf. Er trug eine dunkle Arbeitshose, ein für seinen ausgemergelten Körper zu langes Flanellhemd und eine fleckige Baseballkappe.

»Das Tor stand offen.« Harms hob entwaffnend die Hände. »Ich habe nur eine kurze Frage.« Zunächst stellte er sich vor, auch weil die Leute sich dann meist etwas entspannten. Zumindest, wenn sie nichts zu verbergen hatten. Nicht selten hielten sie ihn nämlich für einen Vertreter, der ihnen irgendetwas aufschwatzen wollte. Hörten sie, dass er Privatdetektiv war, wich die ablehnende Haltung oft der Neugier. So war es auch bei dem Bauern vorhin gewesen, nicht jedoch bei diesem Mann. Der starrte Harms mürrisch an, während er eine Pfeife aus seiner Hemdtasche zog und sich das Mundstück zwischen die Lippen schob. Anschließend ließ er die Flamme eines Sturmfeuerzeugs über den Pfeifenkopf kreisen und zog kräftig am Mundstück. Süßlicher Pfeifenrauch schlug Harms entgegen, der sein Smartphone aus der Hose holte. Naserümpfend hielt er dem Mann das Display mit Jans Foto entgegen. Einen Moment lang glotzte der Typ ihn provokant weiter an, schließlich senkte er den Blick aufs Handy.

»Nie gesehen. Und weil das Tor sonst nicht offen steht, bekomme ich auch keinen unerwünschten Besuch von solchen Bürschchen, wissen Sie?« Der Mann entblößte beim Lächeln gelbe Zähne.

Harms schmunzelte gespielt, als hätte er einen guten Spruch gehört. Das abweisende Verhalten dieses Kerls machte ihn aggressiv. Er sah sich um. Rund um eine einsame und kahle Buche lagen Reifen verschiedener Größe verteilt. Hinter einem Zaun erstreckte sich eine zugewucherte Wiese. In einer verwitterten Scheune befanden sich ein Traktor und ein dunkelgrüner Anhänger. Neben der Scheune bemerkte Harms einen Unterstand, in dem sich etliche Holzfässer stapelten. Vor diesen fiel ihm eine Apparatur ins Auge, die ihm bekannt vorkam. Auf einem Kühler aus Edelstahl, der die Form einer Regentonne hatte, war ein kupferner Helm angebracht, von dem ein Steigrohr in einem Bogen zu einem Tellerkühler führte.

»Für den Fall, dass das Tor doch mal offen ist, sollten Sie Ihre illegale Schnapsbrennanlage besser verstecken.«

Der Blick des Typen verfinsterte sich noch mehr. Er pustete Pfeifenrauch aus und spuckte neben sich auf den Boden. »Kümmere du dich um deinen eigenen Kram, Schnüffler.«

Harms hatte sich schon abgewandt und eine Hand zu einem ironischen Abschiedsgruß gehoben. Kies staubte auf, als er mit dem Wagen zügig zurücksetzte und vom Hof fuhr.

Zurück an der Landstraße bog er in Richtung Recht ab. Das Abklappern sämtlicher Höfe in der Region brachte ihn offensichtlich nicht weiter. Irgendetwas nagte an ihm, was er noch nicht richtig fassen und benennen konnte. Er beschloss, vorerst nicht weiter darüber nachzugrübeln.

Als die Steinbrücke in Sicht kam, parkte er ein Stück davor auf einem Grünstreifen, schnappte sich seine Baseballkappe vom Beifahrersitz und verließ das Auto. Er rieb sich über die Glatze, setzte die Kappe auf und betrat die Brücke, die von einem schlichten Metallgeländer gesäumt war. Harms lehnte sich darüber und ließ seinen Blick über den Fluss schweifen, der zwanzig Meter unter der Brücke träge durch die Wildnis floss. Sein Wasser glänzte wie schwarzes Öl. Inmitten der dichten Vegetation an den Ufern, die sich in verschiedenen Braun-, Grau- und Grüntönen bis zum Horizont erstreckte, blitzte ganz in der Nähe auf der rechten Seite etwas Weißes auf. Das musste der Wohnwagen des Schamanen sein, der hinter dem Gestrüpp vage auszumachen war. Harms beschloss, dem Mann einen Besuch abzustatten.

Diese Seite des Flusses war von Mischwald gekennzeichnet, in dem neben Fichten und Tannen auch karge Buchen in die Höhe ragten. Der mit Zweigen, Tannennadeln und Ästen übersäte, abschüssige Boden war vom Regen feucht und rutschig, sodass Harms sich zögerlich voranbewegte, um nicht hinzufallen. *Die Wälder der Ardennen wirkten, als hätte die Natur zu viele Bäume auf zu engem Raum gesetzt*, dachte er dabei nicht zum ersten Mal.

Bald wurde das Terrain ebener, also konnte das Flussufer nicht mehr weit sein. Der Wohnwagen war zwischen den zahllosen Baumstämmen aber noch nicht auszumachen. Stille umgab Harms, nur gelegentlich war leises Knacken und Rascheln zu vernehmen. Mit einem Mal fühlte er sich unwohl und dachte an seine Waffe, die in einem Pistolenkoffer im Auto lag. Allerdings erschien es ihm nicht angebracht, mit vorgehaltener Waffe aufzutauchen, also schluckte er sein Unbehagen runter und ging mit geschärften Sinnen bedächtig voran.

Unversehens erstarrte er und sein Herzschlag setzte aus. Zwei Meter gegenüber stierten ihn zwei dunkle, schräg liegende Augen an, die zu einem massiven keilförmigen Kopf mit einer weit aufgerissenen Schnauze gehörten. Die beiden bestimmt fünfundzwanzig Zentimeter langen, spitzen Eckzähne in dem Schlund könnten jeden Menschenschädel wie ein Bonbon zermalmen. Harms atmete tief durch, als er sah, dass es sich lediglich um einen Wildschweinkopf handelte, der auf einem in den Boden gerammten Stock angebracht war. Achtsam setzte er sich wieder in Bewegung.

Traumfänger hingen in den Bäumen – kreisrunde Gebilde aus Metall oder Holz, von denen Federn und Schnüre hinabbaumelten. Auf einmal ertönten Glockenklänge und Harms blieb verblüfft erneut stehen. Rechts in einem Baum hing ein Klangspiel aus Kupferrohren, das in Bewegung geraten war. Eine dünne Schnur führte von dem Klangspiel hinunter bis dicht über den Erdboden, wo sie sich zwischen zwei Baumstämmen spannte. Harms war gegen die Schnur getreten und hatte die im Einklang mit der Natur errichtete Alarmanlage ausgelöst.

Vorsichtig ging er weiter und endlich kam der Wohnwagen in Sicht. Davor türmte sich allerhand Unrat: eine Waschmaschine, ein verschlissener Sessel, eine große Metalltonne und jede Menge Krimskrams, der kreuz und quer verstreut lag. Zwischen zwei Bäumen war eine Wäscheleine angebracht, auf der ein Laken hing, dessen strahlendes Weiß einen deutlichen Kontrast zu der Farbe des Wohnwagens bildete. Der sah an vielen Stellen durch Schmutz und Schimmel mehr grau und grünlich aus.

»Hallo, ist jemand zu Hause?«, rief Harms. Nachdem niemand antwortete, trat er vor den Wohnwagen und klopfte an die Tür. »Hallo?« Nichts tat sich. Harms legte seine Hand an den Türgriff und nach einem Moment des Zögerns zog er daran. Die Tür schwang, begleitet von einem leisen Quietschen auf und gab den Blick auf die rückwärtige Wand frei, an der verschiedene Werkzeuge wie Handsägen, Schraubenzieher und Zangen hingen.

Harms wollte gerade eintreten, als ihn ein Geräusch innehalten ließ. Der hohe Klagelaut kam aus dem Wald und erinnerte an Babygeschrei. Harms drehte sich überrascht um und starrte zwischen die Bäume, konnte aber nichts Ungewöhnliches sehen.

Dann war das Jammern wieder zu hören, nur kurz, aber eindeutig von irgendwo aus der Nähe. Harms näherte sich den Bäumen und schaute sich dabei aufmerksam um. Irgendetwas stimmte nicht. Einige Meter neben dem Wohnwagen befand sich ein Gehege – eine simple Konstruktion aus in den Boden gehauenen Holzpfählen, hüfthohem Maschendraht und einer zwischen zwei Stämmen befestigten Palette, die als überdachter Unterstand diente. Auf der Waldseite ragten einige Holzstangen schräg aus dem Boden heraus nach innen und der Draht lag platt gedrückt auf dem Boden, als wäre etwas Schweres in das Gehege hineingepflügt.

Erneut ein Jammern, wehleidig und herzzerreißend. Harms ging einige Meter in den Wald hinein. Zweige knackten leise unter seinen Schuhen. Karges Gestrüpp und dicht gedrängte Bäume lagen vor ihm. Wieder das Jammern, diesmal aus unmittelbarer Nähe. Harms kniff die Augen zusammen, er sah niemanden, woher stammte nur dieses Geräusch? Ein nervöses Kribbeln gesellte sich zu der Anspannung, die er hier schon die ganze Zeit verspürte.

Er schluckte trocken und blieb stehen, sein Blick glitt über den Waldboden. Blätter, abgefallene Äste, Tannennadeln, Zweige, knorrige Wurzeln und von Moospolstern bedeckte Baumstümpfe. Erneut das weinerliche Quengeln. Er runzelte die Stirn. Schräg vor ihm bemerkte er einen unnatürlich symmetrischen Bereich, gute zwei mal zwei Meter, auf dem deutlich mehr Äste und Blätter lagen als ringsum. Er trat an den Rand des Abschnitts, als es hinter ihm raschelte. Harms fuhr herum und blickte direkt in eine helle Maske. Zwei kleine Augenlöcher und eine längliche rechteckige Mundöffnung. Wegen ihrer Einfachheit wirkte die Maske wie von einem humorlosen Kind gebastelt und dadurch besonders verstörend. Unvermittelt machte er einen Schritt zurück und stürzte ins Bodenlose.

Kapitel 14

Die Fleischerin stand im Schlachtraum und zog einen Kunstdarm über den Stutzen der Abfüllmaschine wie ein Kondom über einen harten Schwanz. Sie hielt die Wursthülle mit beiden Händen fest und betätigte dabei mit dem Knie einen Schalter an der klobigen Edelstahlmaschine, um die Befüllung auszulösen. Begleitet von einem leisen Surren erwachte das Gerät zum Leben und beförderte das Fleischbrät in den Kunstdarm, der immer weiter anschwoll. Als er prall gefüllt war, nahm die Fleischerin die Wurst vom Füllstutzen, deponierte sie auf einer Arbeitsfläche und verschnürte sie mit einem Bindfaden. Anschließend brachte sie die Wurst in den Nebenraum und legte sie zu weiteren Würsten in einen mit Wasser befüllten Edelstahlkessel.

Eine Köstlichkeit feinster Qualität, dachte die Fleischerin mit stolzgeschwellter Brust, während sie in den Schlachtraum zurückkehrte, um weitere Würste fertig zu machen. Bei ihr kamen nur beste Zutaten in den Kutter, der das Fleisch mit seinen rotierenden Messern unter ohrenbetäubendem Lärm zu Fleischbrät verarbeitete. Hauptsächlich Schweinefleisch, etwas Rindfleisch, damit die Wurst nicht so labbrig wurde und einen guten Biss hatte, und unbedingt eine Dosis ihrer Geheimzutat für den besonderen Geschmack: Menschenfleisch. Dazu Salz, Pfeffer, Piment und Muskat – et voilà. Fertig war ihre hausgemachte Brühwurst, die nicht umsonst reißenden Absatz fand und besser nicht sein konnte.

Über die gepanschte Ware der Fleischindustrie, die zu Billigpreisen im Discounter angeboten wurde, konnte sich die Fleischerin nur aufregen. Das hatte nichts mit echter Metzgerkunst und Fleischgenuss zu tun. Von den Wurstproduzenten wurde mit Vorliebe sogenanntes Separatorenfleisch, ein aus zerschründeten Knochen gewonnenes Abfallprodukt, an dem noch Fleischreste hafteten, in die Wurstmasse gemischt. Seit dem BSE-Skandal war die Verwendung von Separatorenfleisch, das von Schweinen stammte, zwar kennzeichnungspflichtig und von einigen anderen Tieren sogar verboten, aber darum scherte sich die Fleischindustrie meist nicht. Das Separatorenfleisch war spottbillig und im Endprodukt nicht nachweisbar, also brauchten die Hersteller keinerlei Konsequenzen befürchten, wenn sie es benutzten. Die Würste wurden noch mit künstlichen Aromen und Farbstoffen aufbereitet sowie hübsch verpackt und fertig war ein günstiges Endprodukt, das mit einer echten Wurst eigentlich gar nichts zu tun hatte. Um dem steigenden Verantwortungs- und Ernährungsbewusstsein der Kunden Rechnung zu tragen und ihnen ein gutes Gefühl bei der Kaufentscheidung zu geben, wurden meist noch irgendwelche Siegel und Gütezeichen auf die Verpackung gedruckt. Bei genauerer Betrachtung sagten die über die Klasse des Fleisches allerdings nicht viel aus, sie dienten genauso wie die Begriffe ›Regional‹, ›Premium‹ und ›Spitzenqualität‹ nur dazu, den inneren Skeptiker der Kunden zu bauchpinseln und diese zum Kauf zu animieren.

Es ging um *Emotional Selling* – um Gefühle, Geschichten und Identifikation. Erst vor einigen Wochen war der

Marketing-Hanswurst eines überregional tätigen Fleischhändlers auf dem Hof gewesen und hatte die Fleischerin zu überreden versucht, ein kleines Foto von ihr auf den Packungen mit dem Wurstaufschnitt abbilden zu dürfen. Das schaffe Identifikation und Vertrauen, hatte Hanswurst mit Inbrunst schwadroniert. Aus einem unpersönlichen, namenlosen Fleischproduzenten würde so ein greifbarer, freundlicher Mensch aus Fleisch und Blut werden. Schrieb man dann noch einen kurzen Text dazu, beispielsweise mit Schlagwörtern wie ›Tierwohl‹, ›Verantwortungsbewusstsein‹, ›Sicherheit‹ und ›Nachhaltigkeit‹, griffen die Verbraucher gern und mit gutem Gewissen zu. »Mit Ihrem netten Lächeln würde man Ihnen auch Babybrei abkaufen«, hatte der Hanswurst gesagt und das Ego der Fleischerin gepudert. »Ach was«, hatte er noch eins draufgesetzt. »Man würde Ihnen sogar sein Baby anvertrauen, ohne mit der Wimper zu zucken.« Da hatte die Fleischerin nur gelacht und gedacht, dass sie schon Verwendung für die kleinen Scheißer hätte. Eigentlich hätte sie den Verpackungsdeal gern abgemacht, doch sie wollte aus guten Gründen mit ihrem Bild keine unnötige Aufmerksamkeit erregen.

Die Fleischerin war überzeugt, dass die meisten Kunden gar nicht so genau wissen wollten, wie und aus welchen Zutaten die Produkte hergestellt wurden. Hauptsache, es war billig und schmeckte. Dass der günstige Preis auch auf Kosten des Tierwohls und der Arbeitsbedingungen der Angestellten ging, blendeten viele Verbraucher erst recht aus. In großen Fleischbetrieben hausten die meist aus Osteuropa stammenden Leiharbeiter oft unter hygienisch miserablen Bedingungen, zusammengepfercht wie Sklaven, in schäbigen Baracken und warteten nur darauf, für einen Hungerlohn in der nächsten 12-Stunden-Schicht zu malochen.

Nicht so bei der Fleischerin. Sie bezahlte ihre Lakaien mehr als anständig und den Tieren fehlte es auf ihrem Hof auch an nichts. Was Henry trieb, war eine andere Sache und ging sie nichts an. Ihre menschlichen Fleischlieferanten konnten sich sowieso nicht beklagen, immerhin bekam jeder von ihnen einen Käfig nur für sich. Das hätte sie schließlich auch anders handhaben können, doch solch ein asoziales Verhalten lag ihr fern. Verbraucher, die all die schlechten Begleitumstände in der Fleischbranche durch den Erwerb von Billigfleisch unterstützten, konnte sie beim besten Willen nicht verstehen. Ihre Kunden waren Feinschmecker, die Qualität und Handwerkskunst zu schätzen wussten und für eine faire Produktion gern mehr bezahlten.

Nachdem die Fleischerin noch zwei Würste in den Kessel gegeben hatte, schaltete sie diesen an. Die Würste würden zwei Stunden kochen, dann waren sie verzehrfertig. Sie zog sich ihre Stechschutzhandschuhe aus, nahm das Papierschiffchen vom Kopf und legte beides auf einer Arbeitsfläche ab. Anschließend entledigte sie sich ihrer Arbeitsschürze und hängte sie an einem Haken an der Wand auf, bevor sie ihre Privatmetzgerei verließ und das kurze Stück über den mit Unkraut bewachsenen Hof zum Hintereingang des Wohnhauses ging. Dort schlenderte sie durch den Flur zu ihrem kleinen Büro. Ein langer

Holztisch, auf dem der Computermonitor und ein Drucker standen, sowie mehrere vollgestopfte Aktenschränke bildeten die wesentliche Ausstattung. Das einzige teure Accessoire in dem Raum war ein Chefsessel aus weichem braunem Echt-Leder mit einer üppigen Softpolsterung und Wippmechanik, in den sich die Fleischerin nach der anstrengenden Arbeit fläzte. Das Möbelstück war so bequem, dass sie hier schon oft eingeschlafen war.

Sie ließ den Computer hochfahren, lehnte sich entspannt zurück und wippte mit dem Stuhl leicht vor und zurück. Das war ihre Kommandozentrale, hier plante und regelte sie ihre Geschäfte.

Als der Computer hochgefahren war, beugte sie sich ächzend vor und griff nach einer Frischhaltedose neben dem Monitor, die dünne Streifen Dörrfleisch enthielt. Natürlich selbst gemacht, aus dem zarten, mageren und saftigen menschlichen Rückenfleisch, vermengt mit einer speziellen Marinade aus Sojasoße und ausgewählten Gewürzen. Die Fleischerin löste den Kunststoffdeckel des Behältnisses und legte ihn zur Seite. Sie schob sich einen Streifen des Trockenfleisches in den Mund und kaute genüsslich darauf herum, während sie sich in ihren Online-Banking-Account einloggte. Das würzig-aromatische Fleisch schmeckte grandios und nach einem Blick auf ihren Kontostand gleich noch eine Spur besser: 243.422 Euro. Für den Anfang nicht schlecht, in einem Jahr dürfte sie in den erlauchten Kreis der Millionäre vordringen. Die Geschäfte liefen gut, allerdings gab es auch Aspekte, die ihr Sorge bereiteten. Nachdenklich pulte sie mit dem Nagel ihres linken Daumens ein Stück Fleisch aus ihrer

Zahnlücke. Das nächste Menschenfleisch durfte sie nicht in der Region besorgen, sonst wimmelte es bald nur so vor Ermittlern in der Gegend. Die Frau, die der alte Willems ihr verkauft hatte, war nicht eingeplant gewesen, doch dieses Schnäppchen hatte sie sich schlecht entgehen lassen können. Immerhin hatte das Weibsstück schon betäubt und abholbereit in seiner Küche gelegen. Die Spuren ihres Unfalls hatten die Jungs zum Glück noch rechtzeitig beseitigen können, sodass sich die Ermittlungen zu ihrem Verschwinden nicht auf den Umkreis ihres Hofes konzentrieren würden. Dennoch war Vorsicht geboten, erst recht nach dem Anruf vorhin. Willems hatte ihr erzählt, dass es sich bei dem Glatzkopf, der auf seinem Hof vorgefahren war, um einen Privatermittler handelte, der Jan suchte.

Die Fleischerin betrachtete gedankenverloren ihren Daumennagel, an dem zarte rosafarbene Fleischfasern hafteten. Sie steckte den Finger in den Mund und saugte ihn sauber, während sie sich innerlich entspannte. Prinzipiell waren ihre Dating-Aktivitäten eine gute Sache, um an Frischfleisch zu gelangen. Auf diese Weise hatte sie die Möglichkeit, von vornherein wohlgenährte Subjekte herauszupicken. Auch wenn sie keine klassische Schönheit war, so konnten die meisten ihrer willigen Art und ihren exorbitanten weiblichen Rundungen kaum widerstehen. Der Großteil der Kerle dachte sicher, dass die Fleischerin für einen schnellen Fick allemal gut genug war.

Lediglich die Abholung des Fleisches barg gewisse Risiken. Sie musste am vereinbarten Treffpunkt achtgeben, dass sie nicht zufällig von einer der heutzutage überall zu findenden Überwachungskameras erfasst wurde und es war erforderlich, dass die Opfer ihre Handys ausschalteten, bevor sie auf den Hof gelangten. Sie beschloss, ihre Dates in Zukunft auf entferntere Gegenden zu verlagern, um in der hiesigen Region einen Vermissten-Hotspot zu vermeiden. Dann müsste sie halt weiter fahren, um das Frischfleisch zu besorgen, das wäre keine große Sache. So weit wähnte sie sich vollkommen auf der sicheren Seite, niemand hatte etwas gegen sie in der Hand, keine Spuren führten zum Hof.

»Na endlich!«, murmelte die Fleischerin, als sie sah, dass die Biomedical Suisse GmbH am Vormittag die vereinbarten 1.000 Euro für die Überreste des Bärtigen überwiesen hatte. Dabei lag die Lieferung des kopflosen Torsos, der ohne Fleisch an ein abgenagtes Brathähnchen erinnert hatte, schon über zwei Wochen zurück. Kulant wie sie war, drückte sie auch bei verspätetem Zahlungseingang ein Auge zu. Allerdings gefiel ihr diese Geschäftsmoral nicht.

Tote sind ein einziges medizinisches Rohstofflager, dachte sie und gönnte sich einen weiteren Streifen Trockenfleisch.

Durch ihre Arbeit versorgte sie die Menschen nicht nur mit köstlichem Fleisch, sie tat darüber hinaus auch allerhand Gutes. So wurden die Knochen der Toten unter anderem in der Wirbelsäulenchirurgie und Hüft-Endoprothetik genutzt und zum Beispiel Menschen transplantiert, die ein neues Hüftgelenk bekamen. Ebenso wurden Leichenknochen zum Aufbau von Kieferknochen verwendet, in denen Zahnimplantate verankert werden konnten.

Auch andere Gewebearten wie die Haut, dienten vielfältigen Zwecken. Sie kamen Verbrennungsopfern zugute und wurde von Schönheitschirurgen zum Lippen aufspritzen, zur Faltenbeseitigung oder gar Penisvergrößerung genutzt. Herzklappen, die ebenfalls recycelt wurden, konnten die Heilung bei Patienten begünstigen, die an einer Entzündung der Herzinnenhaut litten. Gewebeteile aus einer einzelnen Leiche wurden nicht selten an über sechzig Empfänger gepflanzt. Hätte die Fleischerin dem Schweizer Unternehmen auch noch die Köpfe verkauft, wäre pro Lieferung noch mehr Geld für sie herausgesprungen. Begehrt waren nicht zuletzt Augenhornhäute, die weltweit jedes Jahr mehr als hunderttausend Mal transplantiert wurden. Aber auch so leistete die Fleischerin durch die Bereitstellung des Gewebes einen handfesten Beitrag dazu, das Leid vieler schwerkranker Menschen zu lindern und ihnen den Weg in ein angenehmeres Leben zu ebnen.

Ihre Haupteinnahmequelle war allerdings nicht der Gewebehandel, sondern die Versorgung von gastronomischen Betrieben mit Fleisch und Innereien. Die Betriebe in der Region wussten nicht, dass sie auch Menschenfleisch verarbeitete und bestellten bei ihr, weil den Kunden ihre Fleisch- und Wurstwaren ausgezeichnet schmeckten. Nach den genauen Rezepturen fragte niemand, das blieb ein Geschäftsgeheimnis.

Lediglich ihr Hauptabnehmer, das Restaurant Exquisite in Lüttich, an das auch sämtliche Innereien außer dem Herz gingen, wusste Bescheid. Dementsprechend hoch waren auch die Summen, die regelmäßig auf das Konto der Fleischerin flossen. Geld spielte für das Luxusrestaurant, deren Küchenchef und Besitzer sie in einem Fleischforum im Darknet kennengelernt hatte, keine Rolle. Jüngst war die Fleischerin auf Einladung des Mannes dort gewesen. Ein mit goldenen Intarsien verzierter Marmorboden und Säulen aus Obsidian schmückten den mondänen Speisesaal, von dessen Decke diamantbesetzte Kronleuchter baumelten. In den in feinstes Büffelleder eingebundenen Speisekarten war von den besonderen kulinarischen Köstlichkeiten des Hauses nichts zu sehen, aber wer die Webseite im Darknet kannte, wusste, welche Bestellnummer zu nennen war, um Entrecôte mit Fenchel oder geschmorte Pobacken mit Hagebuttensoße zu ordern. Die betuchten Gäste waren bereit für diese außergewöhnlichen Gaumenfreuden, die sie mit bestem Ausblick auf die Maas und die abendliche Skyline Lüttichs genossen, tief in die Tasche zu greifen.

Die Fleischerin schob ihren Daumennagel zwischen die Zahnlücke und löste das Trockenfleisch, das sich darin festgesetzt hatte. Während sie den Kontoauszug im Banking-Account hinunterscrollte, fiel ihr eine Zahlung ihres chinesischen Freundes Hao Ling ins Auge. An ihn lieferte sie die mit Trockeneis gekühlten Pakete mit den Penissen und Hoden ihrer Opfer. Die Asiaten glaubten, dass durch den Verzehr von Genitalien die Potenz der Besitzer auf sie überginge. Bereits seit 2006 gab es in Peking ein Penisrestaurant, das tierische Penis- und Hodendelikatessen aller Art anbot. Da Hao Ling bereits zum wiederholten Male bei ihr bestellt hatte, schien er sehr zufrieden zu sein. Die Fleischerin glaubte ja an einen Placebo-Effekt, jedenfalls hatte der Geschäftsmann ihr begeistert geschrieben, dass er jetzt noch mehr Spaß mit seinen nordkoreanischen Sexsklavinnen hatte. Die Fleischerin scrollte weiter runter und griff dabei nach einem weiteren Streifen Dörrfleisch aus der Frischhaltedose, als es laut an der Bürotür klopfte und diese aufgerissen wurde.

Adrian stand außer Atem im Türrahmen. »Dieser Jan … ist weggelaufen!«

Die Fleischerin sah ungläubig zu ihm auf. Als seine Worte in ihr Bewusstsein drangen, überkam sie die Wut mit dem Tempo eines Düsenjets. »Ihr verfickten Idioten!«

Sie nahm die Frischhaltedose vom Tisch und schmiss sie auf den jungen Mann, der das leichte Plastikbehältnis, aus dem die Fleischstreifen herausfielen, mit einer schnellen Handbewegung abwehrte. Als sich die Fleischerin aus ihrem Chefsessel wuchtete, wich er geschwind in den Flur zurück.

Kapitel 15

Der Schmerz schoss durch seine Beine und explodierte in seiner Schulter. Eine Staubwolke stob vor seinem Gesicht auf. Harms rang benommen nach Luft und versuchte die Situation zu erfassen. Der Boden hatte unter ihm nachgegeben, er war gestürzt, hart auf den Beinen aufgekommen und auf die Schulter gefallen. Er fühlte sich, als hätte er sich alle Knochen gleichzeitig gebrochen. Er schüttelte den Kopf, um die Benommenheit loszuwerden, blinzelte und richtete sich ächzend ein Stück weit auf. Dunkelheit umgab ihn, nur wenig Tageslicht fiel aus dem rechteckigen Loch über ihm nach unten. Am Rande der Grube stand die Maskengestalt und schaute zu ihm herunter.

»Hey!«, rief Harms wütend und schmerzerfüllt.

Abrupt zog sich die Gestalt zurück.

Ein leises, hohes Meckern erklang hinter ihm und veranlasste ihn dazu, sich umzudrehen. Ein wie ein Kuscheltier aussehendes Lamm hatte sich in die Ecke gedrängt, starrte ihn mit aufgerichteten Ohren an und meckerte noch einmal kläglich. Harms robbte ein Stück zurück, um dem Tier etwas mehr Platz zu geben, während sein Blick sich wieder auf das Loch heftete, das rund drei Meter über ihm lag. Die Gestalt war verschwunden und schien ihn hier liegen lassen zu wollen.

Er setzte sich vorsichtig weiter auf, rieb sich über die Schulter und sah sich genauer um. Zusammen mit dem Tier befand er sich in einer etwa zweieinhalb Meter langen und breiten Grube, deren Wände mit Holz verkleidet waren. Ängstlich betrachtete er seine pochenden Beine und hoffte inständig, dass er sich nichts gebrochen hatte. Schließlich biss er die Zähne fest zusammen, stützte sich mit der linken Hand auf dem Boden ab und versuchte aufzustehen. Mühsam gelang es ihm und als die Beine sein stattliches Gewicht von über hundert Kilogramm trugen, machte sich eine Spur Erleichterung in ihm breit. Die verflüchtigte sich jedoch wieder, als ihm klar wurde, dass die Grubenöffnung zu weit über ihm lag, um sich selbstständig zu befreien.

Er wischte grob einige Zweige von seiner Jacke, die er bei seinem Sturz mit in die Tiefe gerissen hatte und lehnte sich mit der Schulter gegen die Wand, um die Beine zu entlasten. Erst jetzt wurde ihm richtig klar, dass er in eine gottverdammte Falle gestürzt war, die irgendjemand, wahrscheinlich die ominöse Maskengestalt, angelegt und gut getarnt hatte. Und nun saß er zusammen mit einem lebendigen Kuscheltier, das anklagend zu ihm hochschaute, in der Scheiße.

War das Lamm auch in die Grube gefallen? Eher nicht, es erschien unwahrscheinlich, dass Lämmer allein durch den Wald streiften. Das Lamm musste als lebender Köder für irgendein anderes Tier fungieren.

Ihm fiel sein Handy ein und er holte es schnell aus der Hosentasche, nur um festzustellen, dass es keinen Empfang hatte. *Fuck! Und jetzt?*

»Ich reiß dir den Kopf ab, du Wichser!«, rief Harms laut in die Höhe. Er drehte sich herum, sodass er mit dem Kopf zur Wand stand, schaute wieder hoch, streckte die

Arme aus und sah im letzten Moment davon ab hochzuspringen. Es war definitiv ein aussichtsloses Unterfangen und hätte nur seine Beine weiter belastet. Erneut ließ er seinen Blick schweifen. Als er keine Möglichkeit aus der Grube zu entkommen entdeckte, seufzte er entmutigt und ließ sich mit dem Rücken an die Wand gepresst zu Boden gleiten.

Määh. Das Lamm kam schüchtern angetrottet und schob sich zwischen seinen Füßen hindurch. Harms spreizte die Beine ein Stückchen und es kletterte unbeholfen auf seinen Schoß, wo es sich niederlegte. *Määh.* Nun klang der Laut eher zufrieden als klagend. Das Lamm drehte den Kopf, sah ihn gewitzt an und spreizte die Ohren vom Kopf ab. Er streichelte dem Tier vorsichtig über den Rücken und war erstaunt, wie weich sich das weiße Fell anfühlte. Weicher als jede Kuscheldecke. Das Lamm gab leise Laute von sich, die einem wohligen Schnurren glichen und schloss die Augen.

Na toll! Harms seufzte und streichelte das Tier weiter, während er seine Gedanken auf das ernste Problem lenkte, das sich ihm darbot. Niemand wusste, wo er war und vermutlich würde die Maskengestalt ihn hier krepieren lassen. Der Typ war offensichtlich gestört und gefährlich. Harms musste sich selbst helfen, doch es schien keinen Ausweg zu geben. Vorsichtig hob er das Lamm hoch und setzte es neben sich auf den Boden, der aus nackter Erde bestand. Das Tier quittierte das mit einem Meckern und einem vorwurfsvollen Blick, bevor es wieder die Augen schloss und weiter ruhte.

Harms, den immer noch Schmerzen plagten, stand auf und untersuchte erneut die Grubenwände. Sie bestanden aus Holzscheiten, die neben- und übereinander angebracht worden waren. Er legte seine Finger an die Wand und strich nach unten daran entlang, dann wiederholte er die Aktion in anderen Bereichen. Unvermittelt hielt er inne. Auf Bauchhöhe hatte er einen vertikal in der Wand sitzenden Holzscheit gefunden, dessen Oberkante ein Stück hervorragte. Harms bohrte seine Fingernägel hinein und versuchte, ihn aus der Wand herauszuziehen. Seine viel zu kurzen Nägel fanden keinen Halt und rutschten an der Oberkante ab.

Er tastete seine rechte Hosentasche ab, spürte die vertraute Form seines Schlüsselanhängers und holte ihn hervor. Der rechteckige Anhänger aus Metall zeigte auf einer Seite ein Foto im Passbildformat von seiner verstorbenen Frau und seinem Sohn. Die andere Seite zierte ein Porträt seines Vaters. Neben dem Autoschlüssel waren der Wohnungsschlüssel und ein kleiner Briefkastenschlüssel daran befestigt. Letzterer schien Harms für sein Vorhaben geeignet. Er drückte die Schlüsselspitze von oben gegen das hervorstehende Scheit und sie drang etwas in das Holz ein. Anschließend presste er den Schlüssel an die Wand, um so das Scheit heraus zu hebeln. Nach mehreren Versuchen löste sich das Holz zu Harms' großer Erleichterung. Er packte den Schlüssel weg und zog das Scheit schließlich aus der Wand. Es handelte sich um ein dickes, rund fünfzig Zentimeter langes Stück. Tief durchatmend lehnte er es in einer Ecke an die Wand. Er stieg vorsichtig mit dem linken Fuß darauf, bis das Holz komplett sein

Gewicht trug, brach dann aber ab, weil er keinen Vorsprung fand, der seinem anderen Fuß als Trittbrett dienen konnte.

Fünf Minuten später hatte er das Problem gelöst. An einer anderen Wand, in der die Holzscheite horizontal eingelassen waren, konnte er mithilfe des Schlüssels ein etwas höher liegendes Holzstück so weit hervorziehen, dass es sich als Sprosse eignete. Nun stieg er mit dem einen Fuß auf das erste herausgezogene Holzstück und mit dem anderen auf das gelockerte, während er über seinem Kopf zwei weitere auf dieselbe Weise bearbeitete. Schweiß lief in Strömen seinen Rücken hinab und befeuchtete sein Gesicht. Es war eine extrem anstrengende Arbeit und er war mehrfach versucht aufzugeben. Doch er machte weiter, weil es keine andere Option gab und er zuversichtlich war, sein Ziel erreichen zu können. Mit seiner verstorbenen Frau war er des Öfteren in der Kletterhalle gewesen, diese Erfahrung wollte er sich zunutze machen. Nachdem es ihm gelungen war, noch zwei weitere Holzscheite ein Stückchen hervorzuziehen, schaffte er es, mit einer gewaltigen Willensanstrengung so weit an der Wand hochzusteigen, dass er um den Grubenrand greifen konnte. Er sammelte seine verbliebenen Energiereserven, biss die Zähne zusammen und zog sich mit einem letzten Kraftakt nach oben ins Freie.

Erschöpft nach Luft ringend, sah er sich am Grubenrand liegend um. Als er feststellte, dass keine unmittelbare Gefahr drohte, entspannte er sich innerlich ein wenig. Er schaute zurück in die Grube, wo die dunklen Augen des Lamms scheinbar anklagend zu ihm hochguckten. Kurz erwog er, wieder hinabzusteigen und das Lamm zu holen, aber das wäre töricht. Er würde sich später darum kümmern. Bedächtig stand Harms auf. Sein Blick haftete am Wohnwagen, dessen schmutziges Weiß zwischen den Ästen durchschien. Vorsichtig schlich er darauf zu, immer wieder auch den Erdboden absuchend, um nicht womöglich in noch eine Falle zu stapfen.

Musik drang aus dem Wohnwagen ins Freie – ein trommellastiges Stück mit einem monotonen Sprechgesang. Vorbei an dem kaputten Gehege pirschte Harms sich bis zur Seitenwand des Wohnwagens an, bevor er ein paar schnelle Schritte zur Eingangstür machte. Ein kurzer Moment des Zögerns, ein rascher Blick über die Schulter, dann riss Harms die Tür auf und stürmte in den Wohnwagen. Während er sich in Sekundenschnelle im verrauchten Innenraum orientierte, stieg ihm ein markanter, erdiger Hanfgeruch in die Nase.

Ein älterer Mann mit langen grauen Haaren saß links von ihm an einem kleinen Tisch und schaute erschrocken zu ihm hoch. Er beugte sich nach vorn und streckte die Hand aus, um nach etwas zu greifen.

Mit einem schnellen Satz war Harms bei ihm, packte ihn am Hinterkopf und schlug sein Gesicht mit voller Kraft auf die hölzerne Tischplatte. »Damit hast du wohl nicht gerechnet, Freundchen, was?« Er zog den Kopf an den Haaren zurück und hämmerte ihn erneut auf den Tisch. Dann ließ er los und fegte einen portablen CD-Spieler aus einem Regal, woraufhin das Gerät auf den Boden krachte und das fremdländische Meditationslied verstummte.

Stöhnend hob der Mann seinen Kopf vom Tisch. Aus seiner Nase sickerte Blut. Seine wettergegerbte Haut glich Leder, in das jemand mit dem Messer unzählige Kerben geritzt hatte. Mit glasigem Blick aus blutunterlaufenen blauen Augen schaute er kurz zu Harms hoch, bevor er auf die Tischplatte stierte und sich die lädierte Nase rieb. Sein abgetragener Pullover schlabberte um seine ausgemergelten Arme. Auf dem Tisch lag die Maske, die er vorhin getragen hatte, neben einem von Zigarettenkippen und aufgerauchten Joints überquellenden Aschenbecher. Dahinter befand sich eine Scheide mit einem Jagdmesser, nach der der Mann wahrscheinlich hatte greifen wollen. An der Wand hingen weitere Masken, die meisten kunstvoll im afrikanischen Stil gestaltet.

Harms holte sein Smartphone heraus, öffnete das Foto von Jan und hielt es dem Mann vors Gesicht. »Hast du den auch irgendwo in einer Grube gefangen?«

Der Mann schielte aufs Display, blieb aber stumm.

Mit der Linken packte Harms erneut in seine Haare am Hinterkopf. »Wir können das Spiel auch noch einige Male wiederholen.«

»Schon gut.« Der Mann warf Harms einen gequälten Blick zu. Hinter dem halluzinogenen Schleier machte Harms Resignation und tiefe Müdigkeit aus. Der Alte schaute nochmals aufs Handy. »Kenne ich nicht.«

»Was sollte der Scheiß mit der Grube? Du hättest mich umbringen können.« Harms schob das Handy zurück in die Hose und starrte wütend auf den vor ihm hockenden Mann.

»Ich habe dich nicht mal angefasst«, sagte der, rieb sich die Nase und schielte anklagend zu Harms hoch.

»Natürlich nicht. Du hast mich nur in deine Falle getrieben und mir nicht wieder herausgeholfen.«

»Mir hilft auch keiner.« Der Mann zog ein zerknülltes Stofftaschentuch aus seiner Jeans und wischte sich die blutige Nase ab. »Niemand hat mir meine Jessi zurückgebracht.«

»Ich habe gehört, was dir passiert ist. Und glaub mir, ich kann deinen Schmerz nachempfinden. Ich habe Frau und Kind verloren. Aber das gibt dir immer noch nicht das Recht, Dritten Leid zuzufügen.«

Harms versuchte den aufkommenden Gedanken zu ignorieren, dass er selbst sich nicht an die Devise gehalten hatte. Bei einer Festnahme, nicht lange nach dem Verlust seiner Familie, hatte er einen jungen Dealer ins Koma geprügelt. Das hatte zu seinem Ausscheiden aus dem Polizeidienst geführt und hätte ihn sogar in den Knast gebracht, wenn nicht intern einige Fäden zu seinen Gunsten gezogen worden wären.

»Ist sie das?« Harms nahm ein gerahmtes Bild aus einem Regal, auf dem ein etwa siebenjähriges blondes Mädchen in einem weißen Micky-Maus-Shirt in die Kamera lachte. Ihre blauen Augen strahlten voller Lebenslust und kindlicher Unbekümmertheit. Im Arm hielt sie ein am Daumen nuckelndes Monchhichi, das einen hellblauen Pullover trug. Der Alte musterte Harms kurz und nickte. Erstmals schien der Mann ihn richtig wahrzunehmen. Vielleicht war durch die Tatsache, dass sie Ähnliches durchlitten hatten, ein hauchzartes Band der Solidarität zwischen ihnen entstanden.

»Für wen ist diese Falle?«, fragte Harms sanftmütig und stellte das Bild zurück.

Es knarzte leise, als der Alte sich auf seinem Holzstuhl zurücklehnte.

»Seit einigen Wochen streift eine Bestie durch die Wälder«, nuschelte er und presste sich das Taschentuch gegen die Nase.

»Was für eine Bestie?«

»Eine Kreatur, grausamer als jedes Tier. Sie hat meine Gänse gerissen, nicht aus Hunger, sondern aus purer Mordlust.«

»Kein Tier?«, fragte Harms ungläubig. Der Mann hatte eindeutig zu viele Joints geraucht. Dann erinnerte sich Harms an die Erlebnisse im Herbst zurück und war sich nicht mehr ganz so sicher.

»Ein Voirloup!«, spie der Schamane aus und sah mit großen Augen zu Harms hoch.

»Was soll das sein?«

»Ein Geschöpf der Nacht, mörderisch und blutdürstig.« Der Alte warf das blutige Taschentuch weg, griff nach einem halb gerauchten Joint.

Harms seufzte und wandte sich zum Gehen. »Eins noch, mein Freund!«

Der Schamane zündete sich den Joint an, inhalierte den Rauch und sah fragend zu Harms auf.

»Das Lamm! Hol es aus dem Loch, gib ihm 'ne Extraportion Milch und sein Lieblingsfressen. Ich will nicht, dass dem Tier ein Haar gekrümmt wird. Sonst ist eine blutige Nase dein geringstes Problem. Klar?«

Der Schamane nickte und blies Harms einen Schwall Rauch entgegen.

Kapitel 16

Zweige strichen wie skelettartige Klauen über seine nackten Arme, als Jan durch karges Gestrüpp in den Wald stürmte. Er bahnte sich einen Weg zwischen den Bäumen hindurch und schlug immer wieder Haken wie ein gejagter Hase, weil er herumliegenden Ästen oder undurchdringlich scheinenden Dornenbüschen auswich. Er preschte durch Gesträuch, sprang über Mulden im Waldboden und kletterte über einen umgestürzten Baumstamm, der ihm den Weg versperrte. Mit jedem Meter, den er zurücklegte, wich die Euphorie über seine geglückte Flucht der Erkenntnis, dass er die ersehnte Freiheit noch lange nicht zurückgewonnen hatte.

Kaum zwei Minuten rannte er durch den Wald und schon keuchte und schwitzte er, als hätte er gerade ein Work-out im Fitnessstudio hinter sich gebracht.

Hätte ich mal häufiger Sport gemacht, statt daheim auf der Couch herumzugammeln, schoss es ihm durch den Kopf. Dann wäre er jetzt leichtfüßig durch den Wald gejagt und hätte seine Verfolger auf Nimmerwiedersehen abgehängt. Doch die lange Zeit in der Zelle, während der er kaum Bewegung bekommen hatte, und die Gewichtszunahme, die aus dem ständig verfügbaren fettigen Essen resultierte, hatten ihn noch unsportlicher werden lassen. Er fühlte sich wie ein adipöser Asthmatiker, der nach dem Treppensteigen in den ersten Stock kurz vor dem Kollaps stand. Seine Lunge brannte derartig, dass er neben einer mächtigen Fichte anhielt und sich am Stamm abstützte. Er warf einen schnellen Blick zurück, machte in dem

Meer aus Bäumen und Gestrüpp aber nichts Ungewöhnliches aus.

Jan schnappte nach Luft und lief weiter. Den Luxus einer Verschnaufpause hatte er sich eigentlich nicht erlauben können, denn seine Peiniger waren ihm bestimmt bereits auf den Fersen. Im Gegensatz zu ihm erschienen die beiden Männer sportlich, weswegen sie sicher schneller vorankamen. Sein einziger Vorteil bestand darin, dass sie nicht genau wussten, wohin er gelaufen war.

Plötzlich war ihm, als hätte er einen Ruf irgendwo hinter sich gehört. Unwillkürlich zwang er sich, noch schneller zu laufen und das Brennen in seiner Lunge auszublenden. Holz knackte unter seinen Schritten, während er einem von glitschigen Flechten überwucherten riesigen Baumstamm auswich, der irgendwann einmal umgefallen war. Diesmal hallte eindeutig ein Ruf zu ihm hinüber und er warf einen bangen Blick zurück, aber das Gewirr aus Stämmen und Zweigen ließ ihn nichts erkennen. *Ich habe nur diese eine Chance*, spornte er sich an, biss die Zähne zusammen und hetzte weiter.

Er hielt auf die Lücke zwischen zwei dicken Bäumen zu und jagte hindurch, als ein gewaltiger Schmerz in seinem rechten Schienbein explodierte. Begleitet von einem lauten Aufschrei stürzte Jan und knallte unsanft auf den Waldboden. Das wie Lava brennende Bein ließ ihn jaulen wie ein angeschossenes Tier. Er wand sich auf der Erde, sein tränenverschleierter Blick ging zurück zu der Stelle, wo er gestürzt war. Zwischen dem dürren Gestrüpp, das zwischen den Bäumen wuchs, funkelte dünner Draht. Jan japste nach Luft, rollte sich von einer Seite auf die andere und setzte sich mit einem zu einer gepeinigten Grimasse verzerrten Gesicht kerzengerade auf. Der Stoff seiner Jeans tränkte sich am rechten Schienbein, das sich anfühlte, als würde es im Feuer schmoren, zusehends mit Blut. Hinter ihm raschelte es und kleine Äste knackten unter sich nähernden Schritten. Im nächsten Moment legten sich auch schon zwei starke Hände unter seine Achseln und zogen ihn kraftvoll auf die Beine.

»Haben wir dich«, sagte der Hüne, den Jan an der Stimme erkannte. Als Jan sein rechtes Bein belastete, heulte er auf und zog es sofort an. Der Riese hob Jan kurzerhand hoch wie ein Bräutigam seine Angetraute und trug ihn fort.

»Sauber, Mann«, presste Adrian außer Atem hervor, der zu ihnen aufgeschlossen hatte. »Gute Sache, das mit den Drahtfallen«, fügte er hinzu.

»Vielen Dank«, entgegnete der Hüne.

Jan schaute nach unten und in seinem Blickfeld schaukelte der Waldboden. Seine vor Schmerzen und Entmutigung ausgestoßenen Tränen markierten den Weg zurück zum Hof. Die Aussicht auf Rettung war dahin, noch eine Chance würde es nicht geben, da machte er sich keine Illusionen. Jetzt würden diese Irren besonders gut auf ihn aufpassen, bis sich sein grausames Schicksal erfüllte.

»Gott sei Dank«, keuchte die Fleischerin.

Als Jan ihre Stimme hörte, wallte purer Hass in ihm auf. Dieser wahnsinnigen Vettel hatte er das alles zu verdanken. Er würde sie so gern würgen, bis ihre Glupschaugen aus den Höhlen traten, ihr Gesicht dunkelrot anlief und sie schließlich ihren letzten Lebensatem auspustete.

»Da habt ihr noch mal Glück gehabt. Das wird trotzdem Konsequenzen haben«, näselte sie. »Jetzt bringt ihn zur Strafe für 'ne halbe Stunde in die Dunkelkammer.«

Die Erde des Waldes wich dem Kies des Hofes und schließlich schmutzigem nacktem Stein. Eine Tür wurde aufgesperrt und quietschend geöffnet. Walter trug ihn in einen düsteren Raum hinein, in den lediglich das Licht aus der offen stehenden Tür fiel. Jan stöhnte erschöpft und schmerzerfüllt, als der Hüne ihn endlich zu Boden gleiten ließ.

»Hilf mir, ihn auszuziehen und zu fesseln«, sagte Walter.

Beine wuselten neben Jans Gesicht herum, seine Arme wurden nach hinten gestreckt, das Shirt über seinen Kopf gezogen. Etwas drückte unsanft in seine Handflächen, währenddessen fingerte jemand an seinen Hosenknöpfen herum und zog seine Hose aus. Eine Berührung an seinem verletzten Schienbein ließ Jan ohrenbetäubend aufschreien. Er wollte sich zur Seite wälzen, aber die Fesseln bremsten seine Bewegungen. Seine Beine wurden oberhalb der Füße fixiert. Widerstandslos ergab er sich schließlich seinem Schicksal. Es hatte keinen Sinn mehr, sich zu wehren, Barbara und ihre Sippe hatten gewonnen. Was auch immer sie in diesem Raum mit ihm vorhatten, es war letztlich ohnehin egal. Jan war geschlagen, ausgelaugt und desillusioniert.

»Guckst du auf die Uhr?«, fragte Walter.

»Ich gucke auf Handy, ja, ja«, entgegnete Adrian. Walter stand neben Jan und sah auf ihn hinunter. Jan glaubte, einen Anflug von Mitleid in seinem Blick auszumachen. »Bis dann, vielleicht«, sagte der Hüne und verschwand.

Rumms. Die Tür war zugeschlagen worden. Dunkelheit umgab Jan. Er rüttelte an seinen Fesseln und drehte den Kopf. Die Schwärze war absolut und tief, als wäre jegliches Licht in der Umgebung absorbiert worden. Als ein Geräusch ertönte, zuckte er vor Schreck zusammen. Es war eine Art Schaben, wie beim Öffnen einer Schublade oder dem Aufziehen einer Tür. Jan verkrampfte sich, Adrenalin flutete durch seine Venen und schwemmte alle lethargischen Gefühle fort. Jetzt war ihm nicht mehr egal, was mit ihm passierte. Er sehnte sich in seine vertraute Zelle zurück, wollte dort in Selbstmitleid baden und sich vor Kummer den Wanst vollstopfen, bis ihm schlecht wurde. Seine Nervosität steigerte sich, als ein stakkatoartiges Klopfen einsetzte wie von Fingernägeln, die auf etwas Hartem trommelten.

»Scheiße«, stieß Jan hervor, presste die Lippen aufeinander und wand sich verzweifelt in seinen Fesseln. Jemand oder etwas war hier. Die Angst strömte mit unerbittlich durch seinen Organismus und drohte, ihn gänzlich zu vereinnahmen. Als er ein kehliges Gurren hörte, wimmerte er vor Furcht und nässte sich ein.

Kapitel 17

Harms war frustriert und angefressen, als er zurück zu dem Gasthof fuhr. Er hatte sich zwar keine große Hoffnung gemacht, eine Spur von Jan zu finden, aber die zugeknöpften Einheimischen und sein Sturz in die Grube hatten seine Laune in den Minusbereich katapultiert. Während er die Ereignisse gedanklich Revue passieren ließ, bemerkte er, dass da noch etwas war. Etwas, das in den Tiefen seines Unterbewusstseins verborgen lag und sich nicht richtig fassen ließ. Er grübelte darüber nach, gab aber schließlich auf. Seine Erfahrung hatte ihn gelehrt, dass es früher oder später an die Oberfläche steigen würde, wenn er sich erst mal nicht weiter damit beschäftigte.

Offenbar bin ich nicht der Einzige, der etwas sucht, dachte er, als er ein belgisches Polizeiauto passierte, das am Rand der entgegenkommenden Fahrbahn parkte. Mit den drei dunkelblauen und einem türkisfarbenen Streifen an der Seite hatte das ansonsten weiße Fahrzeug einen dynamischen, sportlichen Touch. Beim Ortseingang von Recht kam ihm auch noch ein Polizeitransporter entgegen.

Harms parkte vor dem Gasthof und quälte sich mit seinem nach wie vor etwas schmerzenden Bein aus dem Wagen. Leicht humpelnd betrat er die Unterkunft, wo er auf Louis traf, der gerade die Fliesen im Flur mit einem Schrubber bearbeitete.

Der Wirt hielt inne, als er Harms erblickte, stützte sich auf dem Stiel ab und musterte ihn unverhohlen. »Sie sehen mitgenommen aus, *mijn vriend.*«

»Die Leute hier sind nicht alle so gastfreundlich wie Sie«, sagte Harms im Vorbeigehen.

»Oh, was ist passiert?« Louis machte ein Gesicht, als hätte er in eine saure Zitrone gebissen.

»Erzähle ich Ihnen vielleicht später.«

»Kommen Sie gern gleich runter, wenn Sie Hunger haben. In unserer Küche steht eine riesige Schüssel Salade Líégeoise!«

»Ich überlege es mir.« Harms hob die Hand zum Gruß und verschwand im Treppenhaus.

Eine halbe Stunde später, nachdem er ausgiebig heiß geduscht und sich saubere Klamotten angezogen hatte, fühlte sich Harms schon etwas besser. Da er seit dem Morgen nichts gegessen hatte, erschien ihm das Angebot des Wirts verlockend und so begab er sich hinunter in die Wirtsstube.

Kurz darauf hatte er einen prall gefüllten Teller mit einem Salat aus Kartoffeln, Prinzessbohnen, Knoblauch und Ardenner Schinken vor sich auf der Theke stehen. Louis saß auf einem Hocker zwei Plätze weiter und paffte an einem Zigarillo. Da die Wirtsstube offiziell noch gar nicht geöffnet hatte, waren sie unter sich.

»Ist irgendetwas passiert im Dorf? Ich habe unterwegs Polizei gesehen.«

Das Essen schmeckte ausgezeichnet. Harms schaufelte den Salat förmlich in sich hinein.

»Eine Frau aus dem Ort wird vermisst.«

»Seit wann?« Harms hielt im Kauen inne und blickte den Wirt von der Seite an.

Der blies einen Rauchkringel aus, bevor er antwortete. »Seit gestern Nacht. Ihr Mann, ein Jugendfreund von Armin, hat die Polizei benachrichtigt, nachdem sie von einer Geburtstagsfeier nicht nach Hause gekommen ist.«

Der würzig-aromatische Rauch erinnerte Harms an den Bauern mit der Pfeife. »In so einem kleinen Dorf spricht sich so was schnell herum, was?«

»Allerdings. Als Wirt sitzt man ohnehin direkt an der Quelle von Klatsch und Tratsch.« Louis schmunzelte. Sein prächtiger Schnurrbart ragte über den Mundwinkeln wie zwei Stierhörner in die Höhe.

»Da kennen Sie doch sicher auch die Bauern, die hier in den Wäldern leben?« Harms aß seinen Salat weiter und bedauerte es für einen Augenblick, dass daheim in Oldenburg niemand für ihn kochte. Manchmal brachte Sabine ihm etwas rüber, aber meist bestand sein Speiseplan aus Fertiggerichten und Fast Food. Er war zufrieden damit. Außerdem ließ es sich wegen seiner unregelmäßigen Arbeitszeiten oft nicht anders einrichten, aber manchmal vermisste er es, bekocht und verwöhnt zu werden, wie seine Ex-Frau es getan hatte.

»Teils, teils«, entgegnete der Wirt. »Manche der Männer sind froh, mal rauszukommen, also sieht man sie gelegentlich in der Wirtschaft. Aber wenn ich so überlege: Manche Familien bleiben für sich und es würde mich kaum wundern, wenn hier im Umkreis etliche Leute wohnen, die ich noch nie gesehen habe.«

Harms nickte und trank einen Schluck von seiner Cola.

»Was war denn bei Ihnen los?« Der Wirt drückte den Stummel seines Zigarillos in einem Messingaschenbecher aus.

Harms erzählte ihm in Kurzform seine Erlebnisse vom Vormittag.

»Klingt nach einer Wolfsgrube«, sagte Louis stirnrunzelnd. »So hat man vorrangig im Mittelalter Wölfe gefangen, habe ich mal gelesen. Zum Glück ist Ihnen nichts Schlimmeres passiert. Der alte Schamane hat doch wirklich nicht mehr alle beisammen.«

Harms wollte gerade zu einer Antwort ansetzen, als die Tür geöffnet wurde. Ein leises Klirren war zu vernehmen und mit einem Seitenblick registrierte er, dass es von den Flaschen in einer Getränkekiste herrührte, die ein grauhaariger Mann hereintrug.

»*Bonjour,* Louis! Nachschub für deine durstigen Gäste!«

»Ah, Wilhelm! Sei so lieb, trag sie gleich in die Küche.« Der Wirt sprang von seinem Hocker und folgte dem Grauhaarigen hinter die Theke, wo beide in dem Durchgang verschwanden. Harms kratzte die letzten Reste seines Salats zusammen und spülte mit einem großen Schluck Cola nach. Er hörte die beiden Männer in der Küche angeregt über Absatzzahlen von Getränken reden und beschloss, auf sein Zimmer zu gehen. Er würde sich später bei dem Wirt für das vorzügliche Essen bedanken.

Oben angekommen, trieben ihn das Völlegefühl und die damit einhergehende Müdigkeit hinaus an die frische Luft auf den Balkon. Der Himmel wies die Farbe von grauer Stahlwolle auf und es nieselte wie schon den ganzen Tag. Schräg gegenüber von dem Gasthof trug eine bucklige Matrone einen Korb über die Wiese, bevor sie hinter den Mauern eines Schuppens verschwand. Über den dunklen Dächern weiter entfernter Häuser waberte ein trüber Dunst und legte sich wie ein zarter Schleier vor die Hangwälder in der Ferne. Harms atmete ein paarmal tief ein und aus, dann kehrte er ins Zimmer zurück, schloss die Balkontür und ließ sich auf sein Bett sinken. Er war erschöpft und würde sicher rasch einschlafen können. Als er den Kopf zur Seite drehte, fiel sein Blick auf das Bild seines Vaters auf dem Nachttisch und sein Herz wurde schwer wie Blei. Ein plötzlicher Einfall vertrieb die aufwallende Traurigkeit und veranlasste ihn, sich aufzusetzen und seinen Laptop zur Hand zu nehmen. Während das Gerät hochfuhr, legte er sich ein Kissen in den Rücken und machte es sich am Kopfende des Bettes bequem. Dann stellte er sich den Laptop auf den Schoß, öffnete den Verlauf des Browsers und ging zu seiner Google-Suche vom Vortag zurück.

Das war es, was ihn unterbewusst beschäftigt hatte. Die Frau mit der Schürze, die er vorhin kurz auf dem Hof des unfreundlichen Bauern gesehen hatte, erinnerte ihn an die in der Reportage der belgischen Zeitung martialisch als ›Kannibalin von Wallonien‹ betitelte Mörderin. Das Vogelnest aus aschblonden Haaren, der stumpfe Blick aus den braunen Augen, das feiste Gesicht. Harms betrachtete das Foto eingehend und glich es mit dem Bild in seinem Gedächtnis ab. Auch wenn er die Frau nur kurz und nicht aus unmittelbarer Nähe gesehen hatte, war die Ähnlichkeit frappierend. Da der Bericht aus dem Jahre 1988 stammte, konnte es sich allenfalls um einen Zufall handeln. Dennoch neugierig geworden, begann er zu lesen:

Die Kannibalin von Wallonien – Belgiens weiblicher Hannibal Lecter geht lebenslang in Haft

»Ich habe in meinen über siebenundzwanzig Jahren Dienstzeit schon viel erlebt«, sagte ein leichenblasser Kommissar Marc De Breukelaer dem Reporter der La Libre Belgique, *»aber dieser Tag wird mich in meinen Albträumen verfolgen.«*

Was war geschehen? Die im buchstäblichen Sinne Kugel ins Rollen gebracht hatte ein Angestellter des Versicherungskonzerns Ethias aus Lüttich. Das Unternehmen hatte sich mit einem routinemäßigen Schreiben mit Fragen zum Gesundheitszustand an den ehemaligen Lkw-Fahrer Hugo Leclercq gewandt, dem es nach einem Unfall seit zwei Jahren eine monatliche Berufsunfähigkeitsrente zahlte. Auf das Schreiben hatte die Versicherung keine Antwort erhalten. Erst nach einem Erinnerungsbrief mit dem freundlichen Hinweis, dass die Angaben für eine Fortzahlung der Rente unerlässlich seien, trudelte der beigefügte Fragebogen ausgefüllt wieder bei ihnen ein. Dem Versicherungsangestellten fiel jedoch auf, dass sich die Unterschrift Hugo Leclercqs von denen auf früheren Unterlagen unterschied. Stutzig geworden, versuchte der Angestellte Leclercq telefonisch zu erreichen, um den Sachverhalt zu klären. Dabei wurde er wiederholt von dessen Frau, Katharina Leclercq, mit fadenscheinigen Erklärungen abgewimmelt, warum ihr Mann keine Anrufe entgegennehmen könne. Mal hätte er seine Stimme aufgrund einer schweren Erkältung verloren, ein anderes Mal wäre er nicht zu Hause gewesen.

Da Hugo Leclercq nie zurückrief, schaltete der Angestellte seine Vorgesetzten ein, die beschlossen, dass die Polizei der Sache auf den Grund gehen sollte.

Am 25. Juni fuhr eine Streife auf dem abgelegenen Bauernhof der Leclercqs vor und zwei Beamte klingelten an der Tür. Katharina Leclercq öffnete ihnen und erklärte, dass ihr Mann mit Freunden unterwegs sei. Die Polizisten schauten sich skeptisch um und zogen schließlich wieder ab, nachdem sie nichts Ungewöhnliches hatten entdecken können. Zuvor teilten sie Frau Leclercq mit, dass ihr Mann sich unverzüglich nach seiner Rückkehr bei ihrer Dienststelle zu melden habe. Nachdem dies nicht geschah, landete der Fall auf dem Schreibtisch von Kommissar De Breukelaer.

Zwei Tage später, am 27. Juni, stand diesmal er vor dem Haus der Leclercqs. Auch ihm sagte Katharina Leclercq, dass ihr Mann nicht da sei. De Breukelaer ließ sich nicht abwimmeln und nahm die Frau wenig später in der Küche in ein Kreuzverhör. Zuvor hatte er nämlich bei einer Routineüberprüfung festgestellt, dass die Einundvierzigjährige kein unbeschriebenes Blatt war. In ihrer Akte fand sich eine Anzeige ihres Ex-Mannes, dessen dritte Zähne sie zerschmettert und dem sie gedroht hatte, ihn umzubringen. Auch Hugo Leclercq hatte zweimal die Polizei gerufen, dann aber beide Male im letzten Moment von einer Anzeige abgesehen. Einmal hatte er am Telefon gesagt, sie hätte ihm ein brennendes Bügeleisen ins Gesicht gedrückt. Als die Beamten eintrafen, revidierte er die Aussage und behauptete, er hätte sich beim Bügeln während eines Streits im Eifer des Gefechts selbst mit dem Bügeleisen verletzt.

»Auch ohne meine langjährige Berufserfahrung hätte man riechen können, dass hier etwas richtig faul war«, sagte Kommissar De Breukelaer der La Libre Belgique.

»Er ist bei einem Bekannten. Ich weiß nicht, wie er heißt«, sagte Katharina Leclercq, die mir an dem hölzernen Küchentisch gegenübersaß. Dabei zuckte sie kaum merklich mit den Schultern und schaute mich emotionslos an. Ich glaubte ihr nicht, denn seit Wochen gab es kein Lebenszeichen des Mannes. Also verschränkte ich in gespielter Lässigkeit die Hände hinter dem Kopf und sagte ihr, dass es ganz einfach sei: In einer Stunde würde ein Dutzend Polizisten anfangen, den ganzen Hof zu durchkämmen. Sie saß da, die Hände auf der Tischplatte gefaltet, und blickte mich weiter mit diesem ausdruckslosen Blick an.

»Wo ist Ihr Mann?«, fragte ich sie leise. »Ich finde ihn«, fügte ich hinzu. Nach einem Augenblick, zum Sackenlassen des Gesagten, erwähnte ich unsere Leichenspürhunde.

»Keine Ahnung, wo er ist.« Sie zuckte mit den Schultern.

»Ich glaube Ihnen nicht«, schmetterte ich ihr entgegen und schlug mit der Faust auf den Tisch. »Es ist mein Ernst, ich lasse den Hof räumen und jeden Zentimeter davon absuchen. Wo ist Ihr Mann?« Mehrere Sekunden verstrichen, in denen wir uns nur stumm anblickten.

Dann, mit einer Vehemenz und Schnelligkeit, die ich ihr nicht zugetraut hatte, stand sie auf und stürmte aus der Küche. Ich war perplex und dachte, sie wolle fliehen, was mich nicht sonderlich beunruhigte, denn draußen warteten zwei meiner Beamten. Doch als ich gerade beschloss, ihr zu folgen, kam sie wieder und dann geschah es. Das Geräusch erinnerte an eine Kegelkugel, die über die Bahn rollte. Im ersten Moment hätte man tatsächlich denken können, es handele sich um eine helle Kegelkugel, die mir über das Holz entgegentrudelte und in meinen Schoß purzelte. Reflexartig fing ich sie auf und starrte direkt in die grinsende Fratze eines Totenkopfs.

Vor Schreck zog ich meine Finger zurück und er fiel polternd hinunter, wobei Knochenfragmente abbrachen.

»Da ist er«, sagte Katharina Leclercq kalt.

In der Folge erzählte Frau Leclercq dem Kommissar von der Mordnacht. Sie gab an, mit ihrem Lieblingsmesser auf ihren im Bett liegenden und schlafenden Mann eingestochen zu haben. Nach den ersten Messerstichen wäre er aufgewacht und hätte versucht, aus dem Schlafzimmer zu flüchten. Aber die insgesamt achtundzwanzig Messerstiche ließen ihm keine Chance. Nach dem Mord häutete Frau Leclercq ihren toten Mann wie ein Schwein, zerlegte ihn fachmännisch, trennte den Kopf ab und kochte diesen zusammen mit Gemüse im Topf.

»Es hat ein bisschen geschmeckt wie Hühnchen süßsauer«, sagte sie zu dem Kommissar, dem inzwischen jegliche Farbe aus dem Gesicht entwichen war.

Harms seufzte und rieb sich über die Glatze. Er überflog die letzten Zeilen der Reportage, die verrieten, dass Katharina Leclercq ihren Mann umgebracht hatte, weil der sich weigerte, den Hof zu verlassen, um Platz für ihren neuen Freund zu machen. Außerdem hätte sie schon lange in Erfahrung bringen wollen, wie Menschenfleisch schmeckte. Immerhin wäre sie eine leidenschaftliche Fleischerin, da läge eine solche Neugier auf der Hand. Im letzten Satz erfuhr der Leser, dass Frau Leclercq am 21. Oktober 1988 zu lebenslanger Haft verurteilt worden war.

Harms stellte den Laptop auf den Nachttisch, legte sich das Kissen zurecht und streckte sich auf dem Bett aus. *Interessante Geschichte*, dachte er, *aber mehr auch nicht.* Katharina Leclercq wäre heute um die siebzig. Die Frau, die er gesehen hatte, war einige Jahrzehnte jünger. Mit seinem Fall hatte das nichts zu tun. Bei der Suche nach Jan war er bislang keinen Schritt weitergekommen. Harms brütete darüber nach, was er als Nächstes unternehmen sollte, als ihn der Schlaf übermannte.

Kapitel 18

Verzweifelt warf Jan den Kopf von einer Seite auf die andere und zerrte an seinen Fesseln, während der warme Urin an seinen Schenkel entlang auf die Erde floss. Wieder dieses kehlige Gurren – *gurr-gurr* – unmittelbar links von ihm. Jans Atem ging schwer und heftig, er starrte panisch in die undurchdringliche Dunkelheit. Plötzlich setzte ein scharfes, abgehacktes Gackern ein – *gack-gack-gack* – und die Angst in seinem Inneren entwich wie Luft aus einem geplatzten Ballon.

Ein Huhn, ein beschissenes Huhn. Vor seinem inneren Auge sah er eine aufgeblasene Henne durch den Hühnerstall stolzieren. Wahrscheinlich hatten sie ihn in einen genau solchen verfrachtet und er war so blöd, sich in die Hose zu machen. Er konnte nicht anders, als über sich selbst zu lachen und dabei löste sich auch die Anspannung. Es tat so gut, befreiend zu lachen, dass er sich gar nicht wieder einkriegte und ihm Tränen in die Augen stiegen.

»Put, put, put«, machte er, den Kopf nach links gerichtet und in die Dunkelheit schauend.

Gurr-gurr.

Ein gewaltiger Schmerz detonierte in seinem rechten Auge, als wäre ein Nagel hineingehämmert worden. Jan blieb die Luft weg, binnen Sekundenbruchteilen spannte sich jede Faser seines Körpers an, ein entsetzter Schmerzenslaut löste sich aus seiner Kehle. Er presste die Augen zu und warf den Kopf auf die andere Seite. Weiße Blitze zuckten in seiner rechten Augenhöhle, die sich anfühlte, als würde ein infernalisches Höllenfeuer darin wüten.

Etwas kratzte über sein nacktes Bein, auf einmal lastete ein Gewicht darauf. Wie von Sinnen wand sich Jan in seiner Fesselung in dem verzweifelten Bemühen, was auch immer auf ihn draufgestiegen war, wieder hinunterzuwerfen. Vergeblich. Krallenbewehrte Beine staksten auf seinem Schoß, als würde das Ding im Kreis tanzen.

›Ääk-ääk‹ – etwas Scharfes hackte unterhalb Jans Bauchnabel in die Haut und dann mitten in den Bauchnabel hinein. Jan schrie und wollte sich ruckartig aufrichten, aber die Fesseln an seinen Handgelenken bremsten ihn unmittelbar ab. Sein ausgedehntes Schreien dröhnte durch die Dunkelheit, während mit der Schnelligkeit eines zu wilden Beats abgehenden Headbangers auf seinen Bauch eingehackt wurde. Die Schmerzen im Auge und im Unterleib drohten Jan die Besinnung zu rauben. Er konnte keinen klaren Gedanken fassen und brüllte sein Leid aus voller Brust in die Welt hinaus. Plötzlich hörte das Hacken auf. Jans Schrei ebbte allmählich ab und ging in ein erbärmliches Jammern über.

Krallen tasteten sich über seinen Oberkörper, bewegten sich hoch zu seiner Brust. Instinktiv warf Jan seinen Kopf nach rechts und wandte sein Gesicht so weit es ging von seinem Oberkörper ab. Einem leisen *›Gurr-gurr‹* folgte ein lautes, aufgeregt anmutendes *›Ääk-ääk‹*. Schon hämmerte etwas Scharfes auf Jans linke Wange ein, dann auf sein Ohr. Was auch immer auf ihm saß, hielt inne, positionierte sich höher und setzte die Angriffsorgie mit noch mehr Vehemenz fort. Jan glaubte den Verstand zu verlieren und einen Gedankenfetzen lang sehnte er sich einen Knall herbei, der alles von jetzt auf gleich beendete. Hauptsache, er würde von dieser Tortur erlöst. Etwas knabberte an dem Knorpel in seiner Ohrmuschel. Jan brüllte und drehte stürmisch den Kopf. Das Tier, was sollte es anderes sein, verlor dabei den Halt auf seinem Oberkörper und rutschte von ihm herunter. Ein klagendes ›*Eck-Eck*‹ mischte sich unter Jans anhaltendes Gebrüll. Gleich darauf gruben sich wieder Krallen in seine Haut und bewegten sich auf ihm. Am Rande seines leidgeplagten Bewusstseins bemerkte Jan einen metallischen Geruch, dann entlud sich eine neue Schmerzwelle, diesmal in seiner Brust. Das Tier hackte ein paarmal auf ihn ein, dann biss es in seine Brustwarze. Das Hacken, Beißen und Knabbern ließ Jan kreischen. Er schnappte wie von Sinnen nach Luft und sehnte sich eine erlösende Bewusstlosigkeit herbei, als gleißende Helligkeit sein Blickfeld flutete und ihn veranlasste, den Kopf wegzudrehen.

»Oha, was für ein Teufelsvieh«, erklang eine männliche Stimme wie aus weiter Ferne.

Gack-gack-gack-gack.

Das Ding hatte aufgehört, ihm zuzusetzen.

»Lass uns das Netz drüberwerfen, bevor er uns noch angreift«, sagte die Stimme.

Obwohl Jan unvorstellbare Qualen litt, wollte er unbedingt in Erfahrung bringen, wer oder was für die schlimmsten Minuten seines bisherigen Lebens verantwortlich war. Also drehte er den Kopf, schaute nach oben und blinzelte. Mit dem verwundeten Auge war es, als würde er durch eine Milchglasscheibe schauen. Er kniff es zu und starrte mit dem anderen Auge auf das, was auf seinem Oberkörper hockte.

Kapitel 19

Ein lautes Klappern veranlasste Harms dazu, die Augen zu öffnen. Das Zimmer war in Dunkelheit gehüllt. Er richtete sich auf und schaltete die Nachttischlampe an, als das Klappern erneut erklang. Es wurde von der Balkontür verursacht, die immer wieder auf und zu schwang. Harms stand auf, um sie zu schließen, als ein anderes Geräusch von draußen seine Aufmerksamkeit erregte. Er betrat den Balkon und blickte in einen dichten Nebel, der die Landschaft in einen dunkelgrauen Schleier hüllte. Ein hoher Klagelaut drang aus der trüben Suppe.

War das ein Hilferuf? Nach nochmaligem Hinhören war Harms sicher, dass dort eine Frau um Hilfe rief, also zauderte er nicht lange. Er tastete beim Hinausgehen aus seinem Zimmer nach seinem Smartphone in der Hosentasche und eilte zur Treppe.

Eine einsame Stehlampe brannte unten im Flur, der verlassen dalag, wie auch die in Dunkelheit getauchte Wirtsstube. Mit einem der beiden Schlüssel, die der Wirt ihm ausgehändigt hatte, schloss Harms die Haustür auf und trat in die kühle Nacht hinaus. Er überlegte kurz, wie er schnellstmöglich hinter das Haus kam und versuchte es kurzerhand rechtsherum. Als er um die Hausecke bog, schlug ihm etwas Hartes in den Bauch und er blieb erschrocken stehen. Fluchend umging er die Mülltonne, die ihn unsanft ausgebremst hatte, und eilte über den Rasen auf die Rückseite des Gasthofs.

»Hilfe!« Die unzweifelhaft weibliche und notleidende Stimme veranlasste ihn, seine Schritte noch mehr zu beschleunigen. Aufgrund der Dunkelheit und der wabernden Nebelschwaden, die wie geisterhafte Finger in der Luft hingen, konnte er kaum etwas erkennen. Vor ihm schälten sich die Umrisse der hüfthohen, kargen Hecke aus der Nacht, welche die Wiese etwa in der Mitte zweiteilte. Ohne groß zu überlegen, preschte er an einer lichten Stelle hindurch, bevor er innehielt und herauszufinden versuchte, woher genau die Stimme kam.

Als der Hilferuf erneut zu hören war, lief er auf ein flaches Gebäude zu, bei dem es sich offensichtlich um eine Scheune oder einen Stall handelte. Harms zog sein Smartphone aus der Hosentasche und öffnete die Taschenlampen-App. Der gleißende Lichtstrahl schnitt durch die milchige Brühe und erhellte eine Holzfassade mit einem kleinen Fenster, das so verschmutzt war, dass Harms gar nicht erst versuchte, einen Blick hindurchzuwerfen. An der Wand entlang schlich er um die Ecke und gelangte zur Frontseite des Gebäudes. Die Holztür stand weit offen, der herzergreifende Hilferuf drang eindeutig aus dem Inneren.

Harms zögerte und spürte ein ängstliches Kribbeln in der Magengegend. Er hätte besser seine Waffe mitnehmen sollen, immerhin wusste er nicht, was ihn erwartete. Gemächlich ging er, den Lichtstrahl vor sich ausgerichtet, hinein. Der Anblick, der sich ihm bot, beschleunigte abrupt seinen Herzschlag und veranlasste ihn, sich um die eigene Achse zu drehen und die Umgebung nach einer unmittelbaren Gefahr abzusuchen. Erst dann ließ er den

Lichtstrahl wieder über die im Stroh liegenden Schafe gleiten, deren Fell sich dunkelrot verfärbt hatte. Es roch metallisch nach Blut und Exkrementen. Der Strahl verharrte auf einem Schaf, aus dessen Bauch die Eingeweide quollen.

»Hilfe!«

Harms hob sein Handy an und beleuchtete die Rückwand. Erschrocken machte er einen Schritt zurück und stolperte dabei fast über seine Füße. Seine schreckgeweiteten Augen waren ungläubig auf ein entsetzliches Szenario gerichtet. Kopfüber und mit ausgestreckten Armen hingen mehrere Menschen an der Wand. Riesige Nagelköpfe ragten aus ihren blutigen Hand- und Fußgelenken. Die Ausrichtung erinnerte an Petruskreuze. Entsetzt glitt Harms' Blick über den blonden Wuschelkopf eines kleinen Jungen und den weißen Schopf eines alten Mannes zu der hellen Mähne einer Frau, die wie ein Fächer zu Boden hing. Der Hilfeschrei kam von einer dunkelhaarigen Frau, die noch lebte.

Eine Stimme erklang hinter ihm und er wollte herumfahren, konnte sich aber nicht losreißen von dem grauenhaften Arrangement an der Scheunenwand. Sein kleiner Sohn, sein Papa, seine Frau und Bernadette.

»Ich habe versprochen, dir alles zu nehmen, was dir lieb ist«, spie eine kehlige, grollende Stimme ihm ins Ohr. »Und ich werde mein Versprechen halten!«

Nach Luft schnappend wie ein zu lange unter Wasser getauchter Schwimmer, fuhr Harms hoch. Er tastete nach dem Schalter der Nachttischlampe und erst als das Licht anging, verblassten die grässlichen Traumbilder in seinem

Kopf allmählich. Schweiß rann ihm von der Stirn, sein Herz pochte. Er schob die Beine über die Bettkante, sammelte sich einen Augenblick und ging tief durchatmend zu der Minibar, der er eine kleine Flasche Cola entnahm. Nach einem großen Schluck nahm er das Getränk mit zum Bett und setzte sich wieder hin. Sein Blick wanderte zur Balkontür, die fest verschlossen war. Er stellte die Cola auf den Nachttisch und zog sein Handy aus der Hose. 20:32 Uhr, er hatte einige Stunden geschlafen. Ihm wurden mehrere verpasste Anrufe von Lisa angezeigt. Einem spontanen Impuls folgend, öffnete er die Kontaktliste und rief Bernadette an. Sie meldete sich nach dem dritten Klingeln.

»Hey, Augenstern, alles gut bei dir?«

»Hey, Charmebolzen, hast du Sehnsucht? Den Umständen entsprechend schon, ja. Und bei dir? Du klingst so bedröppelt.«

»Alles gut, mich hatte nur ein kleines Nickerchen übermannt und ich bin gerade erst wach geworden. Wollte nur hören, ob alles okay ist bei dir.«

»So viel Fürsorge macht mich ganz verlegen. Wie läufts mit deinem neuen Fall?«

Harms fasste ihr seine Erlebnisse des Tages kurz zusammen.

»Oha, und du hast dich wirklich nicht schlimmer verletzt? Kein Wunder, dass du kaputt warst.«

»Ich spüre die Schmerzen im Bein kaum noch. Hätte schlimmer enden können, ja.«

»Ich hoffe, du machst bald Fortschritte und findest den Jungen.«

Harms seufzte. Nachdem Jan jetzt so lange vermisst wurde und jede Spur von ihm fehlte, war er nicht sonderlich zuversichtlich. »Hoffentlich. Ich mach mal weiter. Bleib anständig und pass auf dich auf!«

»Ich bin eine Nonne.« Sie lachte. »Ich bin immer anständig. Und wenn nicht, würde es dich auch nicht stören, da bin ich mir sicher.«

Harms lachte und sie verabschiedeten sich. Er griff nach seiner Cola und erwog kurz, sie mit etwas Hochprozentigem zu vermischen. Schnell verwarf er den Gedanken wieder. Jetzt zu trinken, käme ihm erbärmlich vor, nachdem er bei seinem Fall nicht vorangekommen war. Selbst ein Schluck war ihm heute zu viel, denn auch der würde bedeuten, dass er dem Drang nachgegeben hatte und schwach geworden war. Er wollte aber keine Schwäche zeigen, sondern Fortschritte machen und das Gefühl haben, die Zügel in der Hand zu halten.

Erneut griff er zu seinem Handy und öffnete WhatsApp. Lisa hatte ihm nach ihren Anrufen eine Nachricht geschrieben und sich nach dem Stand der Ermittlungen erkundigt. Er schickte ihr eine Sprachnachricht: »Hey, Nichtchen! Ich habe noch nichts Konkretes. Du kannst mir einen Gefallen tun und noch mal gründlich überlegen, ob Jan irgendetwas über die Frau gesagt hat, die er gedatet hat. Egal, wie belanglos es dir vorkommen mag. Ihr seid doch beste Freunde, selbst wenn er sich noch bedeckt halten wollte, rutscht einem doch mitunter was raus.«

Seine Schwester Sabine hatte ihm ebenfalls eine Nachricht geschickt, in der sie sich nach seinem Befinden erkundigte. Außerdem hatte sie einen Videoclip angehängt. Er spielte ihn ab und sah seinen Graupapagei Clyde, der wie ein Pascha auf dem Schrank thronte. Trödelig lief der Vogel seitlich hin und her, wie er es oft tat. *»Gib fein Küsschen, du Lutscher!«*, sagte er mit seiner hohen mechanischen Stimme. *»Du Lutscher! Du Lutscher!«*

Harms seufzte schmunzelnd und schrieb Sabine, dass alles okay sei. Anschließend bedankte er sich zwinkernd, dass sie wieder den Wortschatz seines Vogels um so einen erlauchten Begriff erweitert hatte und fügte noch ein paar Küsschen-Emojis an. Nachdem er das Handy schon weggelegt hatte, nahm er es doch noch mal zur Hand und schrieb eine Nachricht an seine ehemalige Kollegin Kathrin: *»Kannst du mir etwas zum Verbleib von Katharina Leclercq sagen? Der sogenannten ›Kannibalin von Wallonien‹.«*

Harms verstaute das Handy in der Hosentasche, atmete tief durch und ging hinunter in die Wirtsstube, um etwas zu essen.

Kapitel 20

Jan starrte in zwei perlfarbige Augen und diese starrten mit finsterem Blick zurück. Blutige Fleischfetzen hingen am kurzen Schnabel des Hahns, der auf seiner Brust saß. Er hatte einen muskulösen, schwarz befiederten Körper und einen langen, kühn gebogenen Hals. Als er den Kopf wandte und Jan abschätzig beäugte, war der sich sicher, eine gnadenlose Boshaftigkeit und Intelligenz im Wesen des Tiers auszumachen.

Ein Netz wurde von oben über den Hahn geworfen, der sich wand und aufgeregt gackerte. Als er im Netz zappelte und hochgehoben wurde, erblickte Jan für einen kurzen Moment seine Läufe. Über die Zehen waren spitze Edelstahlsporen gestülpt worden, die wie Messer im Miniaturformat aussahen.

»Obacht, Jungs. Geht mir vorsichtig mit Brutus um!«

Jan blinzelte mit seinem intakten Auge und er sah die massige Silhouette der Fleischerin vor seinen Füßen aufragen. Sie hatte die Hände in die Hüften gestemmt und beobachtete, wie ihre beiden Handlanger den wütend gackernden Hahn wegtrugen und ihn in ein Behältnis verfrachteten. Jan stöhnte schmerzerfüllt auf, während er angestrengt sein rechtes lädiertes Auge aufmachte und wieder zukniff. Noch immer sah er nur verschwommen wie durch Milchglas.

»Bringt ihn in seine Zelle und dann versorgt seine Wunden notdürftig. Nicht dass unser Jan noch vorzeitig abkratzt.«

Einer der Lakaien fasste unter Jans Schulter, der andere nahm seine Füße. Zusammen trugen sie ihn aus dem Raum hinaus. Als er dem gleißenden Tageslicht ausgesetzt war, explodierten Lichtblitze vor seinem verletzten Auge und er kniff es schnell wieder zu. Nach einem kurzen Weg über den Hof, wurde er an grunzenden Schweinen vorbei in seine Zelle getragen. Seltsamerweise empfand er eine Art Erleichterung, wieder hier zu sein. Er hatte sich damit abgefunden, dass sein Fluchtversuch grandios gescheitert war und sah seinem weiteren Schicksal merkwürdig gleichgültig entgegen. Er hoffte lediglich, dass es ohne weitere große Schmerzen mit ihm zu Ende gehen würde.

Nachdem Jan auf dem Stroh abgelegt worden war, verließ der Hüne die Zelle und kehrte kurz darauf mit einem Verbandskasten zurück. Jan schloss die Augen und ließ sich widerstandslos verarzten.

»Vorsicht«, sagte Walter beinahe mitfühlend. »Gleich brennt es ein bisschen am Bauch.«

Jan biss die Zähne zusammen, als Walter Desinfektionsspray auf seine Bauchwunde sprühte, die sich anfühlte, als würde ein Feuer darin toben.

»Kurz aufsetzen!«

Unter Stöhnen begab sich Jan mühsam in eine sitzende Position.

»Danke dir.« Walter wickelte einen Mullverband um Jans Bauch und befestigte ihn mit einem Fixierpflaster. »Was ist mit dem Auge?«, fragte er.

»Das ist unwichtig«, näselte die Fleischerin.

Jan hatte gar nicht bemerkt, dass sie auch hier war. Ächzend wandte er den Kopf und erhaschte am massigen Körper des Riesen vorbei einen Blick auf sie. In ihrer üblichen Pose stand sie vor der Zelle und überwachte seine Versorgung. Ihre Bemerkung entfachte eine solche Wut in Jan, dass er ihr am liebsten beide Augen ausgestochen hätte.

»Du bist ein asoziales Miststück«, spie er ihr entgegen. Fast rechnete er damit, dass der Riese die Aussage unsanft quittieren würde, aber das war ihm völlig egal.

»Ich und asozial?«, echauffierte sich die Fleischerin. »Ich leiste einen wertvollen Beitrag für die Gesellschaft, indem ich sie mit Nahrung versorge. Weißt du eigentlich, wie viele Menschen auf dieser Welt an Hunger leiden, mein Lieber? Über 800 Millionen! Mangelernährung betrifft sogar über zwei Milliarden. Alle zehn Sekunden stirbt irgendwo auf der Welt ein Kind an den Folgen von Hunger. Da nennst du eine Versorgerin wie mich asozial? Das ist unter aller Sau! Ich sollte dich wieder in den Dunkelraum sperren.«

»Du scheinst von deiner kranken Logik auch noch überzeugt zu sein. Du tötest Menschen, um andere Menschen mit Fleisch zu versorgen? Wissen die überhaupt, was sie da essen?« Jan stieß die Sätze zwischen zusammengebissenen Zähnen aus, während der Hüne seine Brust verarztete.

»So läuft es nun mal in der Natur, Jan. Die Stärkeren verleiben sich die Schwächeren ein. Du stehst mit deinen ganzen Handicaps nun mal ziemlich weit unten in der Nahrungskette. Um deine Frage zu beantworten: Manche wissen es und sie wollen es so, weil es ihnen einen Kick gibt oder sie den Geschmack zu schätzen wissen. Anderen schmecken meine Erzeugnisse einfach. Was genau darin ist, hinterfragen sie nicht.«

»Du bist richtig krank.« Jan schüttelte den Kopf. Sein Blick streifte den der Frau, die zwei Zellen weiter in der Ecke kauerte und das Geschehen aus schreckgeweiteten Augen verfolgte.

»Sind wir doch mal ehrlich, Jan. Die Menschen würden auch Scheiße kaufen, wenn die ihnen hübsch verpackt und als förderlich angepriesen werden würde. Ganz sicher würden sie menschliche Steaks kaufen, erst recht, wenn ich sie mit meiner kulinarischen Expertise zubereitet hätte. Lass nur mal einen Moment den moralischen Gesichtspunkt außer Acht und stell dir vor, Menschenfleisch im Supermarkt wäre völlig legitim und auch die Nachbarn würden es zum Grillen kaufen. Es würde reißenden Absatz finden. Menschen sind Herdentiere und die Betonung liegt auf Tiere. Schlafen, ficken, essen. Solange es schmeckt, ist es ihnen egal, was sie sich einverleiben. Ich könnte mich eher über diese Doppelmoral aufregen.« Die Fleischerin schnaufte verächtlich. »Die Leute gehen zum Asiaten und essen dort Fleisch von Enten, Krokodilen, Kängurus, Haien und mancherorts sogar Hunden. Und bei Menschenfleisch kommt dann riesige Entrüstung auf?«

»Du bist wirklich komplett wahnsinnig.« Jan beugte sich zur Seite, um der Fleischerin an dem Riesen vorbei einen hasserfüllten Blick zuzuwerfen. Gerade trat jemand neben sie, den Jan bislang noch nie hier gesehen hatte.

Ein Mann um die vierzig mit schwarzen Haaren und Schnauzbart sprach leise mit seiner Peinigerin.

Die nickte schließlich und sagte: »So, das reicht! Ich will zwei Schweine und ihn in einer halben Stunde im Schlachtraum haben. Wir brauchen Fleisch!«

Kapitel 21

Das kleine Dörfchen, in das es Harms verschlagen hatte, gehörte zur Großgemeinde Sankt Vith, einer in einem malerischen Tal gelegenen Kleinstadt an der Schnittstelle der Eifel und Ardennen. Lisa hatte ihm eine Adresse genannt, die ihn zu einer belebten Straße im Zentrum führte, wo er auf den Parkstreifen neben einer langen Häuserzeile fuhr. Nach einem köstlichen Frühstück in der Wirtsstube – er hatte zwei Brötchen mit Schinken und Ei mit starkem Kaffee hinuntergespült, der tote Hunde wecken konnte – fühlte er sich voller Elan und Tatendrang. Die vom Sturz in die Grube herrührenden Schmerzen im Bein waren gänzlich verschwunden.

Harms wollte gerade nach seinem Handy greifen, als Lisas schwarzer Mini Cooper an seinem Wagen vorbeirauschte und zwei Plätze weiter auf den Parkstreifen bog. Er stieg aus und als seine Nichte auf dem Bürgersteig auf ihn zukam, umarmte er sie herzlich. Ihm fiel der starke Kontrast zwischen ihrer blassen Gesichtsfarbe und schwarzen Kleidung auf. »Du siehst müde aus«, sagte Harms.

»Auf der Arbeit ist viel los und die Ungewissheit wegen Jan setzt mir zu.« Harms nickte nur verständnisvoll und sah sich um. Sie standen neben einem zweigeschossigen Sandsteinhaus, auf der anderen Straßenseite befanden sich eine Tankstelle und eine Grünanlage. Harms bemerkte einen Panzer in der Größe eines Kleinwagens, der in dem Park auf einem Sockel stand.

»Das ist ein Denkmal an die 7. US-Panzerdivision«, sagte Lisa, der sein skeptischer Blick offenbar nicht entgangen war. »Die Amis haben die Stadt während der deutschen Ardennenoffensive verteidigt.«

»Soso.« Harms kratzte sich am Kopf und wünschte sich, er hätte früher in Geschichte besser aufgepasst.

Lisa führte ihn ein Stück die Straße hoch zu einem gepflegt wirkenden Haus. Nachdem sie eine enge Treppe hinaufgestiegen waren, deren Holzstufen unter jedem Schritt geknarzt hatten wie Schiffsplanken, betraten sie einen kleinen Flur, von dem auf jeder Seite zwei Türen abgingen. Lisa schloss die erste auf der linken Seite auf.

Harms folgte ihr in Jans Wohnung hinein. In der bedrückend engen Diele musste er aufpassen, seiner Nichte nicht auf die Füße zu treten. Sie ging voran in ein Wohnzimmer, das gemütlich eingerichtet war und in dem sie von einem munteren Zwitschern begrüßt wurden. In einer Ecke gegenüber vom Fenster stand ein Käfig auf einer Kommode, in dem ein blauer Wellensittich hockte.

»Das ist Joschi.« Lisa lächelte wehmütig und begab sich zum Käfig, um den Vogel zu begrüßen. Harms ließ seinen Blick über eine dunkelgraue Couch, einen Relaxsessel samt Fußhocker und ein Sideboard schwanken, auf dem einige gerahmte Bilder und ein schicker Flachbildfernseher standen. Hinter einem schlichten Holztisch mit einem Computer hingen ein Fan-Schal und mehrere Wimpel des Fußballvereins Alemannia Aachen an der Wand.

»Hast du hier aufgeräumt?«, fragte Harms, dem auffiel, wie ordentlich es war. Er selbst legte zwar auch Wert auf ein aufgeräumtes Zuhause, aber er wusste, dass die Wohnungen der meisten Single-Männer eher nicht aussahen wie auf den Hochglanzfotos im Möbelkatalog.

»Nein, ich habe nichts verändert. Jan ist so, bei zu viel Chaos fühlt er sich nicht wohl.«

Harms trat vor die Bilder auf dem Sideboard und betrachtete sie genauer. Eins zeigte eine unscheinbare Frau um die sechzig, womöglich Jans Mutter, auf einem anderen war ein unbeschwert lachender Junge neben einer silberhaarigen Frau zu sehen, deren Gesichtshaut etliche Altersflecke zierten. Harms vermutete, dass das Bild Jan als Kind mit seiner Oma zeigte. Er nahm ein Bild in die Hand, auf dem Lisa zusammen mit Jan und einem weiteren jungen Mann zu sehen war. Lisa stand in der Mitte und grinste fröhlich in die Kamera. Jans Lächeln wirkte hingegen gequält, als würde es ihn zu viel Energie kosten, die Mundwinkel anzuheben. Das hellblaue Poloshirt spannte über seinen ausgeprägten Bauch. Er war nicht dick, aber ein wenig rundlich mit leichtem Hang zum Doppelkinn.

»Wer ist der andere Junge auf dem Foto?« Harms drehte sich ein Stück zu Lisa um und hielt kurz das Bild in ihre Richtung, bevor er den jungen Mann genauer betrachtete. Er war schlaksig, mit einer ausgeprägten Nase und schütterem Haar, obwohl er nicht älter als Mitte zwanzig erschien.

»Das ist Jans Kumpel Frank, die beiden gehen öfter zusammen zu Alemannia-Spielen.«

»Weiß er vielleicht genauer, wen Jan in der letzten Zeit gedatet hat?«

»Ich habe mich mit ihm schon kurzgeschlossen. Auch ihm gegenüber hat Jan sich bedeckt gehalten«, sagte Lisa, die sich auf die Couchkante gesetzt hatte.

»Hm, hätte ja sein können.« Harms stellte das Bild zurück an seinen Platz.

»Wegen deiner Nachricht gestern noch mal, ob mir noch was eingefallen ist«, sagte Lisa gedankenverloren.

»Ja?«

»Ungefähr zwei Wochen vor seinem Verschwinden haben wir einen DVD-Abend gemacht und uns Pizza bestellt. Ich habe ihn dann spaßeshalber in sein Bäuchlein geknufft und gefragt, ob er jetzt nicht auf seine Figur achten müsse, wo er doch gerade mit jemandem anbandelt. Er hat da nur gegrinst und gesagt, dass sie das nicht stören würde. Sie wäre selber fülliger und würde Essen lieben. Ich fand die Info nicht wirklich wichtig und es ist mir auch erst heute Morgen beim Frühstück wieder eingefallen.«

»Meist weiß man vorher nicht, was wichtig ist und was nicht.« Harms begab sich zu einer Anrichte, auf der historische Romane und Krimis aufgereiht standen, und öffnete die oberste Schublade: eine Packung Papiertaschentücher, McDonald's-Gutscheine, eine über einen Monat alte Fernsehzeitschrift, ein Flaschenöffner und weiterer Krimskrams. »Und die Plattform, auf der er die Frau kennengelernt hat, ist Tinder?«

»Gehe ich von aus, er hat zumindest öfter von Tinder geredet. Ich wollte ihn ermutigen, häufiger auszugehen und jemanden von Angesicht zu Angesicht kennenzulernen, aber das war nicht sein Ding. Scheint heutzutage allgemein aus der Mode gekommen zu sein.«

»Wie funktioniert Tinder genau?« Harms durchstöberte auch die restlichen Schubladen der Anrichte.

»Das ist eine App, die einem mögliche Partner anzeigt. Wenn sie einem gefallen, wischt man nach rechts, wenn nicht, nach links. Gefällt man dem anderen auch, ist es ein Match und man kann miteinander schreiben.«

Harms wandte sich seiner Nichte zu. Es würde nichts bringen, die Wohnung zu durchsuchen. Die Polizei hatte sich längst umgesehen und er ging nicht davon aus, hier einen Hinweis auf Jans Verbleib zu finden. Harms war ohnehin hauptsächlich hergekommen, um den Vermissten besser kennenzulernen und ein Gespür für ihn zu entwickeln. Mehr denn je war er sich nun sicher, dass Jan einem Verbrechen zum Opfer gefallen war. Der junge Mann erschien viel zu bodenständig und strukturiert, um aus einer Laune heraus, alle Zelte hinter sich abzubrechen. »Zeigt diese App Leute aus der Umgebung an oder auch von weiter weg?«

»Den Umkreis kann man selbst bestimmen, aber vorrangig aus der Umgebung.«

Harms fuhr sich mit Daumen und Zeigefinger nachdenklich über seinen Bart. »Ich werfe noch kurz einen Blick in die anderen Zimmer, aber im Grunde bin ich hier fertig.«

Lisa stand auf. »Ich fülle noch eben Joschis Wassernapf auf.«

Bei den übrigen Räumen handelte es sich um eine kleine Küche, ein ebenso kleines Bad und ein unscheinbares Schlafzimmer, das nicht viel mehr enthielt als ein geräumiges Bett, einen Kleiderschrank und eine Kommode. Als Harms die Schublade des Nachttischs öffnete, zwinkerte ihm eine Rubensfrau lasziv von der Titelseite eines Pornomagazins entgegen. Ihre nackten Brüste waren so riesig, dass sie einen problemlos dazwischen ersticken konnte.

***

Wenig später hatte sich Harms von Lisa mit dem Versprechen, sie auf dem Laufenden zu halten, verabschiedet und fuhr auf der E42 nach Eupen. Seine ehemalige Kollegin bei der Polizei hatte ihm am Vorabend eine Nachricht geschickt, dass Katharina Leclercq, die Kannibalin von Wallonien, im Herbst vorletzten Jahres nach dreißig Jahren aus dem Gefängnis entlassen worden war und nun dort lebte.

Die Scheibenwischer kämpften mit monotoner Effizienz gegen den Regen an, der sich mal mehr, mal weniger heftig aus grauen Wolken ergoss. Immer wieder ragten dicht bewachsene Hangwälder wie grüne Wellenkämme zu beiden Seiten der Fahrbahn auf. In Harms' Fantasie schwappten die Wellen über ihm zusammen und begruben sein Auto wie ein Spielzeugboot unter sich. Vor Eupen wurde die Landschaft flacher und auf dem letzten Abschnitt säumten karge Felder die Straße. Das Navigationsgerät dirigierte Harms in ein trostloses Wohngebiet mit mehreren grauen Betonwürfeln. Plattenbautristesse. Er steuerte sein Auto in eine Parklücke am Straßenrand und begab sich zu einem der riesigen Klötze. Unkraut spross zwischen den Pflastersteinen des Gehwegs, der zum Haus führte. Unweit des Eingangs standen zwei Teenager in Kapuzenjacken, redeten laut miteinander und rauchten. Harms ging zur Haustür und studierte das Klingelschild, das statt mit Namen mit zahlreichen Nummern versehen war. Katharina Leclercq wohnte in Wohnung 55, die laut der Sortierung im zweiten Stock liegen musste. Harms drückte auf den Klingelknopf. Nichts tat sich. Auch nach nochmaligem Klingeln erfolgte keine Reaktion. Harms wandte sich vom Eingang ab und tat so, als lese er konzentriert etwas auf seinem Handy. Er hoffte, dass schnell jemand das Haus betrat oder verließ, damit er sich hineinschleichen konnte. Es war noch keine Minute vergangen, als die beiden Jugendlichen lässig zur Tür schlenderten und im Haus verschwanden. Obwohl sie sich auf Deutsch unterhielten, hätte es sich genauso gut um eine exotische Fremdsprache handeln können, wegen der vielen Slang-Ausdrücke, deren Bedeutung fast nur jungen Leuten vorbehalten war.

Harms stoppte die Tür kurz vor dem Zufallen, wartete einen Moment und huschte schließlich hinein. Durch ein überraschend sauberes Treppenhaus ohne Graffiti an den Wänden oder Müll auf dem Boden stieg er hinauf in den zweiten Stock. Dort orientierte er sich und schritt einen düsteren Gang entlang, an dessen Ende auf der linken Seite die Wohnung 55 lag. Nachdem er geklingelt hatte, tat sich wieder nichts. Er legte den Kopf an die robuste

Metalltür und lauschte, vernahm jedoch keinen Laut. Kurzerhand wandte er sich der Wohnungstür auf der gegenüberliegenden Seite zu und klingelte dort. Zunächst erfolgte keine Reaktion, aber als er gerade noch mal klingeln wollte, wurde die Tür einen Spaltbreit geöffnet, bis die rasselnde Sicherheitskette sie stoppte. Eine bebrillte alte Frau, in deren Gesicht die Zeit tiefe Furchen hinterlassen hatte, lugte hinaus.

Harms stellte sich vor. »Wissen Sie zufällig, wann ich Ihre Nachbarin von gegenüber erreichen kann?«

»Welche Nachbarin?«

»Die Frau, die dort wohnt. Sie müsste um die siebzig sein.«

»Dort wohnt keine Frau.« Harms war verwirrt und holte sein Handy hervor, um die Nachricht von Kathrin aufzurufen. Die Wohnungsnummer stimmte und die Adresse war auch korrekt.

»Sind Sie sicher?«

»Junger Mann, ich lebe seit dreißig Jahren hier und bin den ganzen Tag zu Hause. Da weiß ich sehr wohl, wer direkt gegenüber wohnt.«

»Hm, wer wohnt dann dort?«

»Niemand.«

Harms zog die Stirn kraus.

»Vor ein paar Monaten habe ich da mal einen Mann herauskommen sehen, etwa in Ihrem Alter. Er war neulich auch noch mal da. Aber er wohnt dort nicht. Ich würde hören, wenn jemand regelmäßig ein- und ausgeht.«

»Okay, ich danke Ihnen.«

»Wiedersehen.« Die alte Frau schloss die Tür.

Zurück im Auto schrieb Harms Kathrin eine Nachricht und fragte sie nach der alten Adresse von Katharina Leclercq, also der, an welcher sie auch festgenommen worden war.

Die Frau hat offenbar bei den Behörden eine falsche Anschrift hinterlegt, aber warum? Das könnte einige Gründe haben, überlegte Harms. *Vielleicht wollte sie nach der langen Zeit im Gefängnis untertauchen und sicherstellen, dass sie nicht gefunden wird.* Dennoch schlug sein siebter Ermittlersinn an wie bei einem Spürhund, der eine Fährte aufgenommen hatte. Irgendwas schien hier nicht zu stimmen. Er war unschlüssig, ob er besagter Fährte weiter nachgehen sollte, schließlich gab es offenbar keinen Zusammenhang mit seiner eigentlichen Aufgabe.

Als auf etwa halber Strecke zurück zum Gasthof Kathrins Antwort eintraf, fuhr Harms bei nächster Gelegenheit rechts ran und tippte die Adresse in sein Navigationsgerät. Leclercqs altes Anwesen befand sich nur sechzehn Kilometer von Recht entfernt. Wäre er gestern noch etwas weiter rausgefahren, hätte er es erreicht. Seine Neugierde gewann die Überhand, also beschloss er, sich dort einmal umzuschauen. Eine halbe Stunde später überquerte er die Flussbrücke, bei welcher der Schamane hauste und nahm sich vor, auf dem Rückweg nach dem Lamm zu schauen. Hoffentlich ging es dem kleinen Wollknäuel gut. Sollte er das Tier nicht wohlbehalten vorfinden, konnte sich der Alte warm anziehen.

Hohe Fichten säumten die Straße und verschluckten viel von dem ohnehin spärlichen Tageslicht. Der leichte

Nieselregen benetzte die Windschutzscheibe und sammelte sich dort zu feinen Tröpfchen, bis sie vom Scheibenwischer ausradiert wurden. Nach der längeren Stille erschrak Harms leicht, als das Navi ihn anwies, in 300 Metern rechts abzubiegen. Er fuhr langsamer und bemerkte erst bei genauerem Hinsehen, dass sich dort ein Wirtschaftsweg zwischen dem wuchernden Gestrüpp hindurchzwängte. Dünne Zweige strichen über die Karosserie seines Autos, als er dem Weg im Schritttempo folgte. Schotter knirschte unter den Reifen, die Autoscheinwerfer durchschnitten das Halbdunkel. Hinter einer Kurve tauchte ein hohes Maschendrahttor auf und zwang ihn zum Anhalten.

Er schaltete den Motor ab, stieg aus und trat vor das zwei Meter hohe Tor, das in einen Zaun eingelassen war, der sich zu beiden Seiten in den Wald erstreckte. Harms wunderte sich, dass die Leute sich hier einzäunten, wo sie doch sowieso so abgelegen wohnten. Diese Barriere war sogar von einer Rolle Stacheldraht gekrönt. Am Gitter prangte ein Schild: ›Fleischerei Wonnenschmaus – Zutritt verboten! Bitte klingeln.‹ Daneben befand sich eine Klingel mit Gegensprechanlage und auf dem Torpfosten war eine Überwachungskamera angebracht. Harms klingelte und spähte durch das Gitter. Von hier aus war das Anwesen nicht zu sehen, in rund fünfzig Metern verschwand der Weg hinter einer Kurve.

Überraschend schnell drang Rauschen aus der Gegensprechanlage, gefolgt von einer männlichen Stimme: »Sie wünschen?«

Harms räusperte sich. »Mein Name ist Harms, ich bin Angestellter im Lantin-Gefängnis. In einer Haftentschädigungs-Angelegenheit möchte ich gern zu Katharina Leclercq.«

»Die wohnt hier nicht«, kam es barsch aus der Anlage.

»Wissen Sie, wo ich sie finde?«

»Soweit ich weiß, irgendwo in Eupen.«

»Dort ist sie nicht.«

»Dann ist sie vielleicht verreist, ich weiß es nicht. Wir haben keinen Kontakt mehr zu ihr. Schönen Tag noch!« Nach kurzem Rauschen setzte Stille ein.

Harms presste die Lippen aufeinander. Leclercq wohnte also angeblich weder hier noch in Eupen. *Wo lebt sie dann? Ominös.* Kopfschüttelnd drehte er sich um, um zum Auto zurückzugehen, hielt jedoch abrupt inne, weil jemand vor ihm stand.

Kapitel 22

Theo Goosens verschränkte, begleitet von einem wohligen Seufzer, die Hände hinter dem Kopf und streckte sich auf der herrlich weichen Matratze des elektrisch höhenverstellbaren Queensize-Bettes aus. Beim Blick an seinem nackten Körper hinab erschien es ihm, als wäre sein dicht behaarter Bauch in den letzten Wochen noch fülliger geworden. Böswillig betrachtet sah sein Bauch aus, als hätte Theo eine Bowlingkugel verschluckt. Doch Theo verfügte über ein positiveres Selbstbildnis – ihn störte es nicht, kein Adonis zu sein, denn seine Qualitäten waren anderer Natur. Als CEO einer großen Versicherungsgesellschaft besaß er ein gewisses Maß an Macht und ausreichend Geld, um sich Annehmlichkeiten wie dieses luxuriöse Wohnmobil des Branchenprimus Hymer leisten zu können. Das von der stimmungsvollen Beleuchtung in der Heckwand in Szene gesetzte Interieur in edler dunkler Holzoptik zauberte ein Lächeln auf Theos Lippen. Das würde gleich noch breiter werden, wenn das leise Rauschen der Dusche im Hintergrund verstummen und sich seine Freundin Ines zu ihm gesellen würde. Heutzutage beeindruckte man Frauen statt mit lauten Motorrädern oder PS-starken Protzkarren wesentlich effizienter mit einem Sterne-Hotel auf Rädern. Die behagliche Ausstattung und der Geist von Freiheit und Abenteuer weckten Sehnsüchte, also musste man die Damen der Schöpfung nicht lange zu einer ausgiebigen Spritztour überreden.

Erst recht nicht, wenn man ihr Chef war und in der Vergangenheit durch besondere Vergünstigungen und Zuwendungen um ihre Gunst geworben hatte.

Jetzt war er schon den zweiten Tag mit Ines in Belgien unterwegs und er freute sich auf eine weitere Liebesnacht mit ihr. Das war ein weiterer Vorteil eines Wohnmobils: Es war nicht nur ein geräumiges Fortbewegungsmittel, sondern zugleich die perfekte Kulisse, um eine Frau flachzulegen. Bei dem Gedanken an die gestrige Nacht wurde Theo hart und die Spitze seines Schwanzes ragte hinter seinem Bauch auf.

Eine Tür wurde geöffnet und gleich darauf stand Ines nackt am Fußende des Bettes. Sie stemmte ihren rechten Arm in die Hüfte und lächelte.

»Soso, ihr beide habt mich wohl vermisst.« Theo grinste nur breit, seine Erektion, die bei ihrem Anblick anschwoll, war Antwort genug.

Ines erinnerte ihn an eine Pamela Anderson in der Blüte ihrer Jahre – mit dem einen oder anderen Unterschied. Statt Silikontitten hatte Ines große natürliche Brüste, die der Schwerkraft ein wenig Tribut zollten, was ihrer sexuellen Wirkung aber keinesfalls schadete. Im Gegenteil, Theo konnte sich kaum etwas Geileres vorstellen als ihre weichen, schweren Brüste mit den dunklen Warzenhöfen und hervorstehenden Nippeln. Was ihn mindestens genauso anmachte, waren ihr ausladender Hintern, der von Form und Größe jeder brasilianischen Samba-Göttin zu Ehre gereicht hätte, und ihr linker Armstumpf. Theo war ein Amelotatist – er stand auf amputierte Frauen.

»Dann will ich euch zwei mal nicht länger warten lassen.« Ines kniete sich zwischen seine Beine, massierte seinen Schwanz flüchtig mit der Hand und ließ ihn gleich darauf zwischen ihre sinnlichen Lippen gleiten. Theo sah dabei zu, wie sich ihr blonder Haarschopf hob und senkte, während die Lust durch seine Lenden pulsierte.

»Machst du wieder etwas mit dem Stumpf?«, nuschelte er erregt wenig später. Ohne eine Antwort abzuwarten, entzog er sich ihr, drehte sich ächzend herum und streckte ihr seinen Arsch entgegen. Zunächst hatte er am vergangenen Abend etwas Skrupel gehabt, seinen Wunsch zu äußern, aber Ines stellte sich als pflegeleichte Liebhaberin heraus, die ihrer zurückhaltenden, fürsorglichen Art entsprechend einfach tat, was er von ihr wollte. Sie strich mit dem Stumpf über seinen Damm und drückte ihn gegen seinen Anus. Mit kreisenden Bewegungen stimulierte sie ihn, bis sie ihn mit der Spitze des Stumpfes leicht fickte, was Theo ein lautes Stöhnen entlockte. Die sanfte Penetration mit dem amputierten Arm erregte ihn derart, dass er sich bereits kurz vor dem Abspritzen befand. In seinem Alter von dreiundfünfzig Jahren ging das ohnehin manchmal schneller, als ihm lieb war.

Nachdem er seine Lust noch einige Momente länger ausgekostet hatte, drehte er sich zu ihr herum, packte sie an den Schultern und legte sie rücklings auf das Bett. Er leckte über Zeige- und Mittelfinger seiner rechten Hand und strich über ihre rasierte Vagina, die zu seiner Freude bereits feucht war. Keuchend kniete er sich zwischen ihre Beine und führte seinen harten Schwanz in sie ein. Als er in ihre heiße Spalte eingedrungen war, ließ er sich stöhnend auf sie sinken und fickte sie mit kurzen, harten Stößen. Ines stöhnte schrill und abgehackt, was seine Geilheit noch befeuerte. Er gab sich ganz seinen Trieben und der Lust hin, die ihr Liebesspiel in ihm entfachten. Ines' Brüste wogten unter seinen Stößen, was das wohlige Kribbeln in ihm verstärkte. Mit einer seiner massigen Pranken drückte er ihren Oberarm und mit der anderen den Stumpf in die Matratze. Schwer keuchend fickte er sie so heftig, dass das Wohnmobil schaukelte; zumindest erschien es ihm so.

Als sich ein heftiger Orgasmus anbahnte, zog er sich aus ihr zurück und bewegte sich schnell auf Knien zu ihrem amputierten Arm. Begleitet von gewaltigen Glücksgefühlen spritzte ein Strahl Sperma aus seinem Schwanz und landete als zäher weißer Faden auf ihrem Stumpf.

Wumm!

Der dumpfe Knall und die damit einhergehende Erschütterung drangen wie aus weiter Ferne in Theos Bewusstsein, das noch gänzlich von der Wonne seines sacht abebbenden Orgasmus erfüllt war. Ein weiterer Schwall Sperma entlud sich aus seinem besten Stück und erst Ines' erschrockener Blick zur Seitenwand veranlasste Theo dazu, seine Aufmerksamkeit ebenfalls der Umgebung zuzuwenden. Es hatte sich angehört, als wäre etwas Schweres gegen die Seite des Wohnmobils gestoßen. Er verharrte einige Sekunden lang still neben ihr, während sein Schwanz nach und nach erschlaffte.

»Was war das, Theo?«

»Keine Ahnung.« Er seufzte missmutig, weil die wohlige Entspannung nach dem Orgasmus dahin war. Er würde nach draußen gehen und nachsehen müssen. Schwerfällig stand er vom Bett auf, klaubte seine Leinenhose von der Ablage und stieg hinein. Er schlüpfte in seine Crocs und zog sich sein schwarz-rot kariertes XXL-Holzfällerhemd an. Diese Flanellhemden waren nicht nur superbequem, sie verliehen ihm zusammen mit seinem Bart auch einen rauen Charme und passten wunderbar zu ihm. Schließlich war er so was wie ein moderner Cowboy des 21. Jahrhunderts.

»Willst du da wirklich rausgehen?«, fragte Ines, die den Kopf auf ihrem Arm abgestützt hatte und besorgt mit großen Augen zu ihm aufsah.

»Ja, sicher«, sagte er nur und fingerte an den Knöpfen herum, bis er beschloss, das Hemd einfach offen zu lassen. Er schwitzte sowieso, außerdem sah es so lässiger aus.

»Wollen wir nicht weiterfahren? Hier ist es so abgelegen.«

Das stimmte in der Tat. Sie waren auf einem unbefestigten Wirtschaftsweg ein gutes Stück ins Unterholz gefahren. Etliche Kilometer dichter Wald erstreckten sich zu beiden Seiten. Theo hatte sichergehen wollen, dass sie bei ihrem Schäferstündchen ungestört blieben. Vor einigen Monaten hatte während einer Tour ein Polizist an sein Wohnmobil geklopft und ihn darauf hingewiesen, dass er im Halteverbot stand. Derlei Störungen hatte Theo heute ausschließen wollen.

Wumm!

Erneut ein Stoß gegen das Fahrzeug, das daraufhin wackelte.

»Jetzt reichts!« Theo sah im Geiste einen betrunkenen Schwachkopf vor sich, der sich ohne Sinn und Verstand mit der Schulter gegen das Wohnmobil warf. Theo würde ihn ordentlich zusammenfalten, denn an seinem Eigentum verging sich niemand ohne Weiteres.

»Bleib doch, in den Horrorfilmen geht das nie gut aus«, quengelte Ines.

»In den Horrorfilmen sind die Blondinen auch nicht so heiß und klug wie du«, entgegnete Theo, um seiner Freundin etwas Zucker in den Arsch zu blasen. Nach der unfreiwilligen Unterbrechung wollte er heute Nacht noch mindestens ein weiteres Mal seinen Spaß haben.

Entschlossen ging er an der Nasszelle und der Kochnische vorbei zur Seitentür und entriegelte sie. Er schob sie auf, trat hinaus ins Freie und schloss sie wieder hinter sich. Kühle Nachtluft hüllte ihn ein, Düsternis umgab ihn. Der als perfekte Sichel am Himmel stehende Mond schaffte es nur hier und da, sein trübes Licht durch die hohen Kronen der Nadelbäume zu werfen.

»Hallo?«, rief Theo mit fester Stimme und horchte. Die allumfassende Stille kam ihm merkwürdig vor. Keine Eule ließ ihren dumpfen Ruf erschallen, kein Wind schaukelte sanft die Zweige der Fichten, kein Knacken von Ästen unter den Schritten nächtlicher Waldbewohner. Allmählich gewöhnten sich Theos Augen an die Lichtverhältnisse und er sah genug, um sich orientieren zu können. Bedächtig ging er um das Wohnmobil herum und seine

Blicke suchten dabei die schwarzen Umrisse der Sträucher und Bäume aufmerksam ab. Als er direkt vor dem Wohnmobil angekommen war, hielt er inne, weil ihn das ungute Gefühl beschlich, die Ursache für die Geräusche würde sich ihm auf der anderen Seite offenbaren.

Gespannt und auch etwas nervös trat er um die Ecke. Da war nichts, nur die hohe Außenseite des acht Meter langen Fahrzeugs. Keine zwei Meter rechts davon begann der Wald. Vielleicht war es eine Eule gewesen, die aus irgendeinem Grund im Flug gegen die Seitenwand geprallt war. Allerdings überzeugte Theo diese Theorie nicht wirklich, denn ein Vogel hätte das viereinhalb Tonnen schwere Gefährt kaum derart durchschütteln können. Außerdem müsste der Kadaver des Tiers dann hier irgendwo liegen, denn es hätte einen Aufprall mit hoher Geschwindigkeit kaum überlebt. Ohne eine plausible Erklärung gefunden zu haben, erreichte Theo das Heck.

Ein lautes Knacken erklang plötzlich aus dem Wald weiter hinten. Mit geschärften Sinnen entfernte sich Theo einige Meter von dem Wohnmobil. Inzwischen schwitzte er nicht mehr nur wegen des anstrengenden Liebesspiels, sondern auch wegen zunehmender Nervosität. Vielleicht sollten sie wirklich von hier wegfahren. Wer wusste schon, wer oder was da im Wald umherschlich.

Rascheln im Unterholz, unmittelbar rechts von ihm. Theo schluckte. Angestrengt versuchte er zwischen den dunklen Sträuchern und Bäumen etwas zu erkennen. Zweige knackten leise unter seinen Schritten, als er an einer lichten Stelle mit vorgebeugter Haltung in das Gebüsch trat. Er strich ein paar dünne Äste beiseite, ignorierte seine warnende innere Stimme und begab sich weiter in den Wald hinein. Hier war es dunkler als im Höllenkeller.

Ein kehliges Knurren dicht hinter ihm ließ ihn erschrocken herumfahren. Schräg liegende Augen, die leuchteten, als würde das Fegefeuer darin lodern, starrten ihn an. Der massive, muskulöse Körper zeichnete sich nur als vager Umriss in der Düsternis ab. Das Wesen stieß ein tiefes, zorniges Grollen aus. Binnen Sekundenbruchteilen ergriff Panik von Theo Besitz, aber erst als er die Umrisse der raubtierhaften Zähne ausmachte, setzte sein Fluchtreflex ein. Zu spät. Das Biest machte einen geschmeidigen Satz auf ihn zu wie ein Löwe und begrub ihn unter seinem schweren Körper. Mit unmenschlicher Kraft gruben sich Zähne in Theos Haut, zermalmten Knochen und Sehnen und hinterließen dort, wo sein Gesicht gewesen war, ein kraterartiges Loch. Der Schrei, der aus Theos Kehle drang, verebbte zu einem kläglichen Röcheln, als er seinen Mund, dessen Lippen nicht mehr vorhanden waren, erreichte. Zu den gewaltigen Schmerzen gesellte sich ein Anflug von Verwunderung darüber, immer noch bei klarem Bewusstsein zu sein, obwohl die Hälfte seines Kopfes gerade weggebissen worden war. Als die Kreatur ihre Hauer in die zarte Haut seines Halses schlug, änderte sich das. Die Gnade des Todes überkam ihn, während das Blut aus ihm spritzte wie aus dem großen Leck eines prall gefüllten Wasserrohrs.

Kapitel 23

Theos schwere Schritte hallten noch auf dem Boden nach, als Ines Froelinger die Beine über die Bettkante schwang, sich aufsetzte und nach einer Packung Tempotaschentücher griff, die auf einer Kommode lag. Sie fischte eines davon heraus und wischte damit notdürftig das Sperma von ihrem Stumpf, bevor sie es achtlos beiseitewarf und aufstand.

Es störte sie nicht, dass Theo sie nicht trotz, sondern wegen ihrer Behinderung begehrte. Gleich nachdem sie sich nur wenige Wochen nach ihrem Autounfall mutig auf ihren Social-Media-Profilen einarmig präsentiert hatte, waren die ersten Amelos angeschwirrt gekommen. Sie waren wie Fruchtfliegen, die süßes Obst witterten. Einer der ersten hatte sie mit unverblümter Enttäuschung gefragt, ob *nur* ihr Arm amputiert worden wäre. Schnell hatte sie sich daran gewöhnt, dass manche Männer auf so etwas standen. Es war ihr nur recht, denn mit dem Arm hatte sie auch viel ihres ohnehin nicht stark ausgeprägten Selbstwertgefühls verloren. Da kamen ihr die Avancen ihres Chefs Theo sehr gelegen, der obendrein dafür gesorgt hatte, dass sie nach dem Unfall ohne Gehaltseinbußen vom Büro ins Callcenter seiner Versicherungsgesellschaft wechseln konnte.

Sie klaubte ihre Klamotten vom Boden und schlüpfte mit routinierten Bewegungen in ihre Shorts und das Top.

Was ist nur gegen das Wohnmobil geprallt?, überlegte sie stirnrunzelnd, während sie mit nackten Füßen über den beheizten Doppelboden tapste. Durch die großzügige

Winkelküche und den Sitzbereich mit den edlen Loungemöbeln gelangte sie in das dunkle Fahrerhaus, wo sie durch die Panorama-Bugscheibe die Umrisse von Theo sah. Schleppend schritt er an der Karosserie entlang, blieb vor dem Wohnmobil kurz stehen und setzte seinen Weg schließlich auf der anderen Seite fort. Ines ließ sich auf dem Fahrersitz nieder, auf dem sie sich mit ihren eins zweiundsechzig vorkam wie ein Kind, und behielt ihren Liebhaber durch einen der Weitwinkelaußenspiegel im Auge. Mit jedem Schritt verschluckte ihn die Dunkelheit mehr und als er nicht mehr zu sehen war, huschte Ines wieder zurück nach hinten.

Allmählich wurde sie immer nervöser. Es beunruhigte sie, so abgelegen im Nirgendwo zu sein. Auf irgendeinem von Straßenlaternen beleuchteten Parkplatz in einer Ortschaft würde sie sich deutlich wohler fühlen. Ines krabbelte auf Knien über das Bett zum kleinen Heckfenster und schob die Gardine zur Seite. Zeitgleich stellte sie per Knopfdruck das Licht im Schlafbereich aus, um draußen etwas erkennen zu können. Der Wirtschaftsweg lag verlassen da und verlor sich nach einigen Metern in der nächtlichen Schwärze.

Wo ist Theo?

Auf einmal leuchtete zwischen den Bäumen etwas auf. Die Augen weit aufgerissen, presste Ines ihren Kopf gegen die kühle Scheibe.

Was war das?

Es sah fast aus, als würden zwei Glühwürmchen durch die Dunkelheit tanzen. Immer wieder wurden die Lichtpunkte vom Unterholz verdeckt, daher konnte sie unmöglich Genaueres erkennen.

Plötzlich wurde in ihrem Blickfeld alles dunkel.

Ein ängstlicher Schauer glitt über Ines' Rücken. Sie entfernte sich von der Scheibe, stieg vom Bett und lief zur Seitentür. Nachdem sie ihren ganzen Mut zusammengenommen hatte, öffnete sie diese ein Stück weit und steckte ihren Kopf hinaus ins Freie.

»Theo?«

Keine Antwort. Sie schob die Tür noch etwas weiter auf und wollte schon hinaus auf den Weg treten, als ein tiefes Knurren aus einiger Entfernung an ihre Ohren drang. Instinktiv zog sie ihren Kopf zurück und schlug die Tür zu. Ihr Herz trommelte heftig gegen die Rippen. Binnen Sekunden lieferte ihr Gehirn eine halbwegs plausible Erklärung für den Laut, die ihr allerdings überhaupt nicht gefiel. Ein Bär. Womöglich hatte er Theo angegriffen, der verletzt oder tot im Gebüsch lag. Panisch stürzte sie zurück in den Schlafbereich und klaubte ihr Handy von der Anrichte, um Hilfe zu rufen. In diesem Moment wackelte das Wohnmobil wie eine vom Sturm durchgeschüttelte Gondel. Als das dumpfe Poltern schwerer Schritte auf dem Dach erklang, ließ Ines vor Schreck das Handy fallen, das auf den Boden knallte. Ein zorniges Grollen wie von einem aggressiven Löwen drang an ihre Ohren und sandte einen neuerlichen Angstschauer durch ihren Körper.

Ines hetzte nach vorn, schob im Vorbeilaufen den Riegel vor die Seitentür und schloss im Fahrerhaus über die Zentralverriegelung alle Türen. Nicht dass sie einem Bären zugetraut hätte, eine Wohnmobiltür zu öffnen, aber sie fühlte sich so deutlich sicherer. Das Biest trampelte so heftig über das Dach, dass dieses knarrte und quietschte wie eine alte Holztreppe, die kurz vor dem Einstürzen stand. Kurz schwankte das Gefährt verstärkt wie ein Boot in heftigem Wellengang, dann war es vorbei und es kehrte Ruhe ein. Ines stand zwischen den beiden Vordersitzen, hielt sich mit ihrer einen Hand an einer Lehne fest und überlegte fieberhaft, was sie tun sollte. Ihr Blick fiel auf den Schlüssel im Zündschloss. Aber sie konnte doch nicht einfach abhauen und Theo im Stich lassen. Wahrscheinlich brauchte er ihre Hilfe. Allerdings würde sie unter gar keinen Umständen das schützende Wohnmobil verlassen und sollte Theo dazu in der Lage sein, würde er an die Tür klopfen. So musste sie davon ausgehen, dass er entweder schwer verletzt oder tot war, also konnte sie unmittelbar sowieso nichts für ihn tun. Sie würde direkt in den nächsten Ort fahren und Hilfe holen. Ihr schlechtes Gewissen Theo gegenüber wollte sie von dem Vorhaben abbringen, aber ihre Angst gab den Ausschlag. Obwohl ihr Verstand ihr mitteilte, dass sie im Wohnmobil sicher war, weigerten sich ihre Gefühle das zu akzeptieren. Sie musste hier weg!

Ines setzte sich auf den Fahrersitz, drehte den Zündschlüssel und drückte das Gaspedal mit ihrem nackten Fuß im Leerlauf durch, woraufhin der PS-starke Motor laut röhrte. Wegen ihrer Behinderung durfte sie, auch wenn sie ihre Prothese umgeschnallt hatte, nicht mal Auto fahren, aber zwischen Dürfen und Können lag ein Unterschied. Sie stellte den Sitz nach vorn und schaltete das Frontlicht an, woraufhin zwei starke Leuchtkegel durch die Dunkelheit fluteten. Nach einem prüfenden Blick auf den Lederschalthebel, drückte sie mit dem linken Fuß die Kupplung durch und kloppte den Rückwärtsgang hinein. Im Rückspiegel sah sie den Weg hinter dem Wohnmobil in das spärliche rote Licht der Heckleuchten getaucht. Bei den schlechten Sichtverhältnissen war es eine echte Herausforderung, das fahrbare Ungetüm rückwärts auf die Straße zu manövrieren.

Als sie vorsichtig Gas gab, rollte das Wohnmobil gemächlich rückwärts und ein Anflug von Erleichterung machte sich in ihr breit. Es würde alles gut gehen. Sie würde von hier wegkommen und schnell Hilfe herbeiholen. Beim Weiterfahren blieb ihr Blick auf den Rückspiegel gehaftet, doch schlagartig veranlasste sie etwas nach vorn zu schauen. Am Ende der Lichtkegel waren zwei orangerote Punkte aufgeglommen und schienen sie wie zwei Augen bösartig anzustarren. Nach einem Moment realisierte Ines, dass es sich tatsächlich um Augen handelte, und sie wurden größer und kamen näher.

»Nein«, entfuhr es ihr entsetzt, während sie das Gaspedal voll durchdrückte. Ein massiger dunkler Schemen sprintete geschmeidig bis kurz vor das Fahrzeug heran, setzte zum Sprung an und flog auf die Scheibe zu. Eine ohrenbetäubende Explosion von zersplitterndem Glas detonierte. Wie ein herandonnernder Güterzug erfasste ein Teil des schweren Körpers Ines, die brutal in den Sitz gequetscht und ihrer Atemluft beraubt wurde. Das Klirren der herabfallenden Scherben war noch nicht verstummt, als es von wütendem Knurren überlagert wurde. Glas knirschte unter schnellen und schweren Schritten. Benommen öffnete Ines die Augen, als die Kreatur vor ihr aufragte und sie mit weit aufgerissenem Maul anfauchte. Geifer troff ihr ins Gesicht. Beim Anblick der tödlichen Raubtierzähne entglitt ihrer Kehle ein Schrei, der in ein ersticktes Röcheln überging, als die Kreatur zwei lange schwarze Klauen in Ines' Hals stach und ihre Luftröhre zerfetzte. Warmes Blut sprudelte aus der Halswunde, die Kreatur schnappte mit ihrem Maul nach Ines. Scharfe Hauer gruben sich durch Ines' zarte Gesichtshaut, zermalmten ihre Knochen und schalteten ihr Bewusstsein ein für alle Mal aus.

Kapitel 24

Wie schlecht es einem auch gehen mochte, der Selbsterhaltungstrieb sorgte im ersten Moment stets für Erleichterung, wenn man dem drohenden Tod von der Schippe sprang. Der Autounfall im Rückspiegel, das Feuer im Nachbarhaus und die Pistolenkugel im Nebenmann waren allemal erträglicher, als selbst von der gnadenlosen Schicksalshand aus dem Leben gerissen zu werden. Und so war auch Jan erleichtert gewesen, als die Fleischerin und ihre Handlanger den Franzosen mitgenommen hatten und nicht ihn selbst. Nichtsdestotrotz hatte die Apathie ihn fest im Griff und auch das Gift der Depression breitete sich unaufhaltsam in seinem Bewusstsein aus und lähmte Antrieb und Lebenswillen. Es war alles sinnlos, so sah es nun mal aus. Ob er nun noch ein paar Tage länger in diesem Schweinestall dahinvegetierte oder nicht – er würde sterben und zu Fleisch- und Wurstwaren verarbeitet in den Mägen anderer Menschen enden.

»Was ist passiert da draußen?«, fragte seine Mitgefangene zwei Zellen weiter. »Ich bin übrigens Alice.«

Jan lag entkräftet an die Wand gelehnt in der Ecke seines Gefängnisses. Trotz der notdürftigen Versorgung seiner Wunden peinigten ihn Schmerzen und auf seinem rechten Auge konnte er nach wie vor nicht richtig sehen. Er warf ihr einen Blick zu. Sie saß mit angezogenen Knien dicht neben der Käfigwand und sah ihn an. In kurzen, abgehackten Sätzen schilderte er ihr seine Flucht und sein unfreiwilliges Aufeinandertreffen mit dem bestialischen Hahn.

»Wie schrecklich«, sagte Alice aufgebracht. »So wie alles hier. Zuerst wähnte ich mich in einem üblen Traum, aber als ich dann realisiert hatte, in was ich hier hineingeraten bin, wollte ich mir meinen Schal nehmen und mich da oben aufhängen.« Sie schaute demonstrativ zu den Stahlstreben des Käfigdachs hinauf. »Aber ich bin Mutter, weißt du? Ich würde alles tun, um meinen kleinen Sonnenschein wieder in die Arme schließen zu können.« Sie schluchzte leise. Jan hätte gern etwas Aufmunterndes gesagt, aber ihm fiel beim besten Willen nichts ein.

»Vielleicht sollte ich die Idee aufgreifen«, entgegnete er stattdessen. »In meine Jeans eine Schlinge knoten und dem Elend ein Ende bereiten.«

»Hör du auch auf, so zu denken. Allerdings würdest du dem verrückten Walross damit zumindest ordentlich eins auswischen.«

»Das bezweifle ich. Die würde meine Schlachtung einfach vorziehen und mich nicht mehr betrauern als ein verendetes Schwein. Aber Walross ist gut.«

»Eine Leiche wäre aber nach gewisser Zeit unbrauchbar für sie. Ich bin auf einem Bauernhof groß geworden und kenne mich ein bisschen aus. Kadaverschlachtung nennt man das. Beim Fleisch von toten Tieren ist die Gefahr groß, dass krankmachende Keime im Rahmen des Verwesungsprozesses entstehen. Ich vermute, dass es sich bei Menschen ähnlich verhält.«

»Hey, umso besser«, sagte Jan mit gespielter Begeisterung. »Dann kann ich mit ausgestrecktem Mittelfinger abtreten.«

»Trotzdem darfst du an so was gar nicht denken. Mein Dad hat immer gesagt: Das Leben ist wie ein Fußballspiel. Wenn du an dich glaubst, kannst du manchmal auch einen aussichtslos aussehenden Rückstand noch drehen.«

Jan schnaubte. »Durchhalteparolen und Phrasen werden an dem Unausweichlichen auch nichts ändern können. Wie sollen wir denn verhindern, dass sie Koteletts und Würstchen aus uns macht?«

Alice erzählte ihm von ihrer Autopanne und ihrem Mann, der alle Hebel in Bewegung setzen würde, um sie zu finden.

»Mag sein«, entgegnete Jan. »Aber sie ist gewieft und alles andere als dumm. Es würde mich nicht wundern, wenn sie dein Auto schnell beseitigt haben. Wenn die Polizei vorbeikommt und nach dir fragt, wird sie ihre Unschuldsmiene aufsetzen und sich völlig ahnungslos geben. Verstellen kann sie sich sehr gut, das musste ich leider feststellen.«

»Wieso das?«

Jan war es peinlich, Alice davon zu erzählen, dass er die verrückte Psychopathin gedatet hatte. Wenn er Barbara jetzt in ihrer Metzgerschürze und dem lächerlich kleinen Schiffchen auf ihrem großen Kopf so sah, fragte er sich, was er überhaupt jemals an ihr gefunden hatte. Leider musste er sich eingestehen, dass seine Einsamkeit und die Minderwertigkeitsgefühle jeglichen Anspruch bei der Partnerwahl ausgeschaltet hatten. Er war leichte Beute gewesen.

Nun war sowieso alles egal, also gab er sich einen Ruck und erzählte Alice, wie er Barbara, oder wie auch immer die Fleischerin wirklich hieß, kennengelernt hatte.

»Du warst höchstens ein bisschen naiv«, sagte Alice, als er fertig war. »Es ist aber keine schlechte Eigenschaft, sich nach Liebe zu sehnen und anderen Menschen ein bisschen Vertrauen entgegenzubringen. Die Alternative wäre, nie jemanden an sich ranzulassen und ganz zu vereinsamen. Mach dir keine Vorwürfe.«

»Mache ich aber, ich hätte ...«

Scheppern gefolgt von leisem Quietschen. Jan und Alice lauschten. Es waren weder Stimmen noch Schritte zu hören. Nach einigen Sekunden tauchte eine Gestalt vor den Käfigen auf. Ein Schlüssel wurde im Schloss umgedreht und Jan sah, wie der Osteuropäer in die Zelle von Alice eintrat. Die war aufgesprungen und drängte sich wie ein verängstigtes Tier in die Ecke.

»Nun stört uns niemand«, zischte der junge Mann. Alice schrie lauthals, als er auf sie zukam, und schlug um sich. Aber er presste ihr irgendetwas auf den Mund, woraufhin ihr Schrei zu einem Wimmern abebbte und ihre Gegenwehr nach und nach erschlaffte.

»Lass sie in Ruhe, Arschloch!« Jan war aufgestanden und rüttelte an der Käfigwand.

»Halt die Fresse und genieß die Show!« Alice lag reglos am Boden und der Slawe machte sich über sie her.

***

Ein beißender Geruch drang in Alices Nase und benebelte augenblicklich ihre Sinne. Sie wollte das Scheusal schlagen, beißen, ihm die Augen auskratzen, aber ihr Körper gehorchte ihr nicht mehr, selbst ihr Stimmorgan versagte seinen Dienst und brachte lediglich noch ein klägliches Wimmern zustande. Tatenlos musste sie über sich ergehen lassen, wie der junge Slawe sie ins Stroh drückte, an ihrer Hose herumhantierte und ihr diese wie auch den Slip rücksichtslos herunterzerrte. Er knöpfte seine Hose auf, zog sie runter und legte sich auf sie. Wenn doch wenigstens auch ihr Bewusstsein abschalten würde, doch ihr Verstand und ihre Körperempfindungen waren vollkommen klar. Als er in sie eindrang, wusste sie genau, was ihr angetan wurde, wieder angetan wurde.

Im zarten Alter von elf Jahren hatte sie diese physische und vor allem psychische Tortur schon einmal durchlitten, als der damalige Freund ihrer Mutter eines Nachts besoffen in ihrem Kinderzimmer erschienen war. Jahrelang hatte sie an der Scham, dem Ekel und der gewaltigen Wut gelitten, für die es kein Ventil gab. Nach einer Psychotherapie war sie schrittweise zurück in die Spur gekommen. Sie hatte einen Selbstverteidigungskurs belegt und sich geschworen, alles zu tun, um nie wieder diese tiefe Ohnmacht und Hilflosigkeit empfinden zu müssen, die damit einherging, wenn man auf niederträchtigste Art und Weise benutzt wurde.

»Na, das gefällt dir doch, du Schlampe!« Der Slawe penetrierte mit jedem Stoß ihre Seele, zerstörte etwas in ihr, das mühsam zusammengeflickt worden war und nun endgültig zerfetzt wurde. Sein Keuchen und Jans Rufe, der den Slawen beleidigte und dazu aufforderte, von ihr abzulassen, drangen wie aus weiter Ferne in ihren Kopf. Als ihr Peiniger in ihr kam, war es, als ströme eine toxische Substanz durch ihr Innerstes, die jede Zelle, jedes Organ kontaminierte und einen Teil ihres Selbsts tötete. Stumme Tränen flossen ihre Wangen hinab und zwischen all ihrem Schmerz kristallisierte sich ein einzelner Gedanke und Wunsch heraus: *Rache. Das Schwein soll für seine Tat mit seinem Leben bezahlen.*

Kapitel 25

»Hallo, Mister Muscle«, raunte die junge Frau, die mit einem Korb in der Hand dastand und ihn lasziv musterte. Trotz der kühlen Jahreszeit war sie luftig angezogen. Um ihre dünnen weißen Beine schlabberte ein grauer Rock wie ein Kartoffelsack. Über ihr tief ausgeschnittenes weißes Top hatte sie eine braune Strickjacke gezogen. Zwei aschblonde Zöpfe baumelten über ihren Schultern. Ihr stumpfer Blick glitt über Harms' Körper und fand schließlich sein Gesicht. Bei genauerem Hinsehen wirkte sie verhärmt und älter, sie mochte Mitte dreißig sein.

»Hallo«, sagte Harms.

»Solchen gut gebauten Kerlen laufe ich selten zufällig über den Weg. Möchtest du zu mir?« Wieder wanderten ihre Augen unverhohlen über seinen Körper.

Harms räusperte sich. »Ich suche Katharina Leclercq. Wohnt sie hier?«

Die Frau ließ sich mit der Antwort Zeit. »Sie mag keine Menschen. Im Gegensatz zu mir, ich mag dich«, sagte sie, ohne Harms in die Augen zu sehen.

»Also wohnt sie hier?«

»Nein«, entgegnete die Frau mit plötzlicher Schärfe. »Das hat mein Bruder dir doch schon gesagt.« Sie führte die Spitze ihres Zeigefingers an die Lippen und winkte Harms zur Seite, weg von dem Tor. »Wollen wir Spaß haben? Möchtest du dich mit mir austoben?« Sie grinste obszön und strich mit dem Finger auf Brusthöhe über seine Lederjacke.

Unwillkürlich machte er einen Schritt zurück. Zuvor hatte er gesehen, dass in ihrem Korb irgendwelche braunen Pilze lagen. Seines Wissens begann die Pilzsaison erst im Frühling.

Wahrscheinlich raucht sie die, das würde einiges erklären, dachte Harms und sagte lapidar: »So schnell geht das bei mir nicht.«

»Nur keine falsche Scham. Ich mach auch alles, was du willst.« Sie leckte sich aufreizend über die spröden Lippen.

»Wer führt denn die Fleischerei und wie lange schon?«

»Na, Claude, und schon lange«, sagte sie desinteressiert. »Wusstest du, dass ich keine Unterwäsche trage?«

»Nein, das ist aber genau die neue Erkenntnis, die ich mir erhofft hatte.«

Sie griff an den Saum ihres Rockes und zog ihn Stück für Stück höher. »Willst du was Schönes sehen, Mister Muscle?«

»Wann hattest du deinen letzten Orgasmus, Süße?«

Perplex hob sie eine Augenbraue und lächelte. »Lass mich überlegen.« Ihre Augen bewegten sich nach rechts. »Heute Morgen, als ich es mir selbst gemacht habe.« Harms lächelte, zog sein Handy aus der Hosentasche und öffnete die Bilddateien. »Und du?«

»Och, das ist länger her.«

»Ich bin dir gern behilflich.«

Als er wieder zu ihr sah, zog sie den Rock noch weiter hoch und gewährte ihm einen Blick auf ihren rasierten Venushügel.

»Na, gefällt dir das?« Sie kicherte.

Ohne darauf einzugehen, hielt Harms ihr das Bild von Jan auf seinem Smartphone vors Gesicht. »Schon mal gesehen?«

Sie schaute mit einer Art kindlichen Neugier auf das Handy und der Anflug eines Grinsens trat in ihr Gesicht. Dann bewegten sich ihre Augen nach links. »Ganz süß, aber kenn ich nicht.« Während Harms sein Handy wegsteckte, huschte sie an ihm vorbei zum Tor. Sie schloss auf, zog eine der Flügeltüren ein Stück auf und schob sich hindurch. Nachdem sie die Tür wieder geschlossen hatte, ging sie am Zaun entlang, bis sie auf Harms' Höhe stand. »Gibst du mir deine Handynummer, Mister Muscle?«

Harms schüttelte kaum merklich den Kopf. »Ich geh mal wieder. Schönen Tag noch!«

Sie schaute ihn schmollend an. »Willst du nicht rein?«, fragte sie und rüttelte am Zaun. »Männer wollen doch immer rein. Dorthin, wo es eng und feucht ist.«

Er hörte sie in seinem Rücken kichern, als er zu seinem Wagen ging und einstieg. Sie winkte ihm nach, als er im Schneckentempo rückwärts in Richtung Hauptstraße fuhr.

Während der Fahrt zurück zu seiner Unterkunft trommelte Harms mit den Fingern den Takt des Popsongs aufs Lenkrad, der leise im Autoradio dudelte. Die verstörende Begegnung mit der Nymphomanin hatte seine Laune gesteigert. Er wusste zwar nicht, wie die Dinge zusammenpassten und wo Katharina Leclercq geblieben war, aber er war sich sicher, dass die Nymphomanin gerade bei der Frage nach Jan gelogen hatte. Sein alter Freund Franz, der während ihrer gemeinsamen Zeit bei der Polizei so etwas wie ein Mentor für Harms gewesen war, hatte ihm einmal einen Trick beigebracht, mit dem man feststellen konnte, ob jemand log. Demnach war das menschliche Gehirn in eine linke und eine rechte Hemisphäre unterteilt. In einer Hälfte war das Langzeitgedächtnis untergebracht, während die andere für die Vorstellungskraft zuständig war. Stellte man jemandem eine Frage, wanderten dessen Augen unwillkürlich zu der Seite, die er gerade in Anspruch nahm. Bei der Frage nach ihrem letzten Orgasmus hatte die Frau sich erinnert und nach rechts geschaut. Als er sich nach Jan erkundigt hatte, hatten sich ihre Augen auf die andere Seite, zur kreativen Hemisphäre, bewegt. Sie hatte also gelogen. Das aufkeimende Grinsen in ihrem Gesicht, das Harms' aufmerksamem Blick nicht entgangen war, hatte ihn endgültig davon überzeugt, dass sie Jan schon einmal gesehen hatte.

»Ach Mist«, murmelte er, als er vor dem Gasthof parkte und den Motor abstellte. Er war so in Gedanken versunken gewesen, dass er völlig vergessen hatte, nach seinem Freund, dem Lamm, zu schauen. Bei der nächstbesten Gelegenheit nahm er sich vor, das nachzuholen. Als er den Gasthof betrat und einen Blick in die Wirtsstube warf, sah er Louis vor sich hin summend einen der Holztische abwischen.

»Ah, Harms, *mijn vriend*!« Er blickte auf und lächelte breit. »Kommen Sie voran?«

»Ich hoffe doch.« Harms machte ein paar Schritte in die Gaststube hinein und lehnte sich gegen die Theke. »Sagen Sie mal, kennen Sie die Fleischerei Wonnenschmaus?«

»Klar, gehört zu meinen Stammlieferanten.« Er hob die rechte Hand und formte aus Daumen und Zeigefinger einen Kreis. »Erstklassige Ware. Ihnen hats bisher doch auch geschmeckt, oder?«

»In der Tat.« Harms nickte. »Wissen Sie, wer der Inhaber der Fleischerei ist?«

Louis betrachtete ihn mit nachdenklicher Miene. »Das weiß ich gar nicht genau. Ich gebe die Bestellungen telefonisch durch und geliefert wird die Ware von einem Angestellten, nehme ich an, einem Osteuropäer. Der ist eher wortkarg.«

»Verstehe. Und die Metzgerin kennen Sie nicht?«

»Metzgerin? Mit einer Frau hatte ich da noch nicht zu tun. Wieso?«

»Ach nur so, dann habe ich mich da vertan. Ich komme nachher zum Essen runter.«

»Das will ich hoffen. Meine Frau zaubert schon in der Küche.«

»Ich bin gespannt.« Harms winkte und ging hoch in sein Zimmer.

Den Nachmittag nutzte er, um sein weiteres Vorgehen zu planen und sich auszuruhen. Als er die Wirtsstube gegen achtzehn Uhr mit knurrendem Magen wieder betrat, schallte ihm munteres Stimmengewirr entgegen. Zahlreiche Männer, manche in dunkelgrüner Jägeruniform, saßen an den Tischen und unterhielten sich angeregt bei Speis und Trank. Überrascht von dem regen Betrieb war Harms am Eingang stehen geblieben und sah sich nach einem freien Platz um. Als Louis, der hinter der Theke stand, ihn entdeckte, lächelte er entschuldigend und kam zu ihm.

»Das wöchentliche Treffen unseres Jägervereins.« Der Wirt legte ihm eine Hand auf die Schulter. »Ich habe dir einen Platz freigehalten.« Er führte Harms an der Theke entlang zu einem unbesetzten Tisch in der Ecke und zog demonstrativ den Stuhl zurück, der über den Steinboden schabte. Harms bedankte sich und nahm Platz. »Heute gibt es Wildschweinfilet an Rotweinsoße mit Preiselbeeren und dazu Kartoffelspalten«, sagte Louis begeistert. »Was trinkst du? Ich habe einen ausgezeichneten Chardonnay da …«

»Eine Cola light reicht«, sagte Harms. Er hatte aus der Vergangenheit gelernt und wollte heute nüchtern bleiben. Die Rotweinsoße würde schon nicht zu einem nennenswerten Alkoholpegel führen.

»Bring ich dir sofort.« Louis entfernte sich flinken Schrittes. Keine drei Meter vor Harms' Tisch, neben der Theke, loderte ein Feuer in einem offenen Kamin. Darüber hingen die Köpfe eines Wildschweins, eines Hirsches und weiterer Tiere an der Wand. Der Anblick der ausgestopften Tierschädel weckte unangenehme Erinnerungen an eine Menagerie der ganz besonderen Art. Harms wandte den Blick ab und sah Louis wieder an seinen Tisch treten.

»Essen kommt gleich.« Louis stellte ein Glas Cola vor Harms auf den Tisch und kehrte hinter die Theke zurück.

Harms trank einen Schluck, während er Gesprächsfetzen der Jäger aufschnappte: »… war bestimmt eine Wildschweinrotte. Nachts allein möchte ich den Biestern nicht begegnen …«, »… ist vielleicht wieder ein Raubtier aus dem Wildpark ausgebüxt, wie damals der schwarze Panther …«.

»Hey, Sportsfreund, darf ich?« Der Harrison-Ford-Verschnitt war zu Harms an den Tisch getreten und deutete lächelnd auf den freien Platz ihm gegenüber.

Armin ist sein Name, erinnerte sich Harms. »Klar, nur zu.« Der Mann zog sich seine blaue Daunenjacke aus, hängte sie über die Stuhllehne und nahm Platz. Darunter trug er ein dunkelblaues Sweatshirt.

Kurz darauf servierte der Wirt das Essen und wünschte Harms einen guten Appetit. Die Wildschweinmedaillons schwammen in reichlich Soße. Armin bestellte dasselbe. »Wissen Sie zufällig, wovon die Leute reden?«, fragte Harms, als sie wieder unter sich waren. Armin sah ihn mit großen Augen fragend an. »Wildschweinrotte, Raubtiere …«, half Harms ihm auf die Sprünge.

»Ach so. Zeitungs-Oscar ist tot und ziemlich zugerichtet im Wald gefunden worden.« Jetzt musste Harms ein dickes Fragezeichen im Gesicht stehen haben, denn sein Gesprächspartner fuhr erklärend fort: »So nannten ihn alle. Ein Mann aus dem Dorf, geistig etwas zurückgeblieben, der immer nachts mit seinem Moped die Zeitungen austrug. Offenbar hat ihn ein Tier angefallen.«

»Scheint eine gefährliche Gegend zu sein.« Harms begann zu essen und genoss das wunderbar zarte und saftige Wildschweinfilet.

»Vielleicht hat den armen Oscar auch ein Voirloup getötet. Louis hat mir erzählt, was Sie bei dem Schamanen erlebt haben. Die Gegend ist voller Legenden. Wenn ich mit einer Gruppe draußen beim Campen bin, habe ich am Lagerfeuer immer was zu erzählen.«

Der Wirt brachte nun auch Armin sein Essen, der sich sichtlich erfreut sogleich darüber hermachte. »Haben Sie schon von der Hirschlegende gehört?«, fragte er mit vollem Mund.

Harms schüttelte kauend den Kopf.

»Trug sich Ende des 6. Jahrhunderts angeblich im Wald von Saint Hubert zu, nicht weit von hier entfernt. Nach dem Tod seiner Frau wandte sich der Pfalzgraf Hubertus verbittert von Gott und den Menschen ab und lebte als Einsiedler im Wald. Er fand Ablenkung in der Jagd und brachte viele Tiere zur Strecke, nicht um zu überleben, sondern aus purer Lust am Töten. An einem Karfreitag jagte er einen riesigen Hirsch mit einem prächtigen Geweih. Gerade legte er seine Armbrust an und wollte das Tier schießen, als dieses sich zu ihm herumdrehte. Zwischen den Geweihstangen sah Hubertus ein Kreuz aufleuchten. Eine Stimme forderte ihn auf, sein Verhalten zu ändern. Hubertus kniete nieder und versprach, sich zu läutern. Fortan jagte er nur noch zur Nahrungsbeschaffung und begann Gott und den Menschen zu dienen. Er wurde Mönch und später Bischof von Maastricht und Lüttich. Noch später wurde er heiliggesprochen und als Schutzpatron der Jagd auserkoren. Jedes Jahr am 3. November, seinem Gedenktag, wird in der berühmten Basilika St. Peter und Paul in Saint Hubert das Hubertusfest gefeiert.«

»Das ist ja höchst interessant. Und was hat es mit diesem Voirloup auf sich?« Harms schaufelte ein paar Preiselbeeren auf seine Gabel, die im Loch einer Ananasscheibe am Rande des Tellers arrangiert worden waren.

Armin beugte sich verschwörerisch ein Stück vor, das Kaminfeuer in seinem Rücken knackte laut.

Mit gesenkter Stimme sagte er: »Das sind dämonische Kreaturen der Nacht.« Er richtete sich wieder auf, aß weiter und fuhr fort: »Die Legende kommt ursprünglich aus dem französischen Teil der Ardennen, aber auch hier sollen die Kreaturen immer wieder in Erscheinung getreten sein. Erstmals wurde im Mittelalter von ihnen berichtet. Ein Pater namens Vivien de Maraye-en-Othe wurde von dem schwerkranken Balthazar Cornarot herbestellt, um ihm das Sakrament der Krankensalbung zu erteilen. In einer nebligen Vollmondnacht näherte er sich dem Haus des Kranken durch den Wald, als sich ihm ein Rudel der fürchterlichen Kreaturen in den Weg stellte. Der Sterbende hatte nämlich lange vor seiner Krankheit einen Pakt mit dem Teufel geschlossen, und dieser pochte nun auf seine Seele. Deswegen wollten die Kreaturen verhindern, dass der Geistliche diesen Pakt durch die Salbung auflöste. Doch Pater Vivien verätzte die Haut der diabolischen Geschöpfe mit Weihwasser und konnte sich so einen Weg zum Haus bahnen und den alten Mann retten.«

»Ja, Weihwasser kann einem sehr gute Dienste erweisen«, sagte Harms lakonisch und kratzte die letzten Reste seines Essens, das vorzüglich geschmeckt hatte, vom Teller.

»Ich glaub ja nicht wirklich an diese Geschichten.« Armin tunkte ein Stück Fleisch in seine Preiselbeeren, »Aber zur Unterhaltung am Lagerfeuer oder Kamin erfüllen sie immer wieder ihren Zweck.«

»Das kann ich mir vorstellen und in vielen Legenden ist zumindest ein Funke Wahrheit enthalten.« Harms, der das aus eigener Erfahrung wusste, tupfte sich den Mund mit seiner Serviette ab.

»Stimmt. Was an den Voirloups auch noch interessant ist …«

»Ich möchte nicht unhöflich sein«, unterbrach ihn Harms. »Aber ich muss los. Erzählen Sie mir gern bei Gelegenheit mehr darüber.«

Armin nickte verständnisvoll. Harms wünschte ihm beim Aufstehen noch einen guten Appetit und verabschiedete sich. Es wurde Zeit, handfeste Fortschritte bei der Angelegenheit zu machen, wegen der er eigentlich hier war.

Kapitel 26

Der Mond lugte zwischen Wolkenlücken am Nachthimmel hervor und ergoss sein trübes Licht auf die verlassene Fahrbahn, auf der Harms mit mäßigem Tempo unterwegs war.

»In 300 Metern rechts abbiegen«, verkündete sein Navigationsgerät. Harms hatte beschlossen, sich die Fleischerei näher anzuschauen und dafür am Nachmittag mithilfe von Google Earth und Google Maps einen Plan erarbeitet. Dabei war ihm ein kleiner See aufgefallen, der rund zwei Kilometer von seinem Ziel entfernt lag. Dort wollte er seinen Wagen abstellen, um den Rest des Weges zu Fuß zu dem Anwesen zurückzulegen.

Nachdem er abgebogen war, holperte er über eine unebene Buckelpiste in den Wald hinein. Nach einigen Hundert Metern endete der Weg in einer mit Unkraut überwucherten und von dichten Baumreihen umgebenen kleinen Lichtung, an deren Rand er parkte.

Harms trug seinen Parka und robuste Einsatzstiefel aus wasserdichtem Leder, die er auch meist im Dienst während seiner Zeit bei der Polizei angehabt hatte. Auf dem Beifahrersitz lag seine Ausrüstung bereit. Er streifte sich eine schwarze Sturmhaube über den Kopf und setzte ein Infrarot-Nachtsichtgerät auf, dessen leichtes Aluminiumgestell in ein Stirnband integriert war. Schließlich griff er nach einem kleinen Rucksack mit einigen Werkzeugen und dem Holster auf der Rückbank, das seine ehemalige Dienstwaffe enthielt – eine Selbstladepistole im Kaliber neun Millimeter des Typs HK SFP9 von Heckler & Koch.

Nachdem er das Auto verlassen hatte, schnallte er sich das Holster und den Rucksack um und schaltete das Nachtsichtgerät ein. Die Umgebung wurde daraufhin in Schwarz-Weiß sichtbar. Anders als ältere Modelle wies sein Gerät keinen Grünstich auf. Vor ihm führte ein schmaler Weg durch Gestrüpp zu dem See, der den Namen kaum verdiente und eher einem Tümpel glich. Harms setzte sich in westlicher Richtung in Bewegung und trat durch dornige Brombeerbüsche in den Wald hinein. Niedrige Tannen wichen nach und nach hohen Fichten, die so dicht beieinanderstanden, dass sie das meiste Mondlicht schluckten. Ohne sein Nachtsichtgerät wäre er aufgeschmissen gewesen. Eine merkwürdige Stille umgab ihn. Außer dem leisen Knacken von Ästen und Tannenzapfen unter seinen Schritten war nichts zu vernehmen. Das Fehlen jeglicher Tiergeräusche ließ Nervosität in ihm aufkeimen.

Er hatte gut einen Kilometer zurückgelegt, als er das Gefühl bekam, dass etwas nicht stimmte. Es war mehr eine außersinnliche Wahrnehmung, eine Art siebter Sinn, als eine handfeste Beobachtung. Doch diese Empfindung, bei der es ihm unvermittelt kalt den Rücken hinablief, als würde eine Spinne seine Wirbelsäule hinunterkriechen, hatte ihm während seines Berufslebens schon öfter wertvolle Dienste geleistet. Kurz drang ein Ereignis vor vielen Jahren in sein Bewusstsein, als er mit seinem damaligen Partner bei der Polizei, Jürgen Markusen, einem serbischen Drogenring auf der Spur gewesen war. Sie hatten zwei der Typen zu einem Waldstück verfolgt, wo diese aus ihrem Transporter mehrere Kartons zu einer nahe gelegenen Angelhütte trugen. Markusen schlug vor, sie in der Hütte zu stellen. Er und Harms näherten sich dem Holzhäuschen mit gezogenen Waffen, als Harms' innere Alarmsirenen schrillten. Er hielt seinen Partner im letzten Moment davon ab, die Hütte zu betreten, die, wie sich später herausstellte, mit Sprengfallen versehen war. Die Serben, die durch einen Spitzel von der Beschattung erfahren hatten, waren durch den Hinterausgang und tauchend durch den angrenzenden See verschwunden. Sie hatten ein eindrucksvolles Exempel statuieren wollen, dass man ihren Machenschaften besser nicht in die Quere kam und beinahe wäre ihnen dies gelungen.

Jetzt teilte Harms' Gefühl ihm mit, dass er nicht allein war. Er blieb stehen, presste sich mit dem Rücken an einen Baumstamm und lauschte konzentriert. Anhaltende Stille. Eine Weile vernahm er nichts weiter als seinen leisen Atem und seinen Herzschlag. Doch dann gesellte sich für einen kurzen Moment ein kaum wahrnehmbares Rascheln irgendwo hinter ihm dazu. Es hätte von einem Eichhörnchen oder Hasen stammen können, überlegte Harms, nur das hätte sein Alarmsystem nicht ausgelöst. Bedächtig zog er seine Pistole aus dem Holster, wandte sich um und spähte im Schutz des Baumstamms in den nächtlichen Wald. Die zahllosen Bäume erinnerten an ein überdimensionales Nadelkissen. Das Erdreich war vielerorts mit Weiden und Gestrüpp überwachsen. Das Rascheln kam aus den Büschen schräg gegenüber und wurde stetig lauter. Irgendjemand oder etwas näherte sich. Ein kurzes scharfes Schnauben bestätigte, dass es sich nicht um ein Kleinlebewesen handelte. Es hatte eher wie ein Pferd geklungen, das die Luft kräftig durch die Nüstern ausbläst.

Harms ließ sich auf ein Knie sinken und richtete die Waffe auf eine lichte Stelle im Unterholz, wenige Meter gegenüber von seiner Position. Zu dem kontinuierlichen Rascheln gesellte sich jetzt das Knacken von Ästen. Dann ein Blasen, das scharfe Ausstoßen von Luft und kehliges Knurren. Auf einmal erstarben alle Geräusche auf einen Schlag, als hätte was auch immer sich durch das Gestrüpp bewegt, plötzlich innegehalten und einen Hinterhalt gewittert.

Harms' Herz trommelte heftig in seiner Brust. Mit schussbereiter Waffe visierte er die auserkorene Stelle an. Wieder Knurren, guttural und nah, welches in eine Kakofonie von anschwellenden, bedrohlichen Lauten überging. Harms schluckte trocken, seine Sinne waren zum Zerreißen gespannt. Unversehens schoss mit enormer Geschwindigkeit ein massiver Körper aus dem Gehölz direkt auf ihn zu. Harms blieb in seiner Position und wollte gerade den Abzug drücken, als das Tier, begleitet von einem schrillen Quieken, einen Haken schlug und zur Seite weggaloppierte. Der gedrungene Körper und der keilförmige Kopf mit den beeindruckenden aufwärts gekrümmten Eckzähnen wiesen das Tier als Keiler aus.

Kräftig durchatmend stand Harms auf, steckte die Pistole zurück ins Holster und machte sich auf seinen weiteren Weg.

Als er höchstens noch einige Hundert Meter von seinem Ziel entfernt sein konnte, beschlich ihn erneut die

Ahnung einer akuten Gefahr. Er blieb stehen und drehte sich etappenweise um die eigene Achse, während er die Umgebung aufmerksam durch das Nachtsichtgerät absuchte. Dass das Wildschwein ihm nachstellte, hielt er für unwahrscheinlich. Normalerweise waren die Tiere eher menschenscheu. Hier und da waren das typische leise Knacken und Rascheln zu vernehmen, wie es in einem nächtlichen Wald vorkam. Da ihm nichts Ungewöhnliches auffiel, ging er weiter, nur um nach ein paar Metern wieder stehen zu bleiben. Er legte seine Rechte griffbereit an das Pistolenholster und überlegte fieberhaft, was ihn beunruhigte, wo doch offensichtlich keine unmittelbare Gefahr drohte. Nebenbei stellte er fest, dass das Grundstück der Fleischerei auf dieser Seite anscheinend nicht umzäunt war. Er hätte den Zaun schon längst erreichen müssen, wäre dieser im selben Abstand zum Anwesen errichtet worden wie bei der Zufahrtsstraße im Wald. Womöglich hielt man es für unwahrscheinlich, ungebetenen Besuch aus dieser Richtung zu bekommen.

Harms machte einen Schritt vorwärts und bemerkte, wie sich die Härchen auf seinen Unterarmen aufrichteten. Ein weiterer Schritt. Noch im selben Moment, als er den leichten Widerstand an seinem Schienbein spürte, warf er sich, veranlasst durch seinen Instinkt und seine seit dem intensiven Nahkampftraining bei der Bundeswehr geschulten Reflexe, blitzartig zur Seite. Er rollte sich auf dem Waldboden ab, als einem Klappern ein lautstarkes Scheppern folgte. Von oben aus den Baumreihen war etwas Schweres auf die Erde gekracht. Liegend blickte Harms erschrocken auf die massiven Holzbalken einer

Konstruktion, die keinen Meter von ihm entfernt aufragte. Nur seiner Geistesgegenwart hatte er es zu verdanken, dass der längliche Bretterkäfig ihn nicht unter sich begraben hatte. Er hätte sogar tot sein können, wenn das Behältnis mit voller Wucht gegen seinen Kopf gekracht wäre.

Harms stand auf und beglückwünschte sich gedanklich, dass er nüchtern geblieben war. Ein gewisser Alkoholpegel hätte ihn auf jeden Fall um die Sekundenbruchteile langsamer gemacht, die hier entscheidend gewesen waren. Er strich Zweige und Tannennadeln von seinen Sachen und richtete sein Nachtsichtgerät, das etwas verrutscht war, bevor er das Konstrukt genauer anschaute. Es war etwa zweieinhalb Meter lang und maß in Höhe und Tiefe um die anderthalb Meter. Womöglich war die Falle für ein Wildschwein gedacht.

Hoch konzentriert und genauestens voraus auf den Boden schauend, näherte sich Harms weiter seinem Ziel. Keine Minute später hatte er den Waldrand erreicht und verharrte. Hinter einem kurzen zugewucherten Rasenstück erhoben sich die dunklen Umrisse mehrerer Gebäude. Von seiner Google-Earth-Recherche wusste er, dass sich um einen zentralen Hof ein unförmiges Wohnhaus und mehrere Flachbauten gruppierten, bei denen es sich vermutlich um landwirtschaftliche Gebäude und Hofanlagen handelte. In geduckter Haltung lief er über den Rasen zu einem der länglichen Gebäude und drückte sich mit dem Rücken an die steinerne Wand. Stille umgab ihn, während er überlegte, wie er nun eigentlich genau vorgehen wollte. Er beschloss, sich einige der Bauten von innen anzuschauen. Wenn nötig, würden ihm die Werkzeuge in seinem Rucksack Zutritt verschaffen, doch er ging davon aus, dass zumindest die Wirtschaftsgebäude nicht wie Tresorräume gesichert waren.

Vorsichtig schob er sich um die Ecke auf der Suche nach einem Eingang, als er ein leises Wimmern vernahm. Es hatte ähnlich geklungen wie das klägliche Meckern des Lamms in der Grube. Das Geräusch stammte anscheinend von der Scheune links von ihm. Kies knirschte leise unter seinen Schritten, als er am Rande des Hofs darauf zuschlich. Unterwegs erhaschte er einen Blick auf das zweistöckige Wohnhaus. Aus einem der Fenster im Erdgeschoss drang schwaches Licht. Mit der Schulter drückte er sich an die Längswand der Scheune und lauschte. Da war das herzzerreißende Wimmern wieder, es drang zweifelsohne aus diesem Gebäude.

Geduckt eilte er an der Wand entlang, trat um die Ecke und näherte sich der angelehnten Tür. Vorsichtig zog er sie auf und spähte hinein. Im hinteren Bereich des spärlich von einer Stalllaterne beleuchteten Baus befanden sich drei Abteile mit hüfthohen Holzgattern. Vor dem mittleren stand mit dem Rücken zum Eingang ein gedrungener Mann mit schütterem schwarzem Haar, der ein kläglich wimmerndes Schaf von hinten mit einem Stock penetrierte. Als ein elektrisches Surren einsetzte, welches dem Schlaf erneut ein klägliches Jammern entlockte, wurde Harms klar, dass es sich um einen Elektroschocker handelte. Er schluckte trocken und schob sich leise in die Scheune hinein.

Die Tierquälerei ließ ihn an Zoophilie denken, die verbreiteter war, als man dachte. Während seines Polizeidienstes hatte Harms mehrfach in die Abgründe geschaut, die sich hinter den Fassaden einsamer Bauernhöfe im ländlichen Niedersachsen auftaten. Einmal hatten sie sogar einen illegalen Tierpuff hochgenommen. Ein Bauer hatte seine Ziegen, Schafe und Pferde stundenweise zahlungswilligen Interessenten zur Verfügung gestellt. An derlei Machenschaften gewöhnt hatte Harms sich freilich nicht. Er war angewidert.

Der Mann drehte den Kopf und sah ihn erschrocken an. Harms zückte im Näherkommen die Waffe und richtete sie auf ihn. Der Typ schubste das Schaf unsanft von sich, welches mähend in das mit Stroh ausgelegte Abteil stolperte.

»Was zum Teufel soll das?«, fragte er wütend und machte Anstalten, den Elektroschocker einzusetzen, an dessen Spitze Schleim und Blut klebte. Er kam nicht dazu, denn gerade als er die Frage beendet hatte, schlug Harms ihm das Griffteil seiner Pistole gegen die Schläfe, woraufhin er den Elektroschocker fallen ließ und bewusstlos zusammensackte. Harms fing den Mann auf, indem er unter seine Achseln griff, und schleppte ihn in das Abteil. Das Schaf, das neben zwei anderen stand, sah ihn anklagend an, als wolle es sich beschweren, dass er seinen Peiniger hierherbrachte.

Harms ließ den Mann ins Stroh fallen, steckte seine Waffe zurück ins Holster und kehrte zum Eingang zurück. Gerade wollte er den Stall verlassen, als ein Riese den Türrahmen ausfüllte und Harms an der Kehle packte. Mit schreckgeweiteten Augen schnappte der röchelnd nach Luft. Harms wurde einige Meter zurück in die Scheune geschoben und bemerkte am Rande seines Sichtfeldes, dass weitere Personen hereinkamen. Plötzlich stieß ihn der Riese kraftvoll von sich, sodass Harms rückwärts durch ein Gatter krachte, dessen Holz laut zerbarst. Er landete im Stroh, Schmerzen flammten in seinem Rücken auf. Sofort wollte er nach der Pistole greifen, aber der Hüne war schon über ihm, beugte sich herunter und verpasste ihm einen knallharten Faustschlag gegen die linke Schläfe. Benommen spürte Harms, wie sein Angreifer die Pistole aus dem Holster nahm.

»Danke sehr«, sagte der Mann, bevor er Harms mit einem weiteren Faustschlag endgültig ausknockte.

Kapitel 27

Der weiche Untergrund fühlte sich so kuschelig an, dass Harms sich in einem gemütlichen Bett wähnte, bis die Realität phasenweise zu seinem benebelten Bewusstsein durchdrang. Zuerst dämmerte ihm, bedingt durch den pochenden Kopfschmerz, dass etwas nicht stimmte, dann verstärkten ein unangenehmer Geruch und ein leises Wimmern diesen Eindruck noch.

Er schlug die Augen auf, blinzelte und richtete sich auf. Stroh, eine nackte Ziegelwand und Stahlgitter auf drei Seiten gelangten in sein Blickfeld. Während er sich umsah, kehrte die Erinnerung an die vorangegangenen Ereignisse zurück. Er rieb sich über die Schläfe, als er jenseits des Gitters neben ihm eine Gestalt ausmachte, die dort an die Wand gelehnt dasaß, als würde sie auf der Couch relaxen. Erst bei genauerem Hinsehen erkannte er in dem Halbdunkel, dass der Mann eher desillusioniert und abgekämpft wirkte als entspannt.

Der Mann drehte den Kopf und sah Harms direkt an. Wegen des ramponierten Auges, das einem Kraterloch glich, dem unregelmäßig sprießenden Bart und einer deutlichen Gewichtszunahme benötigte Harms einen Moment, bis er ihn erkannte.

»Hallo, Jan. Ich habe dich gesucht.«

»Wer sind Sie?« Jans Stimme klang apathisch.

Harms stellte sich vor und nutzte die Zeit für eine kurze Bestandsaufnahme. Sie hatten ihm seine Jacke und die Ausrüstung abgenommen, ansonsten war er, bis auf die Kopfschmerzen, unversehrt. »Lisa hat mich darum gebeten, dich zu suchen.«

»Lisa.« Der Ansatz eines Lächelns zuckte über Jans Lippen. Harms stand auf, sah sich gründlich um und überprüfte die Gitterwände hinsichtlich ihrer Stabilität. Dabei entdeckte er die Frau, die auf der anderen Seite neben seiner Zelle zusammengekrümmt lag und wimmerte.

»Wer ist das? Was ist mit ihr?«, fragte er an Jan gewandt.

»Sie heißt Alice. Eins der Arschlöcher hat sich an ihr vergangen.«

Harms ging vor dem Gitter, das sie trennte, in die Hocke. »Hör zu, Jan. Ich bringe uns hier raus, aber das schaffe ich nur mit deiner Hilfe. Zuallererst musst du mir erzählen, was geschehen ist. Wer sind diese Leute? Warum halten sie euch gefangen?«

Jan sprach bedächtig und stockte immer wieder auf der Suche nach den richtigen Worten, doch in der Folge berichtete er Harms alles, was er wusste und erlebt hatte. Den verstörenden Vorfall mit der Frau, die ihn mit der Verheißung von Freiheit zum Sex genötigt hatte, ließ er unerwähnt, weil er sich schämte. Mehrfach musste Harms schwer schlucken. Die Tatsache, dass hier Menschen wie Vieh geschlachtet und zu Koteletts und Würstchen verarbeitet wurden, lag schwer in seinem Magen. Als er daran dachte, dass der Wirt zu den Kunden der Fleischerei zählte, wallte Übelkeit in ihm auf. Er ahnte, dass er selbst in den letzten Tagen nicht nur Tierfleisch verzehrt hatte.

Jan berichtete gerade von einem extrem aggressiven Kampfhahn und den Verletzungen, die dieser ihm zugefügt hatte, als ein Klappern und Quietschen ertönte. »Sie kommen«, sagte Jan.

Harms, der sich zwischenzeitlich wieder ins Stroh gesetzt hatte, stand auf, trat an die Käfigtür und schaute zum Gang, der zwischen den Abteilen mit den Schweinen hindurchführte.

Mehrere Gestalten näherten sich im Schritttempo, angeführt von einer massigen Person mit einer Laterne in der Hand. Die Fleischerin, der Harms bei dem abweisenden Einheimischen begegnet war, stellte diese in Seelenruhe vor seinem Käfig ab, erhob sich wieder und musterte ihn heiter. Hinter ihr gruppierten sich der Tierficker, der Riese, der ihn k. o. geschlagen hatte, und ein junger Mann slawischen Typs mit rundlichem Gesicht, hohen Wangenknochen und emotionslosen Augen. Lilly, die auch dabei war, zwinkerte ihm belustigt zu, während sie einen Lutscher zwischen ihren Lippen verschwinden ließ.

»Ein Prachtexemplar ist uns da ins Netz gegangen«, gluckste die Fleischerin mit ihrer Fistelstimme und betrachtete ihn selbstgefällig. »Ein stattlicher, wohlgenährter Mann.«

Harms starrte finster durch das Stahlgitter in das feiste Gesicht der Frau, die eine schmutzige Schlachterschürze trug. Das kleine Schiffchen auf ihrer ungebändigten rötlich-blonden Haarmähne wirkte grotesk. »Wer sind Sie? Katharina Leclercq?«

Harms meinte Überraschung in ihren Schweinsäuglein aufblitzen zu sehen.

»Ich bin Nanna, die Mutter«, sagte sie bedeutungsschwer.

»Ich würde vorschlagen, Sie machen nicht alles noch schlimmer und lassen uns gehen. Man weiß, dass ich hier bin …«

Die Fleischerin kicherte und entblößte die Lücke zwischen ihren Schneidezähnen. »So? Wer weiß das denn? Ihren Wagen haben meine Jungs verschwinden lassen und wenn jemand kommt und nach Ihnen fragt, werden Claude und Lilly sie schon abwimmeln.« Die Fleischerin warf dem Mann mit dem schwarzen Schnauzer und der Nymphomanin einen Blick zu.

»Der Tierquäler und die untervögelte Schrapnelle, prima«, höhnte Harms.

»Halt dein dummes Maul!« Claude preschte vor, stieß dabei scheppernd gegen das Gitter und griff nach Harms' Kehle. Der machte einen Schritt zurück und schlug die Hand wie eine lästige Fliege weg.

Lilly zog einen Schmollmund und guckte ihn tadelnd an.

»Ruhig bleiben«, intervenierte die Fleischerin.

»Sie können nicht ständig Leute verschwinden lassen. Sie werden damit nicht durchkommen. So läuft das nicht«, sagte Harms.

Nur ihre röter werdende Gesichtsfarbe kündigte die Explosion an, die sich wie ein plötzlicher Donnerknall an einem zuvor wolkenlosen Himmel entlud. »Du sagst mir nicht, wie was zu laufen hat«, keifte die Fleischerin. Harms machte unwillkürlich noch einen Schritt zurück. Sie schnaufte unwirsch und fuhr mit ruhigerer Stimme fort: »So ganz unrecht hast du aber nicht. Es sollte für eine Weile Ruhe einkehren. Praktischerweise feiern wir morgen unser Luna-Plena-Fest. Dabei werdet ihr alle sterben und da von euch nichts übrig bleiben wird, wird nie jemand erfahren, dass ihr hier gewesen seid.«

Kapitel 28

Die Fleischerin stand in einem mit Edelstahlmöbeln ausgestatteten Raum, den sie prosaisch als Kräuterkammer bezeichnete, und stellte Jerky her. In der Luft lag ein Potpourri aus Düften, das von Kräutern, Gewürzen, Pflanzen und dubiosen Substanzen herrührte, die sich auf Wandregalen in Einmachgläsern, Fläschchen und Schachteln aneinanderreihten. Es gab braune Flaschen mit Würzsoßen, Gewürzstreuer aus dem Supermarkt und Behältnisse mit Blüten und Blättern narkotischer Pflanzen wie Tollkirsche, Schierling und Ackerwurz. Einige Tiegel enthielten besondere Stoffe wie ein schleimiges weißes Sekret, bei dem es sich um an Sonntagen gewonnenes Sperma handelte.

Die Fleischerin schnitt mit einem Messer eine vor ihr auf der Arbeitsfläche liegende Scheibe saftigen roten Fleisches in dünne Streifen, das von dem Franzosen stammte. Mit ihren fülligen Fingern war sie für diese Art von filigraner Handarbeit nicht gerade prädestiniert. Als sie fertig war, rümpfte sie unzufrieden die Nase, weil die Streifen für ihren Geschmack zu dick geworden waren. Doch sie wusste sich zu helfen, schließlich war sie ein ausgesprochen helles Köpfchen.

Tatsächlich halte ich mich sogar für mindestens doppelt so schlau wie andere Menschen meiner Altersklasse, dachte sie und schmunzelte, während sie eine Pfanne hervorholte und eine Rolle Klarsichtfolie zur Hand nahm. Sie legte ein paar der etwa zwei Zentimeter breiten Fleischstreifen vor sich zurecht, breitete die Klarsichtfolie darüber aus und schlug kräftig mit der Unterseite der Pfanne darauf. Die so geplätteten Fleischstreifen füllte sie in eine bereitstehende große Schüssel.

Während sie eine weitere Fleischscheibe zurechtschnitt und bearbeitete, dachte sie darüber nach, was der glatzköpfige Privatdetektiv vorhin gesagt hatte. Es herrschte tatsächlich zu viel Unruhe in der Gegend. Zweimal bereits hatte sie einen Hubschrauber bemerkt, der in geringer Höhe über das Anwesen geflogen war. Vorgestern erst waren zwei Polizeibeamte da gewesen und hatten sich nach der verschwundenen Frau erkundigt, die sich im Schweinestall befand. Zum Glück führten offenbar keine konkreten Spuren auf den Hof, aber durch die erhöhte Polizeipräsenz fühlte sich die Fleischerin unwohl wie ein Taucher mit einem Rudel Haie im Schlepptau. Nach dem Verschwinden des Privatdetektivs würden noch mehr Leute kommen, erst recht, wenn er wirklich jemandem erzählt hatte, dass er sich hier umsehen wollte.

Es ist definitiv die richtige Entscheidung, die Sache morgen zu Ende zu bringen und alle Spuren zu beseitigen. Alles hat ein Ende, nur die Wurst hat zwei, dachte die Fleischerin und seufzte verbittert. Ihr gefiel es nicht, jetzt, wo die Geschäfte so gut liefen, eine Pause einzulegen, aber das war allemal besser als die Alternative. Ins Gefängnis würde sie nicht gehen. Nicht noch mal.

Nachdem sie weitere Fleischstreifen in die Schüssel gelegt hatte, schüttete sie Worcestersauce, Sojasoße und ein paar Spritzer Tabasco mit Chipotles dazu. Bei den jeweiligen Mengen verließ sie sich ganz auf ihr Gefühl und ihre jahrzehntelange Erfahrung. Es folgten etwas Knoblauch und Zwiebelgranulat sowie Salz und Pfeffer. Zum Schluss gab sie noch eine Prise Rauchsalz dazu, fertig war die Marinade. Als sie diese mit dem Fleisch vermischte, inhalierte sie genüsslich den aromatisch-würzigen Geruch, der ihre Geschmacksknospen kitzelte und ihren Appetit entfachte. Die Fleischerin ließ sich Zeit und kostete es aus, mit dem herrlichen Duft in der Nase in dem weichen Fleisch zu wühlen – das war besser als Sex. Schließlich verschloss sie die Schüssel mit einem Plastikdeckel und brachte sie zum Kühlschrank auf der anderen Seite des Raums. Das Fleisch musste einige Stunden durchziehen, dann kam es zum Trocknen in den Dörrautomaten.

Aus dem Kühlschrank brachte sie Cola mit. Zunächst musste sie aber noch ein Gemisch aus Bockshornmehl, Löwenzahnblüten und Enzianwurzeln sowie einigen Betablockern wie Atenolol und Bisoprolol herstellen und dazugeben. Die beiden letztgenannten Substanzen dienten zur Behandlung von Bluthochdruck, förderten aber, wie auch die Kräuter, zudem die Gewichtszunahme. Stolz wallte in der massigen Brust der Fleischerin auf, denn sie hatte das Gemisch, das sie sowohl den Menschen als auch ihren Schweinen zum Mästen verabreichte, selbst entwickelt. Teilweise beruhten ihre Fertigkeiten auf uraltem Wissen, denn seit Generationen war man in ihrer Familie im Umgang mit Kräutern und Pflanzen bewandert und wusste um deren vielfältige Nutzungsmöglichkeiten. Der Fleischerin fiel ein, dass sie das Gebräu für die morgige Prozedur noch fertig machen musste.

»So viel Arbeit immerzu«, sagte sie zu sich selbst und seufzte. Doch wie hatte schon ihr Vater immer gern gesagt: *»Arbeite nur, die Freude kommt von selbst.«* Und tatsächlich deutete sie das wohlige Kribbeln in ihrem Inneren, das sie veranlasste, fröhlich zu summen, als Vorfreude auf den morgigen Tag. Ein Abend voller Blut, Ekstase und Fleisch stand bevor. Eine ganze Menge köstliches Fleisch.

Kapitel 29

Zum unzähligen Mal schritt Harms wie ein Tiger in seiner Zelle auf und ab. Er war angespannt, inzwischen war ein Tag vergangen, wie er anhand des schwindenden und wiederkehrenden Tageslichts, das durch die kleinen Fenster drang, festgestellt hatte. Heute stand laut der verrückten Fleischerin ihr Tod bevor. Dummerweise hatte er geflunkert und niemandem Bescheid gesagt, dass er sich ihren Hof näher anschauen wollte. Also durfte er auch nicht damit rechnen, dass jemand ihn und die anderen rechtzeitig aus diesem Schlamassel befreien würde. Es blieb an ihm hängen.

Gestern hatte er nichts unversucht gelassen, sich aus seinem Gefängnis zu befreien, letztlich aber feststellen müssen, dass es ausbruchssicher war. Er hatte sich an den Gitterstäben des Käfigdachs hochgezogen, war durch die Luft geschwungen und hatte mit ganzer Kraft gegen die Tür getreten, die diesen Angriff aber mit einem müden Scheppern abwehrte. Auch das Schloss, das offenbar mit einem modernen Schließzylinder ausgestattet war, ließ sich nicht ohne Weiteres knacken. Frustriert über seine Hilflosigkeit hatte er die Essenskiste zu Sperrholz geschlagen und dabei immerhin einen gut zehn Zentimeter langen Eisennagel entdeckt, der ihm vielleicht noch nützlich sein konnte. Einmal waren der Hüne und der Slawe gekommen und hatten ihnen etwas zu essen gebracht. Dabei hatten sie die Tüte mit Sandwiches und die Colaflasche wohlweislich durch die Gitterstäbe in Harms' Zelle gelegt und diese gar nicht betreten. Ein direkter Fluchtversuch war also nicht infrage gekommen – ob er gegen den Riesen in einem Kampf überhaupt bestehen konnte, stand auf einem anderen Blatt. Er würde jedenfalls nicht zögern, es zu versuchen. Größe und Masse waren nicht alles, außerdem war Harms selbst alles andere als ein Hänfling.

Sein Blick streifte die noch halb gefüllte Colaflasche. Seine feinfühligen Geschmacksnerven hatten einen unverkennbaren bitteren Beigeschmack ausgemacht, auf den sein inneres Alarmsystem sofort angesprungen war. Jan hatte bestätigt, den Beigeschmack anfangs auch bemerkt zu haben. Allerdings blieb Harms keine andere Wahl, als etwas von dem Zeug zu trinken, denn ganz ohne Flüssigkeit konnte er schlecht bleiben. Er brauchte heute seine Kräfte. Umgebracht hatte die Plörre Jan und die Frau außerdem bislang nicht.

Mit Alice hatte er sich gestern bekanntgemacht. Sie wirkte desillusioniert und gebrochen, was aufgrund der Umstände und dem, was sie durchmachen musste, kein Wunder war. Dennoch hatte er sie behutsam ermahnt, sich zusammenzureißen und allein schon wegen ihrer Tochter nicht den Kopf hängen zu lassen.

»Hey, Harms!« Jan saß mit dem Rücken an die Wand gelehnt da und blickte ihn an. Harms trat vor das Gitter und umfasste die kühlen Stangen.

»Hm?«

»Danke, dass Sie gekommen sind. Ich möchte nicht, dass Sie glauben, ich wisse das nicht zu schätzen. Es ist nur …«

»Was denn, Junge? Und du sollst mich doch duzen.«

Jan nickte schwach. Mit seiner schlaffen Körperhaltung, dem aufgedunsenen blassen Gesicht und dem eitrigen Auge wirkte er völlig fertig. »Ich glaube halt nicht, dass es was ändert und wir hier rauskommen.«

»Jetzt hört mir mal zu.« Harms ging in die Hocke und schaute über die Schulter in den anderen Käfig. »Alice?«

»Hm«, antwortete sie leise aus dem Halbdunkel.

»Wir haben nur eine Chance, wenn ihr euch nicht hängen lasst und wir an einem Strang ziehen. Wenn ihr jetzt schon aufgebt, können wir uns gleich widerstandslos abschlachten lassen. Im wahrsten Sinne des Wortes vermutlich. Ich brauche euch heute wach und dazu entschlossen, bis zur letzten Sekunde alles zu geben.« Als Antwort erntete Harms ausgedehnte Stille. »Jan, denk an Lisa und deine Mama. Und du, Alice, an deine Familie. Ich will, dass ihr kämpft und ich im entscheidenden Moment auf euch bauen kann. Irgendwas wird mir schon einfallen. Ist das klar?« Es kostete Harms einige Überwindung, den entschlossenen Motivator zu verkörpern, denn auch er selbst erkannte, dass sie ganz tief in der Scheiße steckten. Aber wenn sie nur den Hauch einer Chance haben wollten, zu überleben, mussten sie an sich glauben. »Ob das klar ist?«, wiederholte er mit Nachdruck.

»Ja«, sagte Jan erst zaghaft und nach einem Räuspern noch mal entschiedener.

»Ist klar«, sagte auch Alice.

»Okay!« Harms stand auf und ging weiter auf und ab.

Einige Zeit später wurden sie abgeholt. Drei ihrer Peiniger traten vor die Käfige, die Fleischerin war nicht dabei.

Harms' Herzschlag beschleunigte sich vor Aufregung, als der Riese seine Käfigtür aufschloss. Er wartete in der Mitte seines Gefängnisses, jede Faser seines Körpers war angespannt.

»Fass mich ja nicht an!«

Mit einem Viehtreiber in der Hand betrat der Riese den Käfig und näherte sich Harms. »Mach keinen Ärger.« Er richtete das Gerät, das wie ein Stab mit einer gabelartigen Spitze aussah, auf Harms, der in die Ecke zurückwich.

Bei dem Versuch auszuweichen, erwischten Harms die metallenen Enden des Viehtreibers an der Seite. Ein lautes Surren ertönte und blaue Funken sprühten. Es war wie ein brutaler Schlag in die Rippen. Seine Muskeln verkrampften und als noch mehr Strom durch seinen Körper pulsierte, wurde ihm schwarz vor Augen und er verlor das Bewusstsein.

Kapitel 30

Sie wurden in eine geräumige Scheune gebracht, in deren Mitte ein großes Lagerfeuer brannte, um das sich mehrere Leute versammelt hatten. An einer Längsseite befand sich ein würfelförmiger Käfig, ähnlich denen in dem Schweinestall. Allerdings war dieser aus Holzstäben gefertigt worden und etwas größer. Die beiden Lakaien hatten sich jeweils einen von Harms' Armen um die Schulter gelegt und schleppten ihn in das Konstrukt, wo sie ihn zu Boden gleiten ließen. Jan und Alice wurden von Claude, der ebenfalls mit einem Viehtreiber ausgestattet war, in den Käfig getrieben. Alice schluchzte und flehte verzweifelt um Gnade. Sie ahnte, dass ihr Ende kurz bevorstand. Jan fügte sich still und ohne jede Gegenwehr in sein Schicksal. Der Anflug von Hoffnung, der nach Harms' beschwörenden Worten in ihm aufgekeimt war, hatte sich bereits wieder verflüchtigt. Sicher meinte es Harms gut, aber der Ermittler hatte gerade schmerzhaft am eigenen Leib erfahren müssen, dass sie keine Chance hatten. Nun war er bewusstlos und würde ihre letzten Minuten auf Erden womöglich gar nicht mehr miterleben. *Wahrscheinlich war das nicht mal das schlechteste Los*, nahm Jan an.

»Bringt sie zuerst an die Wand«, keifte die Fleischerin, die vor den Käfig getreten war. »Das Gezeter ist ja nicht auszuhalten.«

Alice schrie und trat um sich, aber der Riese packte sie wie ein ungehorsames Kind am Oberarm und schleppte sie mit sich nach draußen. Während der Slawe den Käfig abschloss, wurde Alice zu einer Querwand der Holzscheune geschleift, wo ihre Arme rabiat ausgestreckt und an zwei Haken festgebunden wurden. Mit ihrer schmutzigen Bluse, die wegen einiger inzwischen fehlender Knöpfe einen unfreiwillig tiefen Ausschnitt offenbarte, dem verheulten Gesicht und den zerzausten Haaren bot sie einen mitleiderregenden Anblick. Verzweifelt zerrte sie an ihren Fesseln, konnte sich aber nicht befreien.

Ungefähr zehn Meter rechts von ihr befand sich eine hölzerne Bühne mit einem langen Tisch, auf dem verschiedene Behältnisse standen. Dahinter hing eine riesige quadratische Leinwand an der Scheunenwand, auf der mit schwarzer Farbe auf feuerrotem Hintergrund eine dämonische Fratze mit bösem Blick, Teufelshörnern und Reißzähnen gezeichnet worden war. Ein Stück vor der Bühne stand ein überdimensionaler Grill. Zwischen zwei Holzstangen mit y-förmigen Enden lag eine lange Eisenstange, um die mehrere Ketten geschlungen waren, die zur Befestigung des Grillguts dienten. Unter der Stange türmte sich ein Haufen Brennholz.

Während Harms mit geschlossenen Augen am Boden lag und benommen stöhnte, spielte Henry am Lagerfeuer Mundharmonika und wirkte dabei wie ein fröhlicher Großvater im Kreis seiner Liebsten. Bei ihm saßen Claude und Lilly sowie eine Familie des Nachbarhofs. Alle klatschten im Takt der Musik und wirkten gut gelaunt. Nur Walter und der Slawe hielten sich abseits, sie standen wachsam neben dem Käfig. Als Henry fertig gespielt hatte, donnerte Applaus auf. Eine Spirituosenflasche machte die Runde, gefolgt von einem Joint, der neben Marihuana auch ausgewählte Kräuter mit einer euphorisierenden Wirkung enthielt.

Aus einem Seiteneingang kam die Fleischerin, welche die Scheune zwischenzeitlich verlassen hatte, wieder herein. Sie trug ihre Schürze und das Schiffchen auf dem Kopf und schlurfte mit einem Lächeln im Gesicht zu der Gruppe am Feuer.

Henry stimmte ein weiteres Lied an und sie ließ sich die Flasche reichen und trank einen großzügigen Schluck. Anschließend machte sie eine Handgeste in Richtung ihrer Lakaien, woraufhin diese die Köpfe zusammensteckten und sich kurz abstimmten.

Schließlich verließ Walter die Scheune, um einen der beiden Protagonisten für den ersten Programmpunkt des Abends zu holen.

Mit in die Hüfte gestemmten Händen sah die Fleischerin dabei zu, wie Henry mit geschlossenen Augen und voller Inbrunst ein volkstümliches Lied auf seinem Instrument schmetterte, das die Leute in jedem Ballermann-Club auf die Tanzflächen oder sogar Tische getrieben hätte. Eine weitere Flasche und noch ein Joint machten die Runde. Als Henry fertig war, mischten sich zu dem tosenden Beifall ausgelassene Begeisterungsrufe.

Vor allem Lilly, die ein enges cremefarbenes Top trug, unter dem sich die Konturen ihrer Brüste als sanft geschwungene Hügel abzeichneten, jubelte euphorisch und klatschte mit hochgerissenen Armen über ihrem Kopf.

Henry legte die Mundharmonika weg und ließ sich von einem Mann mit Halbglatze im rot-schwarzen Holzfällerhemd die Flasche reichen, um sich einen wohlverdienten Schluck zu gönnen. Währenddessen kam Walter zurück und schleppte eine Holzkiste zu einem mit Sand bestreuten rechteckigen Bereich unweit des Lagerfeuers. Dieser war von einem etwa halben Meter hohen grobmaschigen Maschendrahtzaun umgeben und hatte die Größe eines Autoparkplatzes. Er stellte die Kiste hinein und hantierte daran herum, woraufhin ein hoch aufgerichteter schwarzer Kampfhahn in die provisorische Arena flatterte.

Der große Hahn, der einen eckigen, muskulösen Körperbau und langen, geschwungenen Hals hatte, gehörte der ursprünglich aus Japan stammenden Kampfhuhnrasse der Shamo-Hühner an, deren hervorstechendstes Charaktermerkmal ihre extrem aggressive Art war. Wurden ihrem Futter aufputschende Substanzen beigemischt, wie es die Fleischerin bei diesem, ihrem Lieblingshahn, tat, verwandelten sich die Tiere in testosterongeladene Killer.

Der Hüne nahm die Kiste an sich und trat beiseite. Mit finsterem Blick aus perlfarbigen Augen stolzierte der Hahn im Kreis herum. Der goldrote Halsbereich bildete einen ansprechenden Kontrast zu seiner ansonsten tiefschwarzen Befiederung.

Inzwischen hatte ein schlaksiger Kerl vom Nachbarhof, der seine verschlissene Baseballkappe falsch herum auf dem Kopf trug, eine weitere Kiste aus einer in Schatten getauchten Ecke der Scheune geholt. Während er sich damit dem Kampfplatz näherte, stand Henry mit einem Megafon in der Hand auf. Derweil legten Claude und ein Mann mit grauweißem Bart im Jeanshemd jeweils ein Bündel Geldscheine in einen Hut.

Harms, der inzwischen das Bewusstsein wiedererlangt hatte, schüttelte die Benommenheit ab und erhob sich schwerfällig, um sich umzusehen.

Henry imitierte eine sonore Ringsprecher-Stimme und sprach in das Megafon: »Ladys and Gentlemen, *Mesdames et Messieurs,* willkommen zu unserem heutigen Luna-Plena-Cockfight. Bereits im Ring, mit einem Kampfgewicht von viereinhalb Kilogramm und einem Rekord von neun Siegen bei null Niederlagen, für den Leclercq-Hof, der unumstrittene Champion des Ardennes … Brrrrruuuuuuuuutus ›The Nail‹ Steelhammer!«

Lilly und Claude standen auf und ließen Beifallsdonner ertönen. Die Fleischerin applaudierte mit vornehmer Zurückhaltung. Auch Walter klatschte, ebenso wie Adrian, der neben dem Käfig stand.

»Sein Gegner«, fuhr Henry fort, »vom Hof Willems, mit einem Kampfgewicht von drei Komma neun Kilogramm und einem Rekord von sechs Siegen bei null Niederlagen: ›The Maaahaaarrrrraaaajaaaah Harjit Sharrrmaaa‹.«

Die Nachbarsfamilie erhob sich und jubelte. Alle Augen waren auf den Kampfplatz gerichtet und auch Harms, der sich inzwischen einen Überblick über die Situation verschafft hatte, sah zu dem schlaksigen Typen, der dabei war, den zweiten Hahn aus der Kiste zu lassen.

Hahnenkampf war ein Spektakel mit langer Tradition. In den Geschichtsbüchern tauchten die ersten Hahnenkämpfe bereits um das 5. Jahrhundert vor Christus auf und Anfang des 19. Jahrhunderts fanden sie fast auf der ganzen Welt, mit Ausnahme einiger Industrienationen und afrikanischer Staaten, regen Anklang. Heute waren sie vielerorts aus Tierschutzgründen verboten, doch auf den Philippinen, in Thailand, auf Bali und in einigen weiteren Ländern hatte Hahnenkampf nach wie vor den Status eines Volkssports, mit einer ganzen Industrie als Rückgrat. Auch in Belgien fanden solche Wettkämpfe noch regelmäßig statt. Manchmal wurden sie nicht nur aus Sportsgeist und zur Freizeitgestaltung abgehalten, sondern dienten auch rituellen Zwecken. Das Blut der Hähne galt bei Dämonenbeschwörungen als beliebt, denn die stolzen Tiere ähnelten den bösen Geistern in Sachen Aggressivität, Kampflust, Habgier und Machthunger.

Der Hahn, der jetzt am Rande der Kampfarena freigelassen wurde, trug seinen Kampfnamen Maharajah, weil er der uralten indischen Kämpferrasse der Malaien angehörte. Mit seinen langen Beinen, dem muskulösen Körper und seinem s-förmig gebogenen Hals ähnelte er seinem Kontrahenten. Im Gegensatz zu Brutus war der Maharajah jedoch weiß gesperbert; sein kurzes und dicht anliegendes Gefieder erinnerte an das schwarz-weiße Fell eines Schneeleoparden. Genauso wie seinem Gegner waren ihm mit Wachs und Klebeband rasiermesserscharfe Sporen an den Zehen befestigt worden.

Begleitet von einem aufgeregten Gackern flatterte der Maharajah aus der Kiste, die sogleich entfernt wurde. Brutus verharrte und begrüßte den Neuankömmling mit einem bedrohlichen *›Ääk-ääk‹*. Der neigte seinen greifvogelartigen Kopf, bedachte Brutus mit einem düsteren Blick und wandte sich ihm zu. Die Kontrahenten trennte ein knapper Meter.

Mit erhobenen Nackenfedern und in den Sand gekrallten Zehen stellten sie sich zum Kampf. Ihre Körper erzitterten wie unter Starkstrom, aber nicht etwa aus Angst. Sie plusterten sich auf und ließen ihre Muskeln spielen. Angetrieben von ihrem Kampfinstinkt, dem natürlichen Revierverhalten und dubiosen aufputschenden Substanzen flogen die Hähne mit wildem Flattern und schrillem Gackern aufeinander zu und prallten in der Luft voneinander ab wie zwei Gummibälle.

Sie entfachten einen Wirbelsturm aus Federn und Stahl, während sie sich unmittelbar nach der Landung erneut ansprangen. Schnäbel hackten, Sporen schlitzten, Blut spritzte als roter Sprühnebel. Die galligen Drohlaute der Tiere wie *›Ääk‹* und *›Eck-eck‹* vermischten sich mit den fanatischen Anfeuerungsrufen der Hofbewohner.

Einmal mehr prallten die Hähne voneinander ab und schlichen wie zwei Gladiatoren umeinander herum, während die durch ihre vorherige Attacke aufgestobene Sandwolke verwehte. Mit ausgebreiteten Flügeln sprang der Maharajah erneut auf Brutus zu, der sich elegant wegduckte und auf der Stelle herumwirbelte. Wie bei einem Dropkick beim Wrestling sprang Brutus hoch und streckte dabei seine Läufe aus. Er traf seinen Gegner frontal, als der sich gerade herumdrehte. Die rasiermesserscharfen Klingen schnitten durch das Gefieder des Maharjahs. Blut spritzte in alle Richtungen. Brutus landete rücklings auf dem Boden und zog seine Läufe zurück. Der Maharajah stand breitbeinig da und einen Moment schien es, als hätte ihm die Attacke nichts ausgemacht, dann knickten seine Beine weg und er fiel auf den Rücken. Hilflos schlug er mit den Flügeln und zuckte. Brutus, der schon wieder stand, setzte gnadenlos nach wie ein Raubtier, das seiner Beute den Todesstoß versetzte. Innerhalb kürzester Zeit hackte er mehr als fünfzehn Mal auf den anderen Hahn ein. Begleitet von einem entschiedenen *›Ääk-Ääk‹* stieß sein Schnabel zu wie ein leistungsstarker Elektrotacker. Er war wie ein Boxer im Blutrausch, der den Schädel seines Kontrahenten zerschmetterte. Schließlich wandte sich Brutus ab, ohne den anderen Hahn noch eines Blickes zu würdigen. Den Kopf mit dem blutverschmierten Schnabel hoch erhoben, stolzierte er durch die Arena.

Das Flügelschlagen des Maharajah wurde langsamer. Verebbte. Der Hüne trat in die Arena. Hob den Maharajah hoch. Ließ ihn fallen. Der Hahn traf auf dem Boden auf wie ein nasser Sack, dem er mit seinem rot durchfeuchteten Leib auch ähnelte. Er war tot. Die Bewohner des Leclercq-Hofs jubelten.

Als die Ovationen abgeflaut waren, entfernte sich die Fleischerin ein paar Meter von der Versammlung am Lagerfeuer und klatschte in die Hände, um die Aufmerksamkeit aller zu gewinnen.

»Fangt an«, sie deutete vage auf einen Bollerwagen, der sieben, acht Meter vor der Scheunenwand stand, an der Alice gefesselt war. »Wer se abschlachtet, kriegt das beste Stück Fleisch!«

Nach dieser Ansage trottete die Fleischerin auf die Seitentür zu und kreuzte dabei den Weg von Walter, der den toten Maharajah zum Altar brachte. Sie ließ ihm den Vortritt, woraufhin er sich bedankte, die Bühne betrat und das Tier auf den Tisch legte.

Aus einer Anlage schallte Speedmetal-Musik und am Lagerfeuer machte eine weitere Spirituosenflasche die Runde.

Henry hatte sich derweil erhoben und hinkte auf seinen Gehstock gestützt mit einem diabolischen Grinsen im Gesicht zu dem Bollerwagen. Als Ältester der Anwesenden machte ihm niemand das Vorrecht streitig, mit der Prozedur anzufangen.

In dem Bollerwagen lagen etliche Schlachtkeulen in der Form eines Gewehrschaftes. Diese aus Laubhölzern gefertigten Schlagwaffen wurden von den Indianern Nordamerikas bereits im 16. Jahrhundert entwickelt und dort, wo sich bei einem Gewehr eigentlich der Spannhahn befand, mit einer Messerklinge ausgestattet. Die Spitze des sinnbildlichen Gewehrlaufs diente als Griffheft. Die Indianer verzierten diese Keulen mit traditionellen Symbolen und nutzten sie effektiv in unzähligen Schlachten. Dabei wurden sie nicht nur als Schlag-, sondern oft auch als Wurfwaffe eingesetzt. Bevor das auserkorene Opfer auf den auf einem Pferd herangaloppierenden Indianer überhaupt reagieren konnte, hatte es oft schon die Klinge der

Keule in der Brust stecken. Noch heute wurde der gekonnte Umgang mit der Waffe in dem Kampfkunststil des Okichitaw zelebriert.

Henry lehnte seinen Gehstock an den Bollerwagen und machte sich bereit, auf den Spuren der Sioux- und Cree-Indianer zu wandeln.

Kapitel 31

Äußerlich ruhig stand Harms, der die Finger um die Holzstangen geschlossen hatte, am Rande des Käfigs und beobachtete, wie der alte Mann sich zum Wurf aufstellte. Seine Rippen schmerzten dort, wo der Riese ihn mit dem Viehtreiber erwischt hatte, als hätte ihn ein Zug gerammt. Er fing den Blick von Alice auf, in dem neben Todesangst ein verzweifelter Hilferuf mitschwang.

Plötzlich zögerte der Alte, nahm den Gehstock wieder an sich und ging damit auf Alice zu. Zwei Meter vor ihr blieb er stehen und richtete den Stock wie eine Pistole auf sie. Auf einmal schoss aus dem Stockende eine metallene Verlängerung heraus, mit welcher er Alice in den Bauch stach. Ihr schriller Schmerzensschrei hallte durch die Scheune und übertönte die Musik.

Grenzenlose Wut erfüllte Harms, der darauf brannte, etwas zu tun und Alice aus ihrer misslichen Lage zu befreien. Doch er musste tatenlos zusehen, wie der Alte sich mit dem Stock tiefer tastete und dessen Spitze zwischen Alices Beine stach. Ein gleißender Blitz zuckte durch die Metallstange und Alices Körper erzitterte wie bei einem spastischen Anfall. Empört rüttelte Harms an den Käfigstäben. Der Alte kehrte lachend zum Bollerwagen zurück, lehnte seinen Stock dagegen und nahm eine der Keulen heraus. Er stellte sich auf und visierte sein erbärmlich wimmerndes Opfer an.

Verbissen mahlte Harms mit den Kiefern und sah zu, wie der Alte die Keule wie eine Wurfaxt über dem Kopf schwang und sie auf Alice warf. Die schrie erneut und riss verzweifelt an ihren Fesseln, aber vergeblich. Die Keule flog polternd einen guten Meter über ihrer rechten Schulter gegen die Wand und fiel von dort auf den Boden. Der Alte schüttelte unwirsch den Kopf wie ein Fußballer nach einem vergebenen Strafstoß und kehrte zum Lagerfeuer zurück. Von dort wankte ein Mann, den Harms als den unfreundlichen Hofbesitzer mit dem penetranten Pfeifengeruch identifizierte, zum Bollerwagen. Harms drehte sich zu Jan um, der hinter ihm mit herabhängenden Schultern dastand und das Geschehen verfolgte. »Wer hat den Schlüssel?«

»Der Dünne.« Jan nickte in Richtung des Osteuropäers, der sich zwei Meter neben dem Käfig lässig an die Wand lehnte und bei dem Keulenwerfen zusah. Inzwischen hatte sich der Pfeifenraucher bewaffnet und aufgestellt. Harms konnte nur hoffen, dass sich sein unverkennbarer Alkoholgenuss nicht nur auf seinen Gang, sondern auch auf seine Zielfertigkeiten auswirkte. Der Raucher holte zum Wurf aus und als Alice aus vollem Hals schrie, brach er ab und kringelte sich vor Lachen.

Wichser, dachte Harms und rüttelte reihum an den Käfigstäben bis zur Tür, die mit einem robusten Metallschloss versehen war. Wegen der zermürbenden Hilflosigkeit war er kurz davor zu platzen. Er wollte diesen verfluchten Hinterwäldlern einen nach dem anderen die Faust in die Fresse rammen und dieses bizarre Theater ein für alle Mal beenden.

Pfeifenraucher holte erneut zum Wurf aus und diesmal brach er nicht ab. Die Keule sauste direkt auf Alice zu.

Harms' Eingeweide zogen sich vor Schreck zusammen.

Die Klinge der Waffe grub sich haarscharf links neben ihrer Taille in das Holz. Pfeifenraucher raufte sich die Haare und haderte mit dem Pech, das Ziel so knapp verfehlt zu haben. Eine Matrone mit grauem Zopf, noch um einiges beleibter als die Fleischerin, wackelte als Nächstes zum Bollerwagen.

Währenddessen bemerkte Harms, wie sich Lilly mit einer Flasche in der Hand dem Käfig näherte. Sie bewegte im Gehen ihren Kopf im schnellen Takt der Metalmusik vor und zurück. Als sie bis auf wenige Meter herangekommen war, blieb sie stehen, blickte Harms aufreizend in die Augen und schob sich den Flaschenhals zwischen die Lippen. Als würde sie einen Schwanz blasen, nahm sie ihn tief in den Mund, ließ ihn wieder hinausgleiten und leckte genüsslich darüber. Schließlich kippte sie einen großen Schluck der glasklaren Spirituose in sich hinein, drehte sich um und stellte die Flasche auf dem Boden ab. Als sie sich bückte, glitt ihr Rock, der so kurz war, als wäre bei der Herstellung der Stoff ausgegangen, bereitwillig hoch und sie gewährte Harms einen ungehinderten Blick auf ihren nackten Arsch. Mit einem schnellen Seitenblick sah Harms, dass die Matrone zum Wurf bereitstand. Lilly hatte sich währenddessen wieder aufgerichtet und näherte sich.

Ja, komm her, du verrücktes Luder, dachte Harms und versuchte, Lilly mit den Augen schneller zu sich zu ziehen. Die warf einen Seitenblick zu Alice. Die Matrone holte seitlich Schwung und schleuderte die Keule auf die Gefangene. Die Waffe wirbelte durch die Luft und die

Klinge bohrte sich in Alices Oberschenkel. Ihr herzzerreißender Schmerzensschrei überlagerte den Jubel der vor Freude hüpfenden Matrone und den aufdonnernden Applaus der Leute am Lagerfeuer.

»Verdammt!« Harms wandte seine Aufmerksamkeit wieder Lilly zu, die ihr Röckchen lupfte und ihm erneut ihre rasierte Pussy darbot. Er erwog, sie durch die Käfigstäbe zu packen und zu erwürgen, aber sie kletterte bereits auf den Käfig und krabbelte aufs Dach. Direkt über seinem Kopf setzte sie sich in ein Gitterquadrat, beugte sich vor und quengelte: »Willst du mich lecken, Mister Muscle?« Ehe sich Harms versah, rieselte ein warmer Schwall Urin auf ihn herab und traf ihn mitten im Gesicht. Ein stechender Ammoniak-Geruch, vermischt mit einer Übelkeit erregenden süßlichen Note, strömte in seine Nase. Er kniff die Augen zu, prustete und schüttelte sich wie ein nasser Hund, während er aus seiner Hosentasche den langen Nagel herausholte, den er aus der Kiste im Schweinestall gezogen hatte. Inspiriert von dem Alten wusste er nun, was er damit anstellen wollte.

Er stach ihn mit Nachdruck zwischen Lillys Beine. Zunächst traf er auf keinen Widerstand – *kein Wunder bei ihrer ausgeleierten Möse*, dachte er –, aber als er sich auf die Zehenspitzen stellte und seine Hand kreisen ließ, fing Lilly inbrünstig zu kreischen an. Nach ein paar letzten Urintropfen rann ein Blutstrahl in Harms' Gesicht, der mit dem Nagel tief in Lillys feuchtem dunklem Heiligtum rührte. Schließlich zog er seinen Arm zurück und schüttelte sich erneut wie ein begossener Pudel.

Lillys urtümliche Schreie waren ohrenbetäubend und erregten die Aufmerksamkeit von Adrian, der verwundert zu ihr aufs Dach sah und näher an den Käfig herantrat.

Harms blinzelte seine von Pisse und Blut benetzten Augen frei, als Adrian an die Käfigwand fasste und zu überlegen schien, ob er zu Lilly hinaufsteigen sollte. Harms zögerte keinen Moment. Er preschte auf den Osteuropäer zu, packte mit beiden Händen durch das Gitter seinen Kopf und zog ihn mit ganzer Kraft zu sich heran. Der Kopf des jungen Mannes schlug unsanft gegen das scheppernde Holz, was er mit einem dumpfen Stöhnen quittierte. Harms hatte seinen Kopf bereits losgelassen und griff mit einer Hand den Hosengürtel seines Widersachers. Die andere schob er in dessen Hosentasche, wo er auf Anhieb die Umrisse eines Metallschlüssels ertastete, den er an sich nahm. Mit dem Schlüssel in der Hand wandte er sich der Tür zu und schloss sie auf.

»Komm«, sagte er zu Jan, der ungläubig staunend dastand, als wäre er gerade Zeuge einer Alien-Invasion. Harms riss die Tür auf, packte Jan am Arm und zog ihn mit sich hinaus. Endlich löste sich Jan aus seiner Erstarrung und es kam Leben in ihn. Er wollte schon losrennen, aber Harms hielt ihn zurück. Adrian hatte sich von der Überraschungsattacke erstaunlich schnell erholt und einen Viehtreiber aufgespürt, mit dem er sie angriff.

Harms stellte sich vor Jan und trat dem Slawen entgegen. Im Stil eines Fechters machte Adrian einen Ausfallschritt nach vorn, um Harms mit der Waffe zu erwischen, doch der wich dem Stoß agil zur Seite aus und schubste den jungen Mann kraftvoll in das Gerümpel, das neben dem Käfig an der Wand aufgereiht war. Adrian prallte mit einem dumpfen Knall gegen eine Schubkarre und fiel vornüber in sie hinein.

Adrenalin pumpte durch Harms' Adern, der seine Aufmerksamkeit schon längst von dem Slawen abgewandt hatte und sich umsah. »Los!« Ohne Jan anzusehen, rannte er in Alices Richtung. Die Lagerfeuerversammlung hatte ihre Flucht trotz des grellen Gekreisches von Lilly anscheinend noch gar nicht bemerkt. Entweder waren sie zu zugedröhnt, oder es lag an der Lautstärke der Musik.

Der Riese und Claude hatten Alice in der Zwischenzeit losgemacht und trugen sie zu dem überdimensionalen Drehspieß. Harms hoffte, die beiden überraschen zu können, doch da traf sein Blick den von Walter. Der Riese murmelte etwas, wahrscheinlich einen Fluch, und ließ Alice unsanft zu Boden fallen. Harms erreichte den Bollerwagen und nahm eine der Keulen an sich. Der Schaft lag angenehm leicht in seiner Hand. Eine derartige Schlachtkeule sah er heute zum ersten Mal, obwohl er bei der Bundeswehr, später bei der Polizei und in seinem jetzigen Job schon mit vielen Waffen in Berührung gekommen war.

Ihn und Jan trennten rund dreißig Meter vom Ausgang, der neben der Bühne vor dem unheimlichen Wandbild lag. Zunächst mussten sie jedoch Alice befreien und an Walter vorbei, der Harms mit seinem Blick fixierte und sich wie ein lauerndes Raubtier näherte.

»Schnapp dir Alice und dann haut ab«, rief Harms Jan zu. »Ich kümmere mich um ihn.«

Harms und Walter, der inzwischen ein Messer in der Hand hielt, gingen aufeinander los. Claude stand unschlüssig da, sein Blick zuckte von den beiden einander nähernden Kontrahenten zu Jan und zurück. Harms griff sofort an. Bald würden sicher mehr von den Hofbewohnern ihren Fluchtversuch bemerken, also wollte er keine Zeit verlieren.

Als ihn nur noch ein kurzes Stück von Walter trennte, schwang Harms die Keule wie einen Baseballschläger und visierte die linke Seite des Riesen an. Der wich der Attacke erstaunlich beweglich zur Seite aus und ließ einen Messerhieb folgen. Harms trat schnell zurück und zog den Bauch ein, wodurch er der verheerenden Klinge knapp entging. Sofort schlug er mit der Keule auf den noch ausgestreckten Arm seines Widersachers und traf, wenn auch nur mit der glatten Seite statt der Schneide.

Der Riese schrie auf, hatte jedoch zeitgleich zu einem linken Haken angesetzt, der Harms voll an der Schläfe erwischte. Benommen sackte Harms auf sein linkes Knie.

Walter setzte zu einem erneuten Messerstich an.

Harms sah die glänzende Klinge auf sich zu schnellen und wusste, dass sein Ende gekommen war. Da tauchte Jan von der Seite auf und schlug Walter eine Schlachtkeule seitlich gegen das Bein. Das Blatt bohrte sich in den Oberschenkel des Riesen, der seinen Angriff abstoppte, erschrocken nach Luft japste und erstarrte.

Harms nutzte den günstigen Moment, um aufzustehen und, gefolgt von Jan, stürmte er auf Alice zu. Als Claude sich ihnen halbherzig in den Weg stellte, verpasste Harms ihm im Vorbeilaufen einen harten Faustschlag auf die

Nase. Mithilfe von Jan zerrte Harms die mit ihrem gesunden Bein auf dem Boden kniende, lauthals schluchzende Alice hoch und half ihr aus der Scheune heraus. Eingehüllt von der nach Freiheit duftenden kühlen Abendluft, hetzten sie auf dem erstbesten Weg in den Wald.

Kapitel 32

Am Nachthimmel thronte ein aufgedunsener Vollmond, der sein silbernes Licht durch die Baumwipfel warf und es ihnen so einigermaßen ermöglichte, sich in dem dichten Wald zu orientieren. Allerdings waren sie so auch von ihren Verfolgern leichter aufzuspüren und Harms zweifelte nicht eine Sekunde daran, dass die nicht lange auf sich warten lassen würden. Dementsprechend war er erpicht darauf, schnell voranzukommen.

»Hilf mir mal mit Alice«, sagte er über die Schulter zu Jan, während sie durch das Unterholz eilten. »Wir nehmen sie in die Mitte, dann kommen wir besser voran.«

»Ich kann selbst nicht so schnell, wegen meines Beins«, antwortete Jan, trat aber rechts neben Alice und legte sich ihren Arm um die Schulter.

Harms hatte ganz vergessen gehabt, dass Jan bei seinem Fluchtversuch in eine Drahtfalle getreten war. Anscheinend waren mehrere Fallen hier im Wald versteckt, was ihre Chancen zu entkommen nicht gerade vergrößerte.

»Wie geht es dir denn?«, fragte Jan ihn.

»Besser als ich aussehe. Vermutlich mache ich den Eindruck, als hätte ich im Roten Meer getaucht«, scherzte Harms, der zwar noch Schmerzen hatte, aber zurechtkam. »Das war eine üble Blutdusche.«

»Au«, jammerte Alice.

»So schlimm?«, fragte Harms.

»Mein ganzes Bein brennt wie Feuer. Die Wunde blutet.«

»Dann müssen wir sie gleich abbinden, bevor du zu viel Blut verlierst.«

Sie schoben sich durch welkes Gestrüpp mit kargen Zweigen, die wie geisterhafte Klauen nach ihnen griffen und sie am Vorankommen hinderten. Harms benutzte die Keule, die er mitgenommen hatte, als provisorische Machete und schlug ihnen den Weg frei, bis sie die Büsche hinter sich ließen. Äste und Tannennadeln knackten leise unter ihren Schritten, irgendwo erschallte der dumpfe Ruf einer Eule. Der Mond tauchte den Irrgarten aus zahllosen hohen Fichten in ein gespenstisches Licht.

»Wartet!« Harms blieb stehen und befreite sich von Alices Arm, der um seine Schulter lag. Er sah sich aufmerksam um und machte hinter einem dickeren Baumstamm eine Vertiefung aus. »Da rein. Wir verbinden die Wunde.«

Jan setzte sich in die Mulde und lehnte sich mit dem Rücken gegen den Baum. Harms und Alice blieben vor ihm stehen.

»Wir nehmen einen Ärmel von deiner Bluse fürs Abbinden«, sagte Harms. Alice zog widerspruchslos einen Arm aus der Bluse und als der linke Ärmel schlaff herunterhing, packte Harms ihn und schnitt ihn mit der Klinge der Keule ab. Er kniete sich vor Alice und wickelte den Stoff um ihren Oberschenkel. Dabei bediente er sich mehr seines Tastsinns als seiner Augen, die nur schemenhaft etwas sahen. Normalerweise hätte die Situation etwas unangenehm Intimes an sich gehabt, aber momentan ging es nur darum, dass sie alle diesen Albtraum lebendig überstanden. Warmes Blut sickerte über Harms' Hände, während er den notdürftigen Verband anlegte und verknotete. »Wollen wir vielleicht noch den anderen Ärmel …«

Ein Rascheln im Unterholz ließ ihn verstummen. Jemand kam. Er deutete mit dem Zeigefinger auf seinen Mund, um den anderen zu verstehen zu geben, leise zu sein. Zeitgleich zog er Alice sanft am Arm nach unten, damit sie sich hinsetzte. Er selbst nahm die Keule wieder an sich, die er beim Verbinden zur Seite gelegt hatte, und stand im Schutz des Baumstamms gemächlich auf. Das Rascheln wurde lauter und schien direkt auf sie zuzukommen, was eine Konfrontation unvermeidlich machte. Harms hoffte, dass sich ihre Verfolger für die Suche aufgeteilt hatten, müsste er es mit drei oder vier von ihnen zeitgleich aufnehmen, standen seine Chancen denkbar schlecht. Von Alice und Jan war nicht viel Hilfe zu erwarten, auch wenn Letzterer ihm vorhin den Arsch gerettet hatte.

Harms hielt die Luft an und glaubte, sein Herz in der Brust trommeln zu hören. Ein Schemen schob sich einen knappen Meter links von ihm vorbei. Der Umriss eines einzelnen Mannes. Er blieb stehen und sah sich um. Harms war mit einem schnellen Satz hinter ihm und legte seinen massigen Oberarm um seine Kehle. Doch bevor er die Gestalt richtig zu packen bekam, gelang es dieser, sich aus seinem Griff zu winden. Harms erkannte Adrian, der herumwirbelte und ein Gewehr auf ihn richtete. Reflexartig packte Harms den Schaft von unten und riss ihn nach oben. Gerade noch rechtzeitig. Ein Schuss krachte los, der irgendwo in die Rinde eines Baums einschlug, statt in seiner Brust. Harms machte einen schnellen Schritt nach vorn und schlug dem Slawen einen kräftigen Aufwärtshaken gegen die Schläfe. Der Mann stöhnte dumpf auf und ging zu Boden, wobei ihm sein Gewehr aus der Hand fiel.

Harms wollte gerade nachsetzen, als ihm seine Keule aus der Hand genommen wurde. Alles passierte so schnell, er begriff erst gar nicht, wie ihm geschah. Alice hatte ihm die Waffe entrissen und humpelte nun zu dem benommen am Boden liegenden Adrian.

Sie beugte sich über ihn. »Nimm das, du Schwein«, keifte sie und zog die Klinge über seine Kehle. Adrian röchelte kurz und zuckte, während sein Blut den Waldboden tränkte. Schließlich erschlafften seine Bewegungen.

Harms seufzte und kratzte sich an der Glatze. »Wenn wir hier raus sind und dazu befragt werden, hast du in akuter Notwehr gehandelt«, sagte er so laut, dass auch Jan, der irgendwo hinter ihm war, es nicht überhören konnte.

Alice stand auf und schmiss die Keule achtlos zur Seite. Ihre Bewegungen wirkten eine Spur geschmeidiger und ihre Körperhaltung aufrechter als zuvor. Es war, als hätte sie durch die Racheaktion ein Stück weit ihren inneren Frieden wiederherstellen können.

»Kommt! Wir müssen hier weg. Der Schuss wird die anderen herlocken.« Harms klaubte das Gewehr vom Boden, nahm es in die Linke und bot Alice die andere Schulter an, um sie wieder zu stützen. Jan trat auf ihre andere Seite und als sie Alice in die Mitte genommen hatten, setzten sie ihre Flucht fort.

Harms hoffte, dass sie irgendwann auf eine Straße oder Ortschaft stoßen würden. Er hatte keine Ahnung, wo sie waren und ob sie in die Richtung liefen, aus der er sich dem Anwesen genähert hatte oder in eine andere. Sollten sie irgendeinen Bauernhof erreichen, hieß das keineswegs, dass sie es geschafft hatten, denn offenbar pflegten die Einheimischen eine innige Nachbarschaftsbeziehung, wie er in der Scheune gesehen hatte.

Sie gelangten zu einer mit Unkraut und alten Tannennadeln überwucherten Anhöhe, von der sich ein ungehinderter Blick auf den Nachthimmel bot. Gerade schob sich eine Wolke vor den aufgeplusterten Vollmond und es wurde für einen Moment stockfinster um sie herum.

Als sich wieder silbernes Licht auf die Landschaft ergoss, ließ ein jäher Windzug die Tannen und Fichten der Umgebung hin und her schwingen. Ein angenehmer Geruch nach Baumharz und Tannennadeln hing in der Luft, als sie ein kurzes Stück bergab marschierten und wieder in den Wald eintauchten. Das Knistern von herumliegenden Zweigen und Ästen bildete die einzige Geräuschkulisse – niemand sagte etwas, alle hingen ihren eigenen Gedanken nach.

Allmählich entspannte sich Harms innerlich ein wenig. Er hielt es für nicht allzu wahrscheinlich, dass ihre Verfolger sie in diesem riesigen Wald aufspürten und irgendwann würden sie schon auf eine Straße oder Dorfschaft treffen. Die ersehnte Rettung schien nur noch eine Frage der Zeit zu sein. Plötzlich ließ sie ein scharfes Knacken hinter ihnen kollektiv zusammenzucken.

Kapitel 33

Harms drehte sich ruckartig um, Alices Arm glitt von seiner Schulter. In der Düsternis zwischen den Baumstämmen und dem Gestrüpp war nichts. Doch dann bewegte sich etwas in den Schatten. Begleitet von einem lauten, kehligen Knurren schoss ein großer Körper auf sie zu und setzte zum Sprung an. Harms wollte die Waffe heben, aber zu spät. Wie eine Raubkatze sprang die Kreatur frontal auf Alice zu, die in der Mitte von ihnen stand. Harms wurde beim Zusammenstoß so heftig an der Schulter getroffen, als hätte ihn ein Geländewagen gerammt. Die Wucht des Aufpralls brachte ihn zu Fall und ließ ihn mehrere Meter über den Waldboden rollen, wobei ihm das Gewehr aus der Hand fiel. Als er zum Stillstand kam, wandte er sofort den Kopf und schaute zurück.

Zunächst dachte er wirklich, eine Raubkatze hätte sie attackiert, denn die Körperproportionen kamen ungefähr hin. Lange Beine und nur unwesentlich kürzere Vorderläufe trugen einen massigen, muskulösen Körper mit einem buschigen, bestimmt einen Meter langen Schwanz. Der dunkel behaarte Leib ging in einen buckligen Nacken und einen lang gezogenen Kopf mit spitzen, aufrecht getragenen Ohren über. Als die Kreatur knurrte und die Schnauze öffnete, offenbarte sie ein beeindruckendes Raubtiergebiss mit langen, messerscharfen Zähnen, die auch einem Säbelzahntiger hätten gehören können. Allerdings ähnelte das Wesen, dessen Kopf-Rumpf-Länge ohne den Schwanz ungefähr zwei Meter betrug, eher einem Wolf als einer Raubkatze.

Harms rappelte sich auf und starrte das Tier, wenn es denn eines war, ungläubig an. Es hatte leicht schräg liegende gelbe Augen, die jedoch plötzlich orangerot wurden, als würde ein Feuer darin wüten. Zwei Meter vor der Kreatur stemmte Alice gerade die Hände in die Erde und kämpfte sich schwerfällig in eine sitzende Position. Die Bestie machte einen agilen Satz auf sie zu und ließ direkt hinter ihr, untermalt von knackenden Geräuschen, ihre Ober- und Unterkiefer weit auseinanderklappen. Alice wandte sich panisch um und schrie, da schnappte die Kreatur zu. Ihre Kiefer schlossen sich um Alices Kopf wie um ein übergroßes kugelförmiges Bonbon. Nach einem kurzen Knacken wie beim Durchbeißen eines Crackers war der Schädel an der Kehle abgetrennt. Blut sprudelte aus dem Korpus wie Champagner aus einer frisch entkorkten Flasche. Der abgetrennte Kopf glitt aus der Schnauze der Kreatur und purzelte wie ein unförmiger Ball auf den Waldboden.

Harms wusste, dass jede Hilfe zu spät kam. Wie ferngesteuert folgte er Jan, der sich einige Meter entfernt befunden hatte und nun Hals über Kopf flüchtete. Zu spät dachte er an das Gewehr, das er auf dem Waldboden fallen gelassen hatte. Sie jagten zwischen den Bäumen hindurch, kletterten über herumliegendes Geäst und schleppten sich voran, bis Jan, der wegen seines lädierten Beins nur gemächlich vorankam, völlig außer Atem stehen blieb und sich nach Luft ringend mit den Händen auf die Knie gestützt nach vorn beugte.

»Ich kann nicht mehr«, presste er angestrengt hervor.

»Weiter. Wir dürfen nicht stehen bleiben.« Harms, selbst völlig aus der Puste, packte Jans linke Hand und zog ihn weiter. Schwerfällig setzte sich der junge Mann wieder in Bewegung und zwang seinen Körper, die letzten Energiereserven zu mobilisieren. Mehr als ein mühseliges Voranstolpern brachte er jedoch nicht zustande und Harms war klar, dass sie viel zu langsam waren. Diese Kreatur mit ihrem sehnigen Körper, den geschmeidigen Bewegungen und der rohen Kraft könnte sie mit Leichtigkeit einholen.

»Was war das … für ein Ding?« Jan keuchte wie ein Asthmatiker, der kaum noch Luft bekam.

»Ich weiß es nicht. In dem Gasthof, wo ich untergekommen bin, war von einer Legende die Rede, wonach es sich um irgendeine dämonische Kreatur handelt. Ich glaube ja eher, es ist ein mutierter Wolf.« Trotz der Geschehnisse im letzten Herbst, die Harms eindrucksvoll gezeigt hatten, dass es mehr zwischen Himmel und Erde gab, als der vernunftbegabte Mensch mit seinen Sinnen erfasste, tat er sich schwer anzunehmen, dass ein Höllenwesen durch diese Wälder streifte. Doch die unnatürlich anmutenden, feurigen Augen der Kreatur deuteten genau darauf hin.

Immer wieder blickte er sich nervös um und lauschte angestrengt in die Nacht hinein. Was würde er dafür geben, das Gewehr noch zu haben. Ohne die Waffe fühlte er sich schrecklich schutzlos. Er klaubte im Vorbeigehen einen Ast, der sich als so morsch entpuppte, dass er genauso sehr als Waffe taugte wie eine Zuckerstange, vom Boden. Harms warf das Holz weg und atmete durch.

Mittlerweile lag der Angriff bestimmt über eine halbe Stunde zurück, womöglich hatten sie Glück und wurden nicht verfolgt. Vielleicht war die Bestie noch mit ihrer Beute beschäftigt. *Arme Alice*, dachte Harms. *Eine junge Mutter, die gerade die tiefen menschlichen Abgründe auf dem Hof überstanden hat, nur um dann wie ein Reh von einem Raubtier im Blutrausch gerissen zu werden.* Harms kämpfte mit Selbstvorwürfen, schließlich hatte er die Verantwortung für ihre kleine Gruppe übernommen. Aber gegen diese Attacke, die buchstäblich aus dem Nichts gekommen war, hatte er nichts unternehmen können.

Nachdem sie einen Abhang bewältigt hatten, lichtete sich die Vegetation und sie erreichten ein Flussufer. Wo sich das Mondlicht im langsam fließenden Wasser spiegelte, wirkte es, als funkelten zahllose kleine Edelsteine auf schwarzem Samt. Harms mahlte mit den Kiefern. Das entgegengesetzte Ufer war mindestens dreißig Meter entfernt. Er konnte Jan in seinem Zustand nicht zumuten zu schwimmen und auch er selbst hatte wenig Lust darauf.

»Komm.« Er gab Jan einen Klaps auf den Oberarm und ging in westlicher Richtung weiter. Früher oder später würde der Fluss sie zurück in die Zivilisation führen.

Ein lauerndes, bedrohliches Knurren ließ Harms verharren und innerlich fluchen. Bedächtig wandte er den Kopf zum rund zehn Meter entfernten Waldrand. Vor den schwarzen Baumreihen zeichnete sich die Silhouette der Kreatur ab. Mit geneigtem Kopf stand sie wie ein Höllenhund da und stierte sie aus feurigen Augen an.

Harms schluckte trocken. Jetzt sind wir wirklich am Arsch. Bei einer Flucht am Fluss entlang, würde ihnen das

Ding locker den Weg abschneiden. Ohne den Blick von dem bedrohlichen Schatten abzuwenden, tastete Harms nach Jan und als er dessen Arm zu fassen bekam, schob er ihn langsam hinter sich. Die Bestie fauchte und pirschte sich lauernd näher an sie ran wie eine Katze an zwei speckige Mäuse.

Kapitel 34

»In den Fluss!« Harms wich vor der herannahenden Kreatur zurück.

»Ich kann nicht schwimmen!«, rief Jan verzweifelt. Wasser platschte unter ihren Schritten, als sie den Flussrand betraten. Die Kreatur war bis auf wenige Meter heran und schlich mit geneigtem Oberkörper noch näher. Jeden Moment konnte sie angreifen. Ohne Waffe hatten sie keine Chance gegen dieses Raubtier, das sich kaum von einem gut gezielten Faustschlag aufhalten ließe. Aber wohin? Harms zerrte Jan weiter ins Wasser, aber die Bestie überbrückte mit schnellen Schritten die Distanz zwischen ihnen und setzte mit angespannten Sehnen und Muskeln zum Sprung an. Ihr Körper glich einer gut geölten Maschine, sie war bereit, ihr Werk mit tödlicher Effizienz zu verrichten.

Ein Schuss explodierte. Kies stob auf, wo eben noch die Bestie gewesen war. Die galoppierte zornig jaulend mit geschmeidigen Sätzen zurück in den Wald. Perplex hielt Harms Ausschau nach ihrem Retter. Rechts am Ufer machte er in der Ferne eine menschliche Silhouette aus. Gemeinsam mit Jan watete er aus dem Fluss heraus und ging auf den näherkommenden Schemen zu. Als sie nur noch ein kurzes Stück trennte, entpuppte sich dieser als der Schamane mit den silbergrauen Haaren und dem wettergegerbten Gesicht.

»Dich schickt der Himmel«, sagte Harms.

»Ich habe dich vor dem Voirloup gewarnt.« Der Alte richtete das Gewehr auf Harms.

»Ich weiß, aber ich musste den jungen Mann hier«, er deutete auf Jan, der neben ihn getreten war, »aus den Fängen einiger sehr übler Leute befreien.« Harms hob die Hand und senkte sie demonstrativ.

Der Mann verstand die Geste und nahm das Gewehr runter. »Kommt mit. Mein Wohnwagen steht zwei Kilometer von hier.«

»Was hast du hier gemacht?«, fragte Harms, während sie am Flussufer entlangschritten. Der Alte antwortete nicht sofort, er schaute immer wieder zum Waldrand, als würde er jederzeit einen erneuten Angriff erwarten. Harms war ebenfalls alles andere als überzeugt, dass die Kreatur nun Ruhe geben würde.

»Konnte nicht schlafen. Es ist Vollmond, das ist ihre Zeit. Ich habe gespürt, dass was passiert.«

»Danke jedenfalls, dass du uns den Arsch gerettet hast.« Mit jedem Schritt verspürte Harms mehr Zuversicht, dass sie es diesmal schaffen würden. Sollte das Vieh noch mal angreifen, würde der Alte es sicherlich mit einer Ladung Blei abwehren und in seinem Wohnwagen hatte er bestimmt ein Handy, mit dem sie Hilfe rufen konnten. Schon bald wären er und Jan diesem Albtraum endgültig entflohen.

Aus einem euphorischen Anflug heraus, drehte sich Harms zu Jan um und klopfte ihm kameradschaftlich auf die Schulter. »Alles klar?«

»Ich laufe auf dem …« Jan suchte offenkundig nach dem richtigen Wort. »Zahnfleisch«, fügte er hinzu. Er schleppte sich in der Tat mühselig voran, aber er klagte nicht, was Harms Respekt abverlangte.

»Du bist zäh, Junge! Die ganze wochenlange Tortur, und du bist immer noch auf den Beinen. Das ist wirklich erstaunlich. Nimm was daraus mit für dein weiteres Leben. So schnell kriegt dich nichts unter.«

»Danke.« Jan klang ehrlich gerührt.

Harms schloss wieder zu dem Schamanen auf. »Haben wir uns überhaupt schon vorgestellt? Bei unserer ersten Begegnung …«

Ein Plätschern ließ ihn verstummen. Er wandte sich dem Wasser zu und blieb stehen. Ein Umriss zeichnete sich zwei, drei Meter voraus im Fluss ab. Blitzartig schoss der Schatten mit der Explosivität eines Krokodils nach vorn. Wasser spritzte meterhoch in alle Richtungen.

»Zurück!«, schrie Harms.

Die knurrende Kreatur sprang auf den völlig überrumpelten Schamanen, der noch ein paar Schritte weitergegangen war. Durch die Heftigkeit des Aufpralls ging der Alte sofort zu Boden und wurde unter der Kreatur begraben. Fauchend stieß die ihren Kopf auf ihn hernieder und schlug ihr Raubtiergebiss in sein Fleisch.

Der Alte schrie bitterlich, die Bestie erschien rasend vor Zorn. Harms war mit zwei schnellen Schritten neben ihr und wollte sie von dem Mann wegschubsen, als sie ruckartig den Kopf zu ihm drehte, ihn aus feurig glimmenden Augen anstarrte und mit ihrem Raubtiermaul nach ihm schnappte. Die Zähne schnitten durch die Haut am Rand seines Arms, den er geistesgegenwärtig wegzog. Er taumelte zurück und landete auf dem Hosenboden.

Die Kreatur vollführte über ihrem Opfer eine rasante Dreivierteldrehung und richtete sich auf den Hinterläufen auf. Der aufgeblähte Mond leuchtete hell im Rücken des über zwei Meter großen Ungetüms aus Fell, Muskeln und tödlichen Zähnen. Derweil hob der Schamane seinen Oberkörper an und hielt sich wimmernd den verwundeten Bauch. Hinter dem Mann aufragend setzte die Kreatur plötzlich ihre langen Krallen an den Seiten seines Kopfes an und stach diese mit urtümlicher Kraft hinein. Blut, Gehirnflüssigkeit, Knochenfragmente und undefinierbare Substanzen spritzten aus dem Schädel wie die Fruchtbestandteile aus einer zerquetschten Zitrone. Als der Kopf nur noch eine zerfetzte Masse aus Fleisch, Knochen und Blut war, trennte die Kreatur ihn mit einer reißenden, brutalen Bewegung vom Körper ab und schmiss das Knäuel in den Fluss. Das lange silberne Haar breitete sich wie ein Fächer aus Seegras auf dem dunklen Wasser aus. Geschockt rappelte Harms sich auf und rannte zu Jan, der zum Waldrand gelaufen war.

»Hier lang«, rief Harms und hetzte durch Unkraut und welkes Gras weiter in Richtung Wohnwagen. Ein kehliges, lang gezogenes Heulen, das ihm durch Mark und Bein fuhr, wehte ihnen hinterher. Er hielt an, damit Jan zu ihm aufschließen konnte, und warf dabei einen Blick auf das Wesen, das fünfzig Meter entfernt über dem Torso des Alten stand und seine lang gezogene geöffnete Schnauze zum Mond hinaufstreckte. Dann ließ sich das Biest auf alle viere fallen, schaute in ihre Richtung und rannte auf sie zu. »Los, los, los!«

Harms sprintete hinter Jan her, der ihn inzwischen überholt hatte. Unterdessen flog ihm der Gedanke durch den Kopf, dass es entweder mehrere der Biester gab oder dass das eine Biest eine beängstigende Raffinesse an den Tag gelegt hatte, die vermutlich weit über einen tierischen Verstand hinausging. Es musste sich nämlich in gebührendem Abstand zu ihnen in den Fluss geschlichen haben, um von dort einen Überraschungsangriff zu starten. Mit einem schnellen Blick über die Schulter stellte Harms fest, dass das Biest bis auf dreißig Meter herangekommen war. Verzweifelt hielt er nach dem Wohnwagen Ausschau, der hier irgendwo sein musste.

»Es kommt!«, rief Jan verzweifelt. Links vor ihnen schimmerte etwas Helles am Waldrand und dabei handelte es sich tatsächlich um den Wohnwagen. Abermals blickte Harms zurück und wünschte sich im selben Moment, es nicht getan zu haben. Das Wesen war bis auf zehn Meter heran.

Sie waren fast da. Harms ignorierte seine brennende Lunge und rannte mit zusammengebissenen Zähnen so schnell er konnte auf das Ziel zu. Riss die Tür auf. Drehte sich um. Sah Jan auf sich zukommen, dicht gefolgt von der Kreatur. Harms schubste Jan förmlich ins Innere. Die Kreatur setzte zum Sprung an. Harms warf sich zur Seite und landete hart mit der Schulter auf dem Wohnwagenboden. Sofort rappelte er sich auf, drehte sich um und zog die Tür zu. *Geschafft!* Ächzend mühte er sich auf die Beine und sah zu Jan runter, der völlig außer Atem auf dem Boden saß. Eine kleine Lampe tauchte den Wohnwagen in schummriges Licht. Harms' Blick glitt über die Werkzeuge an der Wand, die ihm bei seinem ersten Besuch schon aufgefallen waren, den Tisch und eine fleckige Matratze in der Ecke.

Wo ist das Handy? Irgendwo musst du doch ein Telefon haben.

Rumms!

Ein dumpfer Knall, das hässliche Kreischen von verbogenem Blech und eine gewaltige Erschütterung, die etliche Werkzeuge auf den Boden fallen ließ. Der Wohnwagen wackelte und neigte sich kurzzeitig zu einer Seite, bevor er wieder in seine Ausgangslage zurückfiel.

Verdammt! Harms klaubte sich einen Schraubenzieher, der noch an der Wand baumelte, und hielt auf die Tür zu. »Los, raus!«

Jan blickte ihn entgeistert an, als hätte er den Verstand verloren, folgte der Aufforderung dann aber sofort.

Das Biest war offenbar auf der Rückseite gegen den Wohnwagen gestürmt und Harms hätte seinen Arsch verwettet, dass es diesen bei der nächsten Attacke zum Umfallen bringen würde.

Draußen angekommen packte Harms Jans Hand und zerrte ihn sich aufgeregt umsehend zum Waldrand. Ein wütendes Knurren erdröhnte hinter ihnen. Im diffusen Mondlicht benötigte Harms ein paar Sekunden, bis er fand, wonach er suchte: ein unnatürlich symmetrisches Rechteck aus Ästen und Tannenzweigen. Er dankte dem alten Schamanen im Stillen, dass er die Grube wieder hergerichtet hatte.

»Aufpassen!« Vorsichtig zog er Jan um den über zwei mal zwei Meter großen Bereich herum, bevor er seine Hand losließ und sich zum Wohnwagen umdrehte. Die Kreatur stand mit aufgerichteten Ohren keine fünf Meter von ihnen entfernt und blickte sie aus feurigen Augen an. »Na, komm her, du Mistvieh, komm!«

Ungewohnt zögerlich, als würde sie die Falle wittern, näherte sich die Bestie. Noch vier Meter, dann drei.

»Du hässliche Hyäne!« Harms fuchtelte mit dem Schraubenzieher in der Luft herum. Die Kreatur trat noch näher, gleich hatte sie den Bereich mit den Ästen und Zweigen erreicht.

Mäh – ein wehleidiges Blöken tönte durch die Nacht. Allerdings drang der Laut diesmal nicht aus der Grube, sondern aus dem kleinen Gehege, der dem Wohnwagen gegenüberstand.

Die Kreatur fauchte, drehte sich um und lief zurück, wobei sie in der Luft schnüffelte und sich aufmerksam umsah.

Määäh … määäh.

»*Fuck!* Bleib hier!« Harms ging schnellen Schrittes um die Grube herum, als ein leises Scheppern zu hören war. Die Kreatur pflügte in das Gehege, das nur aus etwas Draht zwischen Holzstäben bestand.

»Hey, Mistvieh!«

Das Lamm blökte immer schriller. Dann ein klägliches Jammern und plötzliche Stille, die durch die Luft und Harms' Herz schnitt. »Verdammt!«

Die Kreatur trat mit einem kleinen hellen Körper im Maul aus dem zerstörten Gehege. Zornig rannte Harms auf sie zu, um ihr den Schraubenzieher in ein Auge zu rammen. Im letzten Moment riss das Biest jedoch den Kopf zur Seite. Harms streifte nur den muskulösen Hals des Wesens. Das Lamm fiel mit zerbissenem Körper und blutdurchtränktem Fell zu Boden. Die Kreatur jaulte und fauchte. Bleckte die Zähne und stierte Harms hasserfüllt an aus Augen, hinter denen ein immerwährendes Feuer zu lodern schien. Dann preschte sie nach vorn. Harms rannte mitten auf die Grube zu, doch vor der präparierten Fläche wich er mit einem scharfen Haken nach links aus und taumelte in den Wald.

Ein banger Blick über die Schulter. Die Kreatur stoppte ebenfalls ab und wollte ihm folgen. Doch durch ihr Tempo rutschte sie mit den Hinterläufen noch ein Stück über den Waldboden nach vorn. Ihre Vorderläufe verloren den Halt, mit ihren Hinterläufen trat sie verzweifelt um sich. Vergeblich bemühte sie sich abzubremsen und verzweifelt jaulend rutschte sie in die Tiefe. Wie ein völlig tobsüchtiger Hund sonderte das Wesen eine Kakofonie infernalischer Laute ab. Immer wieder schossen seine Krallen aus der Tiefe heraus und schoben sich über den Grubenrand, rutschten aber jedes Mal wieder nach unten. Nachdem die Befreiungsversuche aufgehört hatten, setzte ein ohrenbetäubendes Heulen ein, in dem Verzweiflung und Wut mitschwangen. Harms atmete tief durch und schaute zu Jan, der ungläubig auf die Grube blickte.

Wir haben es geschafft, dachte Harms, während sein wehmütiger Blick den zerfetzten Kadaver des Lamms erfasste. Ein unschuldiges Tier und zwei Menschen waren der Bestie heute Nacht zum Opfer gefallen und wer wusste schon, wie viele Lebewesen zuvor auf ihrer Beuteliste gestanden hatten.

»Komm, wir sehen zu, dass wir von hier wegkommen«, sagte Harms.

Jan nickte, trat näher an die Grube heran und beugte sich ein Stück vor, um hinunterzuschauen. Vorsichtig machte er noch einen Schritt auf den Grubenrand zu.

»Jan, pass auf!«

Krallen schnellten aus der Tiefe empor und obwohl sie Jans Schuh scheinbar nur touchierten, kam er ins Straucheln und rutschte mit einem Fuß aus. Er fiel auf den Hosenboden und eins seiner Beine glitt über den Grubenrand, wo es gepackt wurde. Entsetzen machte sich in Harms breit. Als er Jan zur Hilfe eilte, wurde der bereits nach unten gezogen.

Einen Augenblick lang war Harms starr vor Schreck, dann stürmte er in den Wohnwagen. Riss Schränke und Schubladen auf, die aus ihrer Verankerung flogen, und fand einen Trommelrevolver, mit dem er zurück zur Grube jagte. Unterwegs spannte er den Hahn der Waffe, woraufhin ein charakteristisches Klacken zu hören war.

Mit ausgerichteter Waffe spähte er über den Grubenrand. Das Vieh drehte sich zähnefletschend von einer mörderischen Energie erfüllt wie ein Kreisel um die eigene Achse, Jan lag zusammengekrümmt in einer Ecke. Harms machte noch einen entschiedenen Schritt vorwärts, zielte auf den Leib der Kreatur und drückte den Abzug. Ein krachender Schuss löste sich, das Biest heulte schrill auf und sank zu Boden.

Kapitel 35

Ein heller Streifen am östlichen Himmelsrand kündigte bereits die Morgendämmerung an, als Harms ausgelaugt und müde in Begleitung von zwei Polizisten zu dem Wohnwagen des Schamanen zurückkehrte und die Beamten zu der Wolfsgrube führte. Er hatte eine ganze Weile benötigt, um Hilfe zu holen. Nachdem er im Wohnwagen des Schamanen kein Handy gefunden hatte, war er zur Straße gegangen und in Richtung Recht marschiert. Erst als er den Ort schon fast erreicht hatte, war ein Auto an ihm vorbeigefahren. Der alte Bauer darin hatte tatsächlich angehalten und ihn mitgenommen, was bei Harms' wenig vertrauenerweckendem Aussehen eher überraschend gewesen war. Beim Anblick seines blutverschmierten, schmutzigen Gesichts vorhin im Rückspiegel des Polizeiwagens, hatte Harms sich über sich selbst erschrocken.

»Hallo? Jemand zu Hause? Hier ist die Polizei!« Die beiden uniformierten Beamten hatten ihre Waffe gezogen und hielten sie neben sich auf den Boden gerichtet, während sie den Wohnwagen passierten. Harms ging an dem übel zugerichteten Lamm vorbei, dessen Körper eine undefinierbare Masse aus blutverschmiertem Fell, Knochen und Innereien war, zum Waldrand und deutete auf das Erdloch. Der erste Polizist, ein Mann mittleren Alters mit längeren blonden Haaren unter der Polizeimütze, trat mit einer Taschenlampe vorsichtig an den Grubenrand und leuchtete hinein. Mehrere Sekunden schaute er nach unten, dann gesellte sich sein Kollege zu ihm und warf ebenfalls einen Blick in die Grube.

»Ein Wolf sagten Sie?«, fragte der Blonde barsch, nachdem er sich zu Harms umgedreht hatte. Er betrachtete Harms misstrauisch, steckte die Waffe zurück ins Holster und griff nach dem Funkgerät an seinem Gürtel. Harms erwiderte seinen Blick stumm, ging zum Grubenrand und sah nach unten. Dort lagen Jan und die Fleischerin, ihre Körper ineinander verschränkt wie zwei schlafende Liebende nach einer leidenschaftlichen Nacht.

***

Die zweite Überraschung hatte darin bestanden, dass sowohl Jan als auch die Fleischerin noch am Leben waren. Harms' Aussage bei der Polizei hatte mehrere Stunden in Anspruch genommen und mit zunehmendem Verlauf für immer entsetztere Gesichter gesorgt. Zuerst hatten sie ihn mit unverhohlenem Misstrauen behandelt, das jedoch schwand, nachdem eine Einheit zur Fleischerei ausgesandt worden war. Am Nachmittag entließen sie ihn endlich gegen die Auflage, für weitere Befragungen in der Gegend zu bleiben. Nachdem er sich im Gasthof eine dringend benötigte Ruhepause gegönnt hatte, ließ er sich von Louis zur Klinik Sankt Josef in St. Vith fahren, wo er sporadisch durchgecheckt wurde. Nachdem das erledigt und festgestellt worden war, dass ihm nichts weiter fehlte – die Bisswunde an seinem Arm war nur ein Kratzer am äußersten Rand –, wollte er nun nach Jan sehen. Er war gerade auf dem sterilen Krankenhausflur vor dessen Zimmertür angekommen, als Kommissar Renard, der Harms am Vormittag vernommen hatte, herauskam.

»Darf ich Sie noch mal kurz sprechen?«, fragte der Beamte.

»Ich wollte eigentlich nach dem jungen Mann sehen.«

»Es dauert nicht lange. Bei Herrn Hofmann besteht ein Verdacht auf Schulterbruch und er hat einige Blessuren, aber er kommt wieder auf den Damm.« Der mit seinen zerzausten grauen Haaren, den Stoppeln auf den Wangen und dem zerknitterten Mantel etwas zerstreut wirkende Kommissar wandte sich an eine vorbeilaufende junge Krankenschwester und fragte sie, wo man sich hier ungestört unterhalten konnte. Die Frau deutete den Flur entlang und sagte etwas, das Harms nicht verstand. Der Polizeibeamte führte ihn daraufhin in ein leer stehendes Krankenzimmer, wo sie sich einander auf zwei mit Plastikfolie überzogene Betten gegenübersetzten.

Der Kommissar raufte sich die Haare. »Wenn mehrere Personen Ihnen unabhängig voneinander erzählen würden, dass sie einen Außerirdischen wie E.T. gesehen haben, würden Sie ihnen trotzdem nicht glauben, oder?«

Harms verschränkte die Arme vor der Brust und zuckte mit den Schultern.

»Also nicht, dass Sie mich falsch verstehen. Dass Sie gefangen gehalten wurden auf diesem Hof, das steht außer Zweifel. Ich war auch schon bei dieser Frau, die Ihnen das angetan hat. Für ein paar Sachen des täglichen Bedarfs zeigte sie sich erstaunlich auskunftsfreudig. Sie hat alles zugegeben. Mir wurde flau im Magen, als sie erzählte, was sie aus den armen Menschen gemacht hat. Ich habe schon in einige Abgründe während meiner Karriere geblickt, aber diese Grausamkeiten sind nicht zu überbieten. Und mit welcher Teilnahmslosigkeit sie davon berichtete, wie sie ihre Opfer zu Fleisch verarbeitet hat. Als würde sie darüber reden, einen Kartoffelsalat zu machen. Mir blieb wirklich die Spucke weg.«

»Da fällt einem wenig zu ein«, sagte Harms.

Der Kommissar nickte eifrig. »Noch weniger fiel mir allerdings zu dem ein, was sie dann aussagte. Sie bestätigte Ihren Verdacht, dass sie Katharina Leclercq ist. Das allein ist schon kaum zu glauben, immerhin müsste die Frau heute um die siebzig sein. Nun ja, wir werden das mithilfe eines DNS-Tests überprüfen.«

»Hat sie gesagt, warum sie sich zum Schein eine Wohnung in Eupen gemietet hat?«

»Um vor den Behörden keine Verbindung mehr zu dem Hof in den Ardennen zu haben und dort ungestört ihren Machenschaften nachzugehen. Wäre dort eine verurteilte Mörderin offiziell gemeldet, hätte man sich das Anwesen bei den Vermisstenfällen genauer angesehen, so fiel es durch das Raster.«

Harms nickte. Das leuchtete ein.

»Dann erklärte sie mir die Hintergründe und berichtete davon, was es mit dieser Wolfskreatur auf sich hat.«

»Ich bin sehr gespannt.«

»Ich sage Ihnen das nur, weil Sie ein ehemaliger Kollege sind und nach allem, was Sie hier erlebt haben, eine Erklärung verdienen. Wobei ich nicht weiß, ob das eine Erklärung ist. Ich hätte es eher als verrücktes Gequatsche abgetan, wenn da nicht Ihre Aussage und die des Gerichtsmediziners wären. Der sagte nämlich, dass er noch nichts Genaues wisse, aber definitiv davon ausginge, dass ein Raubtier für die Leichen im Wald verantwortlich wäre.«

Harms nickte und wartete ungeduldig darauf, dass der Mann fortfuhr.

»Frau Leclercq gab zu Protokoll, dass sie irgendwann gegen Ende ihrer langen Haftstrafe, die sie für den Mord an ihrem Mann verbüßte, wegen guter Führung in der Gefängnisbibliothek arbeiten durfte. Sie hätte schon immer gern gelesen und konnte das dort dann mitunter mehrere Stunden am Tag tun. Eines Tages wäre sie in einem alten Buch auf eine mittelalterliche Legende aus dem französischen Teil der Ardennen gestoßen. Darin war die Rede von Männern und Frauen, die sich der sieben Todsünden schuldig gemacht hatten und sich in manchen Nächten von Satan oder dem Dämon Belial besitzen ließen. Mittels einer Prozedur und Beschwörungsformel, welche Frau Leclercq später in einem anderen alten Wälzer aufspürte, ging sie einige Zeit nach ihrer Entlassung einen Pakt mit Belial ein, der ihr für ihre Seele ewige Jugend und Vitalität versprach. Sie verwandelte sich in einen Voirloup, eine nachtaktive Kreatur, die mit dem Werwolf verwandt sei, und streifte in manchen Nächten durch die Wälder, um sich von tierischem und menschlichem Blut und Fleisch zu nähren. Sie behauptete weiter, dass ein Voirloup sein menschliches Bewusstsein und die damit einhergehende Intelligenz behielt und sich im Morgengrauen zurückverwandelte. Als angeblichen Beweis für ihre Geschichte zeigte sie mir einen rötlichen Fleck am unteren Ende der Wirbelsäule, anhand dessen sich ihr zu Folge ein Voirloup in seiner menschlichen Form erkennen ließe. Für mich sah das einfach nach einem Feuermal aus, aber das tut nichts zur Sache. Jetzt sagen Sie mir mal, was ich von der Geschichte halten soll, Herr Harms?«

Harms pustete die Backen auf. »Ich kann Sie gut verstehen, aber nach allem, was ich erlebt habe … Ich weiß inzwischen aus eigener Erfahrung, nicht nur durch die Vorkommnisse hier, dass es so einiges zwischen Himmel und Erde gibt, das über unser rationales Verständnis hinausgeht.«

Kommissar Renard seufzte müde. »An die Öffentlichkeit gehen wir damit aus naheliegenden Gründen nicht, so viel ist mal klar. Das wird auf einen tollwütigen Wolf hinauslaufen oder so etwas, der für die Toten verantwortlich ist. Auch für die Camper.«

»Welche Camper?«

»Ein Jäger hat uns gestern zu einem völlig demolierten Wohnmobil gerufen. Darin, beziehungsweise im Wald daneben, fanden wir die Leichen von einem Geschäftsmann aus Lüttich und einer Frau. Beide waren ähnlich zugerichtet wie die Toten im Wald.«

Harms nickte verdrießlich bei der Neuigkeit, dass noch mehr Leute gestorben waren. »Wie viele Opfer gehen insgesamt auf ihr Konto?«

Der Kommissar zuckte leicht mit den Schultern. »Sie sprach von sechs Männern, die sie beim Dating kennengelernt hatte und dann in ihrer Fleischerei …«, er räusperte sich. »Sie wissen schon. Ach ja, auf explizite Nachfrage gab sie auch zu, für das Verschwinden des jungen

Wanderpaares verantwortlich zu sein. Den Mann hätte das übliche Schicksal ereilt und die Frau hätten sie bei einer ihrer morbiden Vollmondveranstaltungen laufen lassen, nur um anschließend von der Kreatur gejagt zu werden.«

Harms seufzte fassungslos und strich sich über seine Glatze.

»Sie müssen übrigens später noch mal aufs Revier kommen und die Leute identifizieren, die wir auf dem Hof der Fleischerei festgenommen haben. Einer davon hat sich bei mir sogar für die Festnahme bedankt, auch so etwas ist mir wirklich noch nie passiert.« Der Kommissar schüttelte den Kopf, als würde er die ganze Welt nicht mehr verstehen.

***

Ein pochender Schmerz in der linken Schulter malträtierte Jan, von den Wehwehchen an anderen Stellen seines geschundenen Körpers gar nicht erst zu reden. Er fühlte sich derart erschöpft, dass er am liebsten eine Woche am Stück geschlafen hätte. Nach all der Zeit in dem stinkenden Schweinestall mutete das Krankenhausbett wie die himmlische Schlafstätte eines Luxushotels an. Ungeachtet seines physischen Zustands fühlte er sich seelisch so gut wie seit Ewigkeiten nicht mehr. Er hatte es tatsächlich geschafft und die buchstäbliche Hölle überlebt. Vielleicht hatte Gott, oder wer auch immer die Geschehnisse auf der Welt leitete, ihn mit diesem schlimmen, einschneidenden Erlebnis einer Art Prüfung unterziehen wollen. Und wie Prüfungen es oft an sich hatten, war es am Ende noch mal besonders knifflig geworden. In dem Moment, als er das Gleichgewicht verloren hatte und in die Grube stürzte, war er sich sicher gewesen zu sterben. Beim Aufprall auf den Grubenboden explodierte der Schmerz mit solcher Heftigkeit in seiner Schulter, dass er Sterne vor seinen Augen tanzen sah und ihm die Luft wegblieb. Unglücklicherweise verlor er das Bewusstsein nicht sofort und so musste er die Todesangst und den Gedanken durchstehen, jeden Moment gefressen zu werden. Doch die Kreatur ließ ihn links liegen, offenbar wollte sie ihn sich später einverleiben, und dann fiel ein Schuss. Zu dem Zeitpunkt driftete Jan in eine Ohnmacht ab, die erst endete, als der Himmel über dem Loch schon erste Anflüge von Grau offenbarte. Der Schock neben der Fleischerin aufzuwachen, war dann so etwas wie die Abschlusspointe seiner Prüfung gewesen und hätte um ein Haar einen Herzinfarkt hervorgerufen, so sehr hatte er sich erschrocken.

Nun hatte er es überstanden. Kurzzeitig war seine Laune beim ersten Blick in den Spiegel seit der Gefangennahme getrübt worden – er hatte seine Gewichtszunahme anhand seines Körperumfangs durchaus bemerkt, aber die blassen Hamsterbäckchen in dem aufgedunsenen Gesicht und den dicken Verband über seinem lädierten Auge zu sehen, war der nächste Schock gewesen. Zum Glück äußerten sich die Ärzte zuversichtlich, seine Sehfertigkeit auf dem Auge weitestgehend wiederherstellen zu können. Dann seine fettigen, ungepflegten Haare und dieser Bart. Den würde er sich allerdings bei Gelegenheit lediglich stutzen lassen. Er sollte ihm als Symbol dienen, dass er sein altes Ich voller Unzulänglichkeiten hinter sich gelassen hatte und fortan selbstbewusst in die Zukunft sah. Wer solch ein Martyrium überlebte, konnte mit allem fertig werden, da hatte Harms schon ganz recht. Harms – er war dem Mann unendlich dankbar und stand für immer in seiner Schuld.

»So, Augenblick, bitte, die Kollegen holen Sie gleich rein.« Die süße Krankenschwester mit den sanften blauen Augen und dem blonden Zopf hatte ihn im Rollstuhl durchs Krankenhaus gefahren und am Rande eines langen Ganges hinter einem Krankenbett abgestellt.

Als sich die Schwester neben ihm bückte und die Rollstuhlbremse festmachte, roch er ihre nach Pfirsich duftenden Haare. Er lächelte sie an und bedankte sich. Sie lächelte zurück. Als sie den Gang entlangging, hüpfte ihr Zopf über dem wohlgeformten Hintern, dessen Rundungen sich unter der weißen Hose abzeichneten. Bei dem Anblick machte nicht nur sein Herz einen Satz.

Sekunden vergingen und wurden zu Minuten. Gelangweilt flog Jans Blick über die weißen Wände und den dunkelblonden Hinterkopf der Frau, die vor ihm im Bett lag. Eine alte Dame im rosa Morgenmantel schlurfte in Begleitung eines Pflegers vorbei. Jan sah auf seine im Schoß gefalteten Hände und nestelte ungeduldig an seinen Fingern herum. Als er wieder aufsah, bekam er den nächsten und vielleicht allergrößten Schock des Tages. Die Frau in dem Bett vor ihm hatte sich zu ihm umgedreht und starrte ihn finster an. Lilly.

»Ich empfinde keine Lust mehr, sondern nur noch Schmerzen in meiner Mumu und das ist letztlich alles deine Schuld!«

Jan starrte sie an, zu perplex, um zu reagieren.

»Du blöder Wichser«, keifte sie.

Ein Sprühnebel aus Speicheltropfen flog ihm ins Gesicht. Endlich wich die Apathie in seinem Inneren einer grenzenlosen Wut. Die ganzen Misshandlungen und Qualen der vergangenen Wochen manifestierten sich in ihrer verhärmten, wutverzerrten Fratze. Er stützte sich auf den Armlehnen des Rollstuhls ab, klappte mit den Füßen die Fußstützen hoch und stand schwerfällig auf. Mit zwei Schritten trat er neben ihr Bett und griff nach dem transparenten Urinbeutel, der seitlich am Bettgestell eingehängt war und ihre mit Blut vermischten Ausscheidungen enthielt.

»Was machst du da?«, zeterte sie.

Jan nahm den Beutel an sich und riss den Schlauch aus der Öffnung, der zwischen ihre Beine führte.

»Hör auf!«

Er hielt den Beutel vor ihr Gesicht und drückte den Inhalt wie aus einer Squeeze-Flasche heraus.

Lilly kreischte wie wahnsinnig, als ihr der blutige Urin ins Gesicht spritzte. Panisch drehte sie das Gesicht weg und schlug nach seinen Händen, aber der Großteil des Beutelinhalts war längst dort gelandet, wo Jan es beabsichtigt hatte. Als ein Pfleger herbeigerannt kam, schmiss er den Beutel aufs Bett und grinste.

Kapitel 36

Die Fleischerin saß mit über dem Bauch gefalteten Händen im Bett und beobachtete, wie die Schatten der Dämmerung in das Krankenzimmer krochen und es sich immer mehr einverleibten. Ihr Magen knurrte, denn sie hatte den ganzen Tag noch kaum etwas gegessen. Das Mittagessen – Kartoffelbrei, Schweineroulade und Rotkohl – hatte sie nach dem Probieren zurückgehen lassen. Sie hatte schnell bemerkt, dass die Roulade aus blassem, wässrigem PSE-Fleisch bestand, das von einem Gendefekt beim Schlachttier zeugte. Solch ein minderwertiges, zähes Zeug, das den Namen Fleisch nicht verdiente, war ein Affront für ihren verwöhnten Gaumen. Der zunehmende Appetit verschlechterte ihre Laune noch, um die es ohnehin nicht gut bestellt war. Auf einen Schlag hatte sie ihr Geschäft und ihre Familie verloren, das galt es erst mal zu verdauen.

Wie hatte die Sache nur so aus dem Ruder laufen können? Die Antwort war klar, der vermaledeite Glatzkopf war schuld. Ohne ihn wäre man ihr und ihrem Business niemals auf die Schliche gekommen. Zudem hatte sie ihm die immensen Rückenschmerzen zu verdanken, die von der Pistolenkugel herrührte. Die Fleischerin schnaufte und blickte aus dem hohen Fenster rechts neben dem Fußende ihres Betts zum Himmel, der sich weiter verfinsterte. Der Ermittler hatte wohl gedacht, dass ein Pistolenschuss reichen würde, um sie zu erledigen, aber da lag er gewaltig falsch. Und jetzt gingen er und seinesgleichen davon aus, dass sie wieder ins Gefängnis wandern würde und die Sache damit erledigt sei. Ein böses Lächeln stahl sich auf ihr Gesicht. Man hatte ihr dazwischengepfuscht und ihr Business auf Eis gelegt, das schon, aber letztlich war sie viel zu gewieft und überlegen, um sich unterkriegen zu lassen. Immerhin konnte sie auf die Kraft eines mächtigen Verbündeten zählen, die sie unbesiegbar machte.

Leise vor sich hin summend schaltete die Fleischerin die Nachttischlampe an, woraufhin das karge Krankenzimmer in gedämpftes Licht getaucht wurde. Schmerzvoll ächzend beugte sie sich zu dem Stuhl hinüber, der links neben dem Bett stand, und zog die kleine graue Reisetasche darauf zu sich auf den Schoß. Sie holte einen Kulturbeutel daraus hervor und warf die Tasche zurück auf den Stuhl. Ein paar Kosmetikartikel im Tausch für ein Geständnis – da hatte der Kommissar selbstverständlich nicht Nein gesagt und ihr bereitwillig gebracht, was sie benötigte. Sie zog den Reißverschluss des Kulturbeutels auf und entnahm ihm einen Tiegel aus Braunglas, der laut dem Etikett eine Nachtcreme mit Anti-Falten-Effekt enthielt. Allerdings hatte die Fleischerin in ihrem ganzen Leben noch keine Gesichtscreme verwendet. Das überließ sie gern all denjenigen, für die ihr vergängliches Aussehen einen Wert darstellte, an den es sich festzuklammern lohnte. Sie war nicht eitel und ohnehin alterslos, also benötigte sie so etwas nicht.

Nachdem die Fleischerin den Verschluss abgenommen hatte, stieg ihr ein stechender, ranziger Geruch in die Nase, der für sie wie betörendes Parfüm anmutete. Die schleimige Substanz in dem Behältnis bestand neben speziellen Kräutern aus menschlichem Sperma, das sonntags gewonnen worden war, Hochzeitsblut einer Jungfrau und Fett von einem Schwein, das an einem Karfreitag nachmittags um drei Uhr geschlachtet wurde. Bei dem Sperma handelte es sich um eine freundliche Spende von Claude, an das Blut war sie in einem speziellen Shop im Darknet gelangt und um das Schweinefett hatte sie sich selbst gekümmert. Betrübt dachte sie, dass sie dieses Jahr am Karfreitag wahrscheinlich keine Schweine schlachten würde. Ostern war nicht mehr weit entfernt und bis dahin würde es ihr vermutlich nicht gelingen, ein neues Business aufzubauen.

Alles wegen dieses verfluchten Kerls.

Sie schlug die Bettdecke zur Seite, zog sich das Patientenhemd aus und pfefferte es zu Boden. Anschließend trug sie entschlossen die Substanz auf ihre Handgelenke und Ellenbogen auf. Mit zusammengebissenen Zähnen beugte sie sich stöhnend vor und schmierte auch ihre Kniekehlen und Füße ein. Als sie fertig war, verschloss sie den Tiegel wieder und stellte ihn auf den Nachttisch. Sie lehnte sich zurück, schloss die Augen und murmelte: »*Per adonai eloim, conventus sylphorum, antra gnomorum, daemonia coli gad.*« Lauter fügte sie hinzu: »*Hemen-etan! Hemen-etan! Belial, veni, veni, veni!*« Einige Sekunden vergingen und die Fleischerin lag da, als würde sie friedlich schlummern. Plötzlich riss sie die Augen auf, von denen nur das Weiße zu sehen war. Ihr Atem beschleunigte sich, bis sie nach Luft japste. Sie beugte den Rücken durch und ein Knarren wie von morschen Schiffsbalken setzte ein. Eine Metamorphose des Grauens begann. Ihr Körper wurde von spastischen Zuckungen geschüttelt, während Haut platzte, Knorpel rissen und überdehnte Knochen brachen wie morsche Äste, weil sich Muskeln, Sehnen und Gliedmaßen verformten. Wo zuvor rötlich blasse Haut gewesen war, wucherte dichtes Fell, Finger- und Fußnägel wuchsen zu spitzen Krallen heran und der runde Kopf deformierte sich zu einem lang gezogenen Schädel. Der weit aufgerissene Kiefer der Fleischerin verwandelte sich unter kontinuierlichem Knacken zu einem Raubtiermaul und ihre Zähne vergrößerten sich, was blutende Wunden in das Zahnfleisch riss. Die Eckzähne bogen sich wie fein geschwungene Säbel.

Eine dickliche Frau hatte sich in ein schlankes, athletisches Raubtier transformiert. Die Augen der Fleischerin schlossen sich und öffneten sich wenige Sekunden später als gelbe Wolfsaugen – dämonisch, wach und hungrig. Die Kreatur wälzte sich vom Bett, kam gewandt auf allen vieren auf und trat hechelnd und mit geneigtem Kopf auf den kurzen Gang, der sich vom Fenster zur Tür erstreckte. Mit erhobenem Kopf stieß sie ein helles Heulen aus.

Einen Augenblick später wurde die Tür aufgerissen und der Polizist, der ihr Zimmer bewachte, trat ein. Wie angewurzelt blieb er mit geschockter Miene stehen. Ein schneller Satz, ein kraftvoller Sprung und das Gewicht der Kreatur warf ihn zu Boden. Krallen und Zähne gruben sich in sein Fleisch. Ihm entwich lediglich ein überraschtes, dumpfes Stöhnen. Als er schreien wollte, biss ihm die Kreatur die Kehle durch, zerfetzte seine dünnen

Halsknochen und schlürfte gierig das warme Blut, das aus der Halsschlagader schoss.

Als sie sich ausreichend von seinem Lebenssaft genährt hatte, knurrte sie zufrieden, wandte sich um, rannte aufs Fenster zu und sprang hindurch. Eine Explosion aus Glas zerschmetterte die Stille des noch jungen Abends.

Kapitel 37

Harms stieß sich von der Fensterbank ab, an die er sich gelehnt hatte, und trat an das Fußende des Krankenbetts. So signalisierte er Lisa, die auf einem Stuhl saß und Jans Hand hielt, dass er aufbrechen wollte. In einer Vase auf dem Nachttisch leuchtete ein Blumenstrauß, den sie Jan mitgebracht hatten, in den schönsten Gelbtönen.

Harms hatte sich mit ihm über ihre Vernehmungen ausgetauscht, die meiste Zeit aber Lisa das Reden überlassen, die vor lauter Wiedersehensfreude kaum an sich halten konnte und Jan mit lauter Plänen bombardierte, die sie bald mit ihm umsetzen wollte. Eine Shopping-Tour in Köln, ein Ausflug in den Zoo, ein Trip an die Nordsee.

»Wenn ihr an die Nordsee fahrt, kommt ihr auch bei mir vorbei. Vielleicht können wir ein Football-Spiel der Oldenburg Knights anschauen, mit Bier, Burgern und Hotdogs.«

»Sehr gern«, sagte Jan. »Nur ohne Burger und Hotdogs. Ich werde jetzt … Pflanzenesser!«

Lisa lachte beim Aufstehen, Harms schmunzelte. »Bevor ihr geht: Danke für alles! Ihr habt mich gerettet.« Jan sah mit ernstem Blick von Lisa zu Harms und zurück.

»Ich bin einfach froh, dich wiederzuhaben!« Lisa umarmte ihren Freund vorsichtig, um ihm nicht wehzutun.

»Keine Ursache, mein Lieber. Bis bald!« Harms beugte sich vor und hielt Jan die ausgestreckte Hand hin, in die der einschlug, nachdem Lisa von ihm abgelassen hatte. »Und werd schnell wieder fit, Pirat!« Der Verdacht auf

Schulterbruch hatte sich bestätigt und es würde ein paar Monate dauern, bis Jan komplett kuriert war.

»Und was sind deine Pläne?«, fragte Lisa, als sie über den antiseptischen Krankenhausflur zum Ausgang schritten. »Wie lange bleibst du noch?«

»Wenn mein Wagen bis morgen freigegeben wird, wollte ich dann fahren.« Die Polizei hatte Harms mitgeteilt, dass sie seinen Wagen, wie auch einige weitere, in einem der Scheunengebäude auf dem Anwesen der Fleischerei gefunden hatte.

»Dann komm doch heute Abend bei uns vorbei. Ich koche was Schönes oder wir bestellen was.«

Eine Schar Weißkittel kam ihnen entgegen und Harms trat beiseite, um ihnen Platz zu machen. Eigentlich wollte er nichts lieber als schlafen, das kurze Nickerchen am Nachmittag hatte an seiner Müdigkeit und Erschöpfung kaum etwas geändert. Andererseits wollte er seiner Nichte das Treffen auch nicht abschlagen, jetzt, wo sein Job erledigt und er noch in der Gegend war.

»Na gut.«

Lisa, die sich aufgrund ihres Berufs in dem Krankenhaus auskannte, führte Harms zum Hinterausgang, der neben der Notaufnahme lag. Draußen war es inzwischen dunkel geworden und es wehte eine frische Brise. Mehrere Laternen tauchten die etwa hundert Meter lange asphaltierte Zufahrt in mattes Licht, die vom Krankenhausgebäude zum Parkplatz und der Hauptstraße führte.

»Worauf hast du denn Bock? Asiatisch, Griechisch, Fast Food?« Sie näherten sich dem Parkplatz und passierten einen Rettungswagen, der am Rande der Zufahrt geparkt stand.

»Zum Vegetarier werde ich nun nicht, aber momentan …«

Ein gewaltiger Knall von zerberstendem Glas ließ Harms verstummen und stehen bleiben. Automatisch wandten er und Lisa sich nach links, von wo das Geräusch gekommen war. Dort erstreckte sich eine von einem Blumenbeet umgebene Rasenfläche, auf die aus einem der Fenster im ersten Stock ein unförmiger Schatten fiel. Harms versuchte, sich auf das Geschehen einen Reim zu machen, als der Schatten über den Rasen auf sie zukam und das Beet durchschritt.

Etwa fünf Meter von ihnen entfernt trat die Kreatur ins Licht einer Straßenlaterne. Sie machte einen Katzenbuckel, bleckte die Zähne und fauchte. Glühende Augen fixierten Harms, der wie paralysiert war. Zu groß waren die Überraschung und das Unverständnis darüber, dass dies gerade wirklich geschah und es sich nicht um die wirren Bilder eines Fiebertraums handelte.

Mit geschmeidigen Sätzen überbrückte die Kreatur die Distanz zwischen ihnen in Sekundenschnelle. Endlich überwand Harms seine Regungslosigkeit und trat der Kreatur in den Weg. Doch die rammte ihm im Vorbeisetzen die muskulöse Schulter in den Solarplexus, woraufhin er unsanft mit der Seite auf den harten Asphalt fiel. Eine dissonante Klangfolge aus Knurren, Hecheln und Fauchen gipfelte in einem spitzen Schrei von Lisa, der Harms durch Mark und Bein fuhr. Er wälzte sich herum und sah, wie das Geschöpf über Lisa gebeugt dastand, seine geöffnete Schnauze in ihre Körpermitte grub und reißende Bewegungen machte.

»Nein!« Harms' urtümlicher Schrei übertönte sämtliche Nebengeräusche. Verzweifelt kämpfte er sich hoch und stolperte zu seiner Nichte, von der die Kreatur jetzt abließ. Sie trippelte einige Meter weiter und stieß aus ihrer blutverschmierten Schnauze ein gutturales Heulen aus, bevor sie sich abwandte und leichtfüßig weggaloppierte. Wie aus einer fernen Dimension drangen herbeilaufende Schritte und Stimmen in Harms' Bewusstsein. Zwei Sanitäter knieten sich neben Lisa, die stumm und bewegungslos dalag. Schmerz und Wut ungeheuren Ausmaßes erfüllten Harms, der befürchtete, gerade den nächsten nahestehenden Menschen zu verlieren.

Kapitel 38

Die Kirche St. Adelgund, ein grauer Klotz mit einem Bruchsteinturm, den ein zwiebelförmiger Turmhelm bedeckte, dominierte die Ortsmitte von Recht und befand sich gegenüber vom Gasthof ›Zur Alten Post‹. Der Kirchenraum lag im Halbdunkeln, den Chor tauchten zwei kleine Deckenleuchten und einige Kerzen in gedämpftes Licht. In den Seitenschiffen flackerten zahlreiche Teelichter. Ein dezenter Geruch nach Kerzenwachs und Weihrauch schwebte durch die Luft.

Harms saß mutterseelenallein in der ersten Reihe der Holzbänke und blickte auf das Gemälde, das über dem mit kunstvollen Schnitzereien verzierten Hochaltar hing und Jesus am Kreuz zeigte. Eine einzelne Träne bahnte sich ihren Weg seine Wange hinab und tropfte in seinen Schoß. Zorn flutete durch seine Adern. »Warum?«, spie er dem Kreuz entgegen. Den Blick auf Jesus gerichtet, schlug Harms wiederholt mit voller Wucht den Ellenbogen seines rechten Arms nach hinten gegen das massive Holz der Rückenlehne. Er war außer sich vor Wut und Schmerz, wusste aber, dass ein solches Verhalten das Geschehene auch nicht würde rückgängig machen können. Schluchzend hielt er inne.

»Sie hat es nicht geschafft«, hatte ihm die Ärztin gesagt. *»Ihre Bauchspeicheldrüse wurde völlig zerfetzt.«*

Er dachte an den Anruf bei Sabine und ihr inbrünstiges Schluchzen, das sein blutendes Herz endgültig in Stücke gerissen hatte. Für Jan und Lisas Freund war es ebenfalls eine Hiobsbotschaft gewesen.

Hiobsbotschaft – dieser umgangssprachliche Ausdruck rührte von der biblischen Person Hiob her, von der Bernadette ihm vorhin erzählt hatte. Hiob war ein wohlhabender und gottesfürchtiger Mann gewesen, der einige Jahrhunderte vor Christi Geburt im Osten Palästinas gelebt hatte und zum Spielball einer Wette zwischen Gott und dem Teufel geworden war. Der Teufel vertrat nämlich die Meinung, dass er Hiob nur übel genug mitspielen müsse, damit der seinen Glauben verlor und sich von Gott abwendete. Dieser hingegen vertraute auf Hiobs unerschütterliche Frömmigkeit und erlaubte dem Teufel, den Mann auf die Probe zu stellen. So kam es, dass Hiob innerhalb kurzer Zeit seine kompletten Besitztümer und jedes seiner zehn Kinder verlor. Die Nachrichten von im Feuer verendeten Kamelherden, ermordeten Söhnen oder bei Hauseinstürzen und Überschwemmungen gestorbenen Töchtern wurden ihm jeweils von einem Knecht überbracht, der die Ereignisse als Einziger überlebte. Hier stammte der Ausdruck Hiobsbotschaft als Synonym für eine verheerende Unglücksnachricht her. Als Hiob sich nach all dem Unheil noch immer nicht von Gott abwandte, erkrankte er an einem bösartigen Geschwür und verlor die Gunst seiner Frau, die ihn einen Narren schalt, noch immer an seinem Glauben festzuhalten. Gewiss fragte sich Hiob oft, warum ein vermeintlich gerechter Gott einem unbescholtenen Menschen so viel Leid aufbürdete, aber er sagte sich trotzdem nicht von seinem Herrn los. Letztlich wurde Hiob für seine Standhaftigkeit von Gott mit überschäumendem Reichtum und allen

Segnungen des Lebens belohnt. Er erhielt mehr Wohlstand als zuvor, ihm wurden neue Kinder geschenkt und er lebte noch viele Jahre, ohne dass es ihm an irgendetwas fehlte. Für Schwester Bernadette war diese Geschichte die Parabel eines Gottes, der Menschen Prüfungen unterzog, in denen diese sich bewähren mussten. In ihren Augen durchschritt Harms derzeit eine solche Prüfung und sie bat ihn inständig, trotz der wiederholten schweren Tragödien nicht den gerade wiedererlangten Glauben zu verlieren.

Harms wusste nicht, was er von alledem halten sollte, momentan waren da nur Schmerz, Wut und Unverständnis. Eine junge, herzensgute Frau, grausam und sinnlos aus dem Leben gerissen. Sein Blick glitt von dem Jesusbild zu einem von Kerzen umgebenen kleinen silbernen Standkreuz auf dem Altar und schließlich zu seinen im Schoß gefalteten Händen. Er war sich allerdings darüber im Klaren, dass er göttlichen Beistand brauchen würde, um diese Höllenkreatur zu töten und damit Rache zu üben. Also holte er eine Rosenkranzkette aus seiner Hosentasche hervor, die ihm Bernadette vor einigen Monaten als Talisman zum Schutz vor bösen Mächten geschenkt hatte. Er hatte sie zuletzt nicht mehr ständig getragen, aber in der Reisetasche mitgenommen. Wütend schlug er sie sich förmlich um den Hals und verstaute den Kreuzanhänger unter seinem Sweatshirt. Jetzt würde er die Sache zu Ende bringen, die durch die brutale Attacke auf seine Nichte endgültig persönlich geworden war.

Kapitel 39

Ein Mini Cooper war definitiv das falsche Gefährt für einen stattlichen Mann wie Harms, der sich auf dem Fahrersitz eingepfercht fühlte wie in einem Autoscooter. Er hatte sich Lisas Auto genommen, um mobil zu bleiben. *Sie braucht es schließlich nicht mehr*, dachte er schmerzerfüllt und unterdrückte seine Tränen.

Nachdem er in der spätabendlichen Dunkelheit auf den Zufahrtsweg zur Fleischerei abgebogen war und den Mini am Waldrand abgestellt hatte, wuchtete er sich vom Fahrersitz nach draußen. Er streckte sich, bevor er sich noch mal in das Auto hineinbeugte und eine Taschenlampe und ein Gewehr daraus hervorholte. Letzteres hatte ihm Louis für ein besonders großzügiges Trinkgeld besorgt. Es handelte sich um eine Repetierbüchse 8400 Caprivi vom amerikanischen Hersteller Kimber im Kaliber .375 H&H Magnum. Die Waffe verfügte über einen ergonomischen Pistolengriff, einen Schaft aus poliertem französischen Walnussholz und einen aus Stahl gefertigten Lauf. Sie wies eine enorme Durchschlagskraft auf und war speziell für die Großwildjagd in Afrika entwickelt worden. Wenn sie für die Big Five prädestiniert war, würde sie hoffentlich auch diesem Höllenwesen den Garaus machen, hoffte Harms.

Er schlug die Autotür zu und schulterte das Gewehr. Kurz tastete er prüfend über die Taschen seiner schwarzen Fleece-Jacke – sein Bundeswehrparka befand sich vermutlich noch auf dem Hof –, dann machte er sich auf den Weg. Der Mond thronte auch heute als aufgeplusterte Kugel am Nachthimmel, also benötigte er die Taschenlampe vorerst nicht. Das Tor in dem Maschendrahtzaun, der das Anwesen auf dieser Seite umgab, stand offen. Gelbes Absperrband flatterte in der sanften Brise und markierte den Hof als Tatort. Harms schlüpfte drunter durch und ging weiter. Er hatte befürchtet, dass noch Beamte auf dem Anwesen herumwuselten, immerhin handelte es sich um einen Serienmordschauplatz, aber offenbar war heute niemand mehr hier. Die Versiegelung deutete zumindest darauf hin und als er den Hof erreichte, lag dieser in Dunkelheit getaucht vor ihm. Die Umrisse von mehr als einem halben Dutzend Nebengebäuden zeichneten sich im Mondlicht ab. Trutzig ragte das Wohnhaus in den Nachthimmel, das rechts über einen Anbau im Stil eines Bungalows verfügte. Auf der anderen Seite wurde es von einem flachen Backsteingebäude flankiert. Harms nahm an, dass es sich dabei um die Fleischerei handelte.

Bis auf das leise Rauschen des Windes in den Baumwipfeln des umliegenden Waldes war es still. Kies knirschte unter Harms' Schritten, als er sich einem langen, flachen Holzgebäude näherte, bei dem es sich möglicherweise um die Scheune handelte, aus der er erst gestern geflohen war. Auf der Suche nach einem Eingang schlich er an der Fassade entlang, als ein Geräusch seine Aufmerksamkeit erregte und ihn auf der Stelle verharren ließ.

Tock-tock-tock.

Es klang wie das leise Klopfen eines Fingernagels auf Holz und drang aus dem viereckigen Holzklotz nebenan, der die Größe eines Gartenschuppens hatte und womöglich genau das war. Harms nahm das Gewehr von der Schulter und näherte sich nach und nach dem Gebäude. Seine linke Hand mit der Taschenlampe legte er unterstützend an den Lauf, bereit diesen jederzeit anzuheben und abzudrücken. Vor der Tür des Schuppens angekommen, hörte er wieder dieses zurückhaltende Klopfen.

Tock-tock-tock.

Er knipste die Taschenlampe an, zog die quietschend aufschwingende Tür auf und machte einen Schritt zurück. Schussbereit leuchtete er in den Stall, sah aber zunächst nichts als Schwärze. Erst als er in den Türrahmen trat und nach unten leuchtete, fielen ihm einige Hühner auf, die ihn neugierig beäugten. Eins begann aufgeregt zu gackern.

Plötzlich löste sich von schräg oben ein Schatten aus der Dunkelheit. *›Ääk-ääk‹*. Schrille Drohlaute untermalten wildes Flattern. Instinktiv drehte Harms seinen Kopf zur Seite, gerade rechtzeitig, denn messerscharfe Krallen schnitten dort in seine Haut, wo gerade noch sein rechtes Auge gewesen war. *›Ääk-ääk‹*. Unwillkürlich packte Harms das Gewehr mit der Linken. Im selben Moment als der Hahn, der sich in Harms' Gesicht festgekrallt hatte, anfing auf ihn einzuhacken, riss er ihn mit der freien Hand an den Schwanzfedern von sich fort und schleuderte ihn wie einen nassen Sack gegen die rückseitige Wand. Nach einem lauten Klatschen sackte das Tier zu Boden und quittierte die rigorose Gegenwehr mit einem empörten Schrei, der beinahe menschlich anmutete. Inzwischen gackerten mehrere Hühner aufgeregt. Der

Hahn schlug ungestüm mit den Flügeln und setzte zu einer neuen Attacke an, die Harms unterband, indem er die Tür zuknallte.

Angepisst wischte er sich Blut von der Wange, während er gedanklich die Liste, was man seinen Feinden alles antun konnte, um einen Punkt erweiterte: ihnen einen völlig durchgeknallten Kampfhahn auf den Hals hetzen.

Tock-tock-tock. Das psychotische Vieh hämmerte mit dem Schnabel gegen die Tür. Harms wandte sich ab und zum ersten Mal kamen ihm Zweifel an seinem Unterfangen. Er war in der festen Annahme hergekommen, die Fleischerin in Gestalt der Kreatur auf dem Hof konfrontieren zu können, um es zu Ende zu bringen. Nun war von ihr aber nichts zu sehen, stattdessen musste er sich mit verrückten Hühnern auseinandersetzen. Er setzte sich gerade in Richtung der großen Scheune in Bewegung, als er glaubte, im Augenwinkel etwas wahrzunehmen. Es war nur die Ahnung einer Bewegung hinter einem der Fenster des Bungalows gewesen. Er richtete den Strahl der Taschenlampe auf die Scheibe, sah aus der Entfernung aber nichts Ungewöhnliches. Er beschloss genauer nachzusehen und ging über den Hof zu dem aus Ziegelsteinen errichteten Flachbau, dessen Tür von zwei Fenstern flankiert wurde. Sporadisch leuchtete er in die Fenster, hinter denen sich in Dunkelheit gehüllte Räumlichkeiten ausbreiteten.

Stückweise zog er die quietschende Tür auf. Darauf vorbereitet, sein Gewehr jederzeit anzuheben und einzusetzen, schlich er ins Haus, wo ihm ein muffiger Geruch entgegenschlug. Er fand sich in einem schlichten Flur wieder, von dem jeweils zwei Türen an den Seiten und eine an der rückwärtigen Wand abgingen. Die erste Tür zur Linken war nur angelehnt, er schob sie mit dem Gewehrlauf weiter auf und betrat eine kleine Küche mit betagten Holzmöbeln, in der sich der Geruch nach Bratenfett in den muffigen Mief mischte. Auf der Anrichte stapelte sich benutztes Geschirr. Auf dem Küchentisch stand ein Teller mit einem angebissenen Stück Marmorkuchen. Harms verließ die Küche und wandte sich dem Raum gegenüber zu. Mit zwei Fingern seiner Linken, in der er die Taschenlampe hielt, drückte er die Klinke hinunter und stieß die Tür auf, die noch lauter quietschte als die Haustür. Im Rahmen stehend, leuchtete er in den Raum, bei dem es sich offenbar um ein Wohnzimmer handelte. Auch hier fand sich betagtes Holzmobiliar, dazu ein Sofa und ein Schaukelstuhl mitsamt Fußhocker. Auf einer Kommode stand ein alter Röhrenfernseher. Beim Näherkommen fiel ihm auf dem schlichten Wohnzimmertisch eine kleine hellblaue Kunststoffschachtel ins Auge: Schnupftabak der Marke Gletscherprise. Er kannte dieses Produkt, hatte es vor Jahren aus Neugier selbst einmal ausprobiert. Daneben stand ein halb gefülltes Glas mit einer bernsteinfarbenen Flüssigkeit.

Harms rümpfte die Nase, irgendwas kam ihm komisch vor, aber er konnte es nicht benennen. Er richtete die Taschenlampe auf ein Regal mit einer Musikanlage, neben der etliche CDs unordentlich aufgestapelt waren. In dem Fach darunter lag ein ausgedientes Akkordeon. Als Harms sich umdrehte, um wieder hinauszugehen, glitt der Lichtstrahl über das Sofa, auf dessen Rückenlehne einige verstaubte Kuscheltiere aufgereiht waren. Ein Waschbär, eine Ente, ein Pokémon.

Nein! Harms hielt inne, trat näher und beleuchtete ein am Daumen nuckelndes Monchhichi mit einem fleckigen hellblauen Oberteil.

Das kann doch nicht …

Etwas Hartes bohrte sich unsanft in seinen Rücken. »Waffe fallen lassen«, zischte eine Stimme.

Kapitel 40

Harms leistete dem Befehl folge. Das Gewehr polterte auf den Boden, er hob ergeben die Hände. Der Druck in seinem Rücken hörte auf, er drehte sich bedächtig um. Der gleißende Lichtkegel einer Taschenlampe blendete ihn, sodass er unwillkürlich die Augen zusammenkniff. Einen Moment später ging die Deckenbeleuchtung an und die Taschenlampe wurde ausgeschaltet. Im Türrahmen stand der alte Mann, der am Lagerfeuer so emsig Mundharmonika gespielt hatte, und hielt eine Pistole auf Harms gerichtet.

»Wieso sind Sie noch hier?«, fragte Harms verblüfft.

Ohne die Waffe von Harms abzuwenden, stellte der Alte die Taschenlampe auf einem Tischchen neben der Tür ab. »Ich konnte mich noch rechtzeitig in ein Geheimversteck flüchten, bevor das Einsatzkommando alles stürmte. Einer Ihrer Kollegen hat unser elektronisches Fallenmeldesystem ausgelöst, genauso wie Sie neulich. Nach den Geschehnissen war mir fast klar, dass wir auffliegen würden.«

Der Alte war ein Männchen mit hängenden Schultern, um die eine abgetragene braune Strickjacke schlabberte. Doch seine Augen funkelten wachsam und listig. Mit der Waffe in der Hand hatte er gegenüber Harms die besseren Karten.

»Wir gehen jetzt in aller Ruhe rüber zur Scheune. Ich bin zwar nicht mehr so agil, aber ich habe Sie im Blick und drücke sofort ab, wenn Sie Dummheiten versuchen.«

Der Alte beugte sich zur Seite, ohne Harms aus den Augen zu lassen, und angelte sich einen Gehstock, der im Flur neben der Tür an der Wand gelehnt hatte. Dann zog er sich Stück für Stück zurück und winkte Harms zu sich. »Machen Sie das Licht aus beim Hinausgehen«, sagte er und betätigte gleichzeitig einen Schalter, woraufhin die Deckenleuchte im Flur zum Leben erwachte.

Harms ließ die Arme sinken und setzte sich in Bewegung.

»Hände schön oben lassen!«

Harms tat, was der Alte verlangte und trat zögernd aus dem Wohnzimmer, wobei er das Licht ausschaltete.

Im Flur war der Mann so weit zurückgewichen, dass Harms keine Möglichkeit sah, ihn mit einem Überraschungsangriff außer Gefecht zu setzen. Also wandte er sich in Richtung Tür. »Sie waren das mit dem Mädchen des Schamanen?«, fragte er eher traurig als anklagend oder wütend.

»Sie ist mir im Wald förmlich in die Arme gelaufen. Da habe ich sie mitgenommen und meinen Spaß mit ihr gehabt. Ihr Tod war gar nicht geplant, ich habe sie zu hart rangenommen. Ich war zu der Zeit ein einsamer Mann. Sie müssen das verstehen, meine Frau war so lange im Gefängnis.«

Dieses Monster! Harms verstand, dass der Alte offenbar der Ehepartner oder Lebensgefährte der Fleischerin war. Sie musste eigentlich siebzig sein und ihn schätzte er auf Mitte siebzig – das kam hin. Seine billige Rechtfertigung verstand Harms jedoch mitnichten, er spürte, wie die altvertraute Wut in ungeahnter Heftigkeit Besitz von ihm ergriff und ihn zu einer unkontrollierten Handlung verleitete.

»Sie sind also der Mann der Fleischerin?«, fragte er, mehr um sich selbst abzulenken und keinen Fehler zu begehen, den er teuer bezahlen müsste.

»Gehen Sie zur Scheune und machen Sie keine Dummheiten. Der Vollmond leuchtet hell genug.« Harms begab sich zur Tür und nahm kurzzeitig eine Hand runter, um sie aufzuziehen. Anschließend schob er sich ins Freie.

»Ich bin ihr dritter Mann, ja. Den zweiten hat sie bekanntlich aus dem Weg geschafft und der erste ist zu seinem Glück vorher abgehauen. Beides Taugenichtse. Erst mit mir hat sie einen guten Fang gemacht.«

»Ein echtes Traumpaar, ja. Eine kannibalische Soziopathin und ein Kinderschänder.« Harms bereute die Aussage sofort, nicht weil sie gelogen war, sondern weil er befürchtete, sie könne den Finger des Alten unwillkürlich nach hinten zucken lassen.

Der spuckte stattdessen nur aus. »Zügeln Sie Ihr Mundwerk, Sie haben doch keine Ahnung.«

»Machen Sie alles nicht noch schlimmer«, sagte Harms ruhig, während sie über den in Mondlicht getauchten Hof auf die Scheune zugingen. »Morgen wimmelt es hier wieder vor Polizisten. Sie werden den ganzen Hof noch mal durchkämmen, sicher sogar den Boden umgraben. Sie können sich hier nicht weiter verstecken.«

»Das habe ich auch gar nicht vor. Ich werde zu einem Diener Belials und Sie werden mir dabei helfen.«

»Wie soll das gehen?«

»Nicht so viel quatschen! Öffnen Sie die Tür. Rechts davon in der Scheune ist ein Lichtschalter.« Harms war vor der Holztür des Gebäudes angekommen. Nachdem er sie entriegelt hatte, zog er sie auf. Kurz erwog er, das Licht nicht anzuschalten und ins dunkle Innere zu flüchten, aber der Alte war zu dicht hinter ihm. Die Gefahr, von einem Schuss in den Rücken getroffen zu werden, war zu hoch.

Harms tastete neben dem Türrahmen nach einem Lichtschalter und betätigte diesen, als er ihn fand. Die vereinzelt an den Wänden angebrachten Leuchten tauchten die Scheune in gedämpftes Licht, das Platz für tiefe Schatten ließ. Durch das große Lagerfeuer war es hier am Vortag deutlich heller gewesen. Nachdem Harms einige Schritte in die Scheune hineingemacht hatte, wagte er es, sich bedächtig umzudrehen und rückwärts weiterzugehen. »Hören Sie, es muss …«

»Schnauze jetzt!«, blaffte der Alte. »Da lang.« Er machte eine brüske Handbewegung in Richtung des provisorischen Altars, der aus der Holzbühne und einem Tisch bestand. Dahinter prangte das übergroße Dämonenbild an der Wand.

Neben den Treppenstufen, die an der Seite auf die Holzkonstruktion hinaufführten, blieb Harms stehen.

Der Alte hielt rund zwei Meter von ihm entfernt ebenfalls an. »Worauf wartest du? Beweg deinen …«

In diesem Moment erklang ein eindringliches, kehliges Heulen ganz aus der Nähe. Der Kopf des Alten zuckte unwillkürlich zur Seite und seine auf Harms gerichtete

Waffe senkte sich ein Stückchen. Eine andere Gelegenheit würde sich vielleicht nicht bieten.

Nach einem schnellen Schritt mit dem linken Fuß nach vorn, trat Harms mit dem anderen im Stil eines Football-Kickers nach der Pistole.

Volltreffer! Der Arm des Alten wurde hochgeschleudert, der sich lösende Schuss krachte irgendwo oben in die Wand. Harms war sofort bei ihm, packte mit der linken Hand die Waffenhand des Alten und schloss die Finger der rechten um die Kehle des Mannes. Mit unbarmherziger Härte drückte Harms zu, woraufhin der Alte die Pistole fallen ließ und mit schreckgeweiteten Augen verzweifelt röchelte.

»Das ist für das Mädchen und ihren Vater.« Harms ließ Arm und Kehle seines Widersachers los, packte dessen Kopf, drückte ihn nach links und drehte ihn mit einer schnellen, ruckartigen Bewegung um 180 Grad zur anderen Seite. Es gab ein hässliches Knacken, das vom Bruch der Wirbelsäule unterhalb der Schädelbasis zeugte. Die Attacke hatte zudem das Rückenmark des Alten durchtrennt. Er war gelähmt und bekam keine Luft mehr. Den Mund zu einem stummen Schrei des Entsetzens geöffnet, den er aufgrund der Verletzung nicht mehr ausstoßen konnte, sackte der Mann zu Boden.

Harms ließ seinen Kopf gerade los, als er im Augenwinkel die Kreatur heranstürmen sah. Im nächsten Moment rammte sie ihm den Kopf in die Seite wie ein zentnerschwerer Stier. Durch die Wucht des Aufpralls flog Harms zu Boden und überschlug sich mehrfach. Panisch schnappte er nach Luft und hielt sich die Seite. Die Kreatur umkreiste den Alten, schnüffelte an ihm und winselte.

Zahn um Zahn, dachte Harms. Er stützte sich auf dem Boden ab, biss die Zähne zusammen und stand auf, begleitet von einem schmerzhaften Stöhnen. Schnell sah er sich um, bevor sein Blick wieder auf das Biest fiel, das ihn seinerseits ins Visier nahm, drohend knurrte und die mörderischen Zähne bleckte. Harms befand sich keine zwei Meter neben dem Bollerwagen, in dem die Schlachtkeulen gelegen hatten, mit denen die arme Alice malträtiert worden war. Mit zwei schnellen Schritten gelangte er zu dem Wagen, blickte hinein und stellte erleichtert fest, dass sich noch immer einige der Waffen darin befanden. Nachdem er sich eine Keule geschnappt hatte, wappnete er sich für die bevorstehende Konfrontation und versuchte, den hämmernden Schmerz in seiner Seite so gut es ging auszublenden.

Knapp fünf Meter trennten ihn und die Kreatur, die sich auf ihre Hinterläufe gestellt hatte und ihr Raubtiergebiss weit aufriss. Die Überdehnung der Kiefergelenke verursachte ein dissonantes Knistern und Knacken, das dem Platzen von Luftblasen beim Aufdrücken von Luftpolsterfolie ähnelte. Beim Anblick des über zwei Meter großen Monsters aus Muskeln, Fell und tödlichen Zähnen schluckte Harms nervös.

Die Kreatur ließ sich auf die Vorderläufe zurückfallen und preschte mit geschmeidigen Sätzen frontal auf ihn zu. Harms versuchte, wendig wie ein Torero zur Seite auszuweichen und zeitgleich mit der Messerspitze der Keule zuzuschlagen, doch das Biest war zu schnell. Es sprang ihn an und er konnte nur den linken Arm abwehrend erheben und gleichzeitig mit der Keule in der anderen Hand zuschlagen. Die aufjaulende Kreatur schleuderte ihn zu Boden und landete über ihm. Zähne gruben sich in seinen Arm, den ein sengender Schmerz durchflutete. Harms riss den Arm los und robbte panisch rückwärts von der Kreatur weg, um einer erneuten Attacke der tödlichen Zähne zu entgehen. Es gelang ihm, ein Stück Abstand zu gewinnen und sich mühsam auf die Beine zu rappeln. Das Biest drehte sich jaulend um die eigene Achse, wie ein Hund, der in seinen Schwanz beißen wollte, doch schon visierte es Harms erneut an.

Der wich zurück und sah sich verzweifelt um. Rechts von ihm lag der Lagerfeuerplatz, ein paar Meter zu seiner Linken verlief die Wand, an der sich verschiedene landwirtschaftliche Geräte aneinanderreihten. Harms' Blick flog über ein altes Güllefass, einen Rasentraktor und eine Zinkenegge. Die Kreatur reckte ihren Kopf nach oben und heulte. Dann fixierte sie Harms mit lodernden Flammen in den Augen und neigte bedrohlich langsam ihren Oberkörper.

Harms drehte sich um und lief auf den würfelförmigen Käfig zu, in dem er und Jan gefangen gehalten worden waren. Das wütende Fauchen in seinem Rücken trieb ihn dazu, an die Käfigwand zu springen und auf das Dach zu klettern. Als er sich dort gerade umdrehte, hob die Kreatur zu einem gewaltigen Satz vom Boden ab und sprang ihm hinterher. Der Käfig erzitterte heftig, als ihr schwerer Körper gegen die Außenseite schlug, an deren oberster Sprosse sie sich mit den krallenbewehrten Pranken ihrer

Vorderläufe festklammerte. Gerade als sie aufs Dach steigen wollte, schlug Harms mit der Keule auf eine ihrer Pranken. Das Messerblatt schnitt tief in die Haut, Blut sprühte in feinen Tröpfchen aus der Wunde. Die Kreatur jaulte, zog die Pranke zurück und schlitterte an der Wand entlang zu Boden. Dort lief sie vom Käfig weg, nur um in einer Schleife umzudrehen und erneut darauf loszustürmen.

Harms wappnete sich für einen erneuten Sprung an die Außenwand, aber dazu kam es nicht. Stattdessen pflügte das Biest durch den Käfig wie ein Bulldozer durch die Mauern bei einem Hausabriss. Holz zerbarst krachend, als eine Wand und gleich darauf die zweite in sich zusammenfiel. Das Dach brach weg, Harms stürzte in einen Mikado-Haufen aus Holzstäben. Er schnappte erschrocken nach Luft und war gerade dabei auszuloten, welche Körperstelle ihn am meisten schmerzte, als die Kreatur sich schon entschlossen einen Weg durch den Holzhaufen zu ihm bahnte. Noch bildete ein Stapel Stäbe eine Barriere zwischen ihm und dem Monster, aber das schnappte bereits nach ihm und war nur noch einen Meter entfernt.

Harms mobilisierte seine Energiereserven und kroch aus dem Holzhaufen und zur Wand.

Die Kreatur setzte ihm nach. Unter ihr Fauchen mischte sich das laute Knacken von Holz, das unter ihren Schritten zerbrach.

Harms hatte in dem Tumult seine Keule verloren, musste sich jedoch nicht lange nach einer neuen Waffe umsehen. Als er mühsam aufstand und sich dabei an einer Schubkarre abstützte, entdeckte er darin eine Mistgabel.

Er nahm das Werkzeug an sich und torkelte angeschlagen ein Stück von der Wand weg. Der pochende Schmerz in seinem Arm ließ Tränen in seine Augen treten, die er wegblinzeln musste, um wieder klar zu sehen.

Die Kreatur löste sich aus dem Holzhaufen, taxierte Harms und grollte. Leichtfüßig machte sie einige Schritte zur Seite, bereit, erneut auf ihn loszustürmen. Harms bewegte sich parallel zu ihr, sodass sie sich weiter frontal gegenüberstanden. Dabei hielt er die Zinken der Mistgabel auf sie gerichtet.

Forsch kam die Kreatur näher, riss das Maul auf und knurrte. Plötzlich galoppierte sie los und setzte zum Sprung an.

Harms stieß mit der Gabel zu. Im letzten Moment hielt die Kreatur jedoch inne, um Harms mit einem verzögerten, zielgenauen Satz an den scharfen Zinken vorbei zu Fall zu bringen. Sie warf ihn nieder und lastete schwer auf ihm. Krallen schlitzten seine Haut auf, Zähne schnappten zu. Harms, der die Mistgabel beim Sturz verloren hatte, wand sich verzweifelt unter dem Biest und hielt sich hilflos die Arme vors Gesicht. Die Hauer des Höllenviehs bohrten sich erneut in seinen schon lädierten Arm, durchtrennten Knochen und Sehnen. Der infernalische Schmerz trieb ihn zu einem lauten, urtümlichen Schrei. Mit der Faust des unversehrten Arms schlug er auf den Kopf der Kreatur ein, aber sie zuckte mit diesem nur hin und her, als würde sie von einer lästigen Fliege gestört.

Das Vieh war rasend und von unmenschlicher, aggressiver Energie erfüllt. Geifer troff ihm aus dem Maul. Panisch versuchte Harms sich Raum zu verschaffen. Seine

Kräfte gingen zur Neige und die Bewusstlosigkeit streckte bereits verführerisch ihre Arme nach ihm aus, bereit, ihn von den Höllenqualen zu erlösen. Immer wieder drosch er seitlich gegen den Kopf der Kreatur, bis die überraschend von seinem Arm abließ, in den sie sich verbissen hatte wie in eine Hähnchenkeule. Sie schnappte nach seiner Faust. Er zog den unversehrten Arm gerade rechtzeitig zurück, stemmte sich auf dem Boden ab und schob sich ein Stückchen rückwärts von seinem Widersacher weg. Mit einer gewaltigen Kraftanstrengung drehte sich Harms auf den Bauch und verlagerte sein Gewicht auf den verletzten Arm, woraufhin er inbrünstig schrie. Dennoch gelang es ihm, seinen Oberkörper angehoben zu halten und seine freie Hand in die Jacke zu schieben.

Schon war die Kreatur wieder über ihm und schlug ihre Zähne in seine linke Wade. Harms drehte sich laut ächzend um, sein Körper war kurz davor zu kapitulieren. Der Kopf der Kreatur war auf Höhe seines Schoßes, an ihren Zähnen klebten blutige Fleischfetzen. In ihren Augen, die inzwischen wieder ein wölfisches Gelb angenommen hatten, lagen unnachgiebige Bösartigkeit und Siegesgewissheit. Nach einem Moment verschwammen die Augen in Harms' Blickfeld, er driftete in die Bewusstlosigkeit ab. Mit einer letzten Willensanstrengung stieß er den Fuß des handlichen Silberkreuzes, das er aus der Kirche mitgenommen und gerade aus der Jacke gezogen hatte, in ein Auge der Kreatur. Ein Zischen erklang, Rauch stob aus dem Augenloch heraus. Ein schrilles Jaulen entfuhr dem Wesen, das an das Quieken eines Schweins im Todeskampf erinnerte.

Harms sackte auf den Rücken zurück, ihm wurde schwarz vor Augen, die Bewusstlosigkeit kam über ihn. Als er die Augen wieder aufschlug, war das Biest auf seine Oberschenkel gesunken, zuckend und winselnd. Er konnte nur wenige Sekunden weggetreten gewesen sein. Unter den immensen Schmerzen robbte er ein Stück rückwärts unter der Kreatur weg und mühte sich auf die Beine. Sein linkes Bein mit dem Wadenbiss drohte unter ihm wegzuknicken, also verlagerte er das Gewicht schnell auf das andere. Er humpelte zu der Mistgabel, klaubte sie vom Boden und kehrte zu der Kreatur zurück. Breitbeinig stellte er sich damit über sie und legte beide Hände um den Stiel. »Für Lisa, Alice und all die anderen.« Kraftvoll rammte er dem Wesen die Mistgabel in den muskulösen Rücken. Schwarzes Blut spritzte, als sich die Zinken tief in das Fleisch gruben und darin stecken blieben. Harms stolperte zur Seite und klammerte sich beim Fallen am Stiel der Mistgabel fest, die er dabei wieder aus dem Rücken der Kreatur herausriss. Er landete auf dem Hosenboden und das Gartenwerkzeug fiel polternd neben ihn, während die letzten Bewegungen der Kreatur erschlafften. Begleitet von einem leisen Knacken und Knistern verwandelte sich das Wesen in die reglose Hülle der Fleischerin zurück. Ein kräftiger Windstoß fegte durch die Scheune und ließ die Tür zuknallen.

Geistig und körperlich völlig erschöpft verharrte Harms' Blick einen Moment auf der Frau, die mit ihren grauen Haaren und der runzligen Haut nun ihr wahres

Alter offenbarte. Schließlich wandte er sich von der Toten ab und fischte sein Handy aus der Hosentasche, um den Notruf zu wählen.

Kapitel 41

Die Fleischerin ächzte geplagt, während sie sich ruckartig aufsetzte und benommen blinzelte. Als sie sich mühselig auf die Beine kämpfte, knackten ihre arthritischen Knochen.

Harms bekam von alledem nichts mit, er saß mit dem Rücken zu ihr drei Meter entfernt auf dem Boden und sprach in sein Handy: »Harms, Privatermittler. Schicken Sie einen Wagen zu der Fleischerei …«

Die nackte Haut der Fleischerin war faltig und zerfurcht wie ein zerknittertes Laken. Schmerzen peinigten sie, sie fühlte sich erschöpft und ausgelaugt. Mit einem Mal war sie ihrer übermenschlichen Energie beraubt und nichts weiter als eine alte gebrechliche Frau. Die Erkenntnis, von dem Dämon verlassen worden und wieder in ihr ursprüngliches Ich zurückgekehrt zu sein, ließ ihre Seele bluten. Sie hatte alles verloren, ihr Geschäft, ihre Familie und den Pakt mit Belial, der ihr ewige Jugend verheißen hatte. Geblieben war neben den Blessuren und einer tiefen Müdigkeit nur der altvertraute Jähzorn, der beim Anblick des Mannes vor ihr über sie kam wie ein Hochgeschwindigkeitszug.

Noch wacklig auf den Beinen torkelte sie zu der Mistgabel, die ihr verhasster Feind keinen Meter entfernt fallen gelassen hatte. Ihr Rücken rebellierte wie nach tagelanger Schufterei. Als sie sich bückte und das Werkzeug aufhob, unterdrückte sie einen gequälten Aufschrei.

»Zwei Tote … Mein Arm und mein Bein sind ziemlich in Mitleidenschaft gezogen … Schicken Sie auch einen Arzt.«

Schnaufend hielt die Fleischerin die dreizinkige Forke in der Hand und bleckte die Zähne. Unwillkürlich flog ihr der Gedanke an ein Gemälde durch den Kopf, welches sie irgendwann einmal gesehen hatte und das den Teufel mit einer Mistgabel darstellte. Selbst er und seine Getreuen hatten der Fleischerin den Rücken zugekehrt. *Alles nur wegen dieses Mannes.* Er hatte ihr alles genommen und dafür würde er mit seinem Leben und seiner Seele bezahlen, die in der Hölle schmoren sollte. Wie eine Lanze hielt die Fleischerin das Werkzeug mit beiden Händen horizontal neben sich und näherte sich Harms.

»Die Adresse weiß ich nicht, die werden Sie ja wohl haben …«

Einen halben Meter hinter ihrem verhassten Feind blieb die Fleischerin stehen. Begleitet von einem wutschäumenden Aufschrei, in dem der Schmerz über ihren ganzen Verlust mitschwang, stach sie mit den Zinken nach seinem Hinterkopf.

***

Harms' Kräfte näherten sich dem Ende und dasselbe galt für seine Geduld.

Was stellt die dumme Schlunze am Notruftelefon denn für dämliche Fragen? Seine blutigen Wunden brannten wie lodernde Flammen, er funktionierte nur noch, weil sein Körper Unmengen Adrenalin durch seine Venen pumpte und die Tussi fragte ihn allen Ernstes nach der Adresse der Fleischerei. Jener Fleischerei, die erst heute Ziel eines polizeilichen Großeinsatzes gewesen war. Eigentlich sollten die Beamten am Notruftelefon beruhigend auf die Anrufer einwirken. Diese junge Frau hatte wohl bei der Ausbildung geschlafen oder ihre bestimmt hübsch lackierten Nägel gefeilt.

Genervt nahm Harms das Handy vom Ohr und starrte ungläubig kopfschüttelnd auf das Display, auf dem die Notrufnummer auf grauem Hintergrund zu sehen war. Da nahm er eine gespiegelte Bewegung hinter ihm auf dem Bildschirm wahr und fuhr erschrocken herum. Instinktiv riss er seinen geschundenen Arm hoch, in den sich unmittelbar die Zinken der Mistgabel bohrten. Harms warf sich auf den Rücken, die Zacken schnitten an der Oberkante durch sein Fleisch und trennten einen blutigen Hautlappen von seinem Arm ab. Durch die Wucht der Attacke verlor die Fleischerin die Kontrolle über das Werkzeug und es polterte auf den Scheunenboden. Sie schwankte und hielt nur mit Mühe ihr Gleichgewicht. Harms wandte sich schmerzerfüllt auf der Erde. Für einen kurzen Moment trafen sich ihre Blicke. Der brennende Hass in den Augen der Frau wich einer tiefen Müdigkeit und Leere. Sie machte keine Anstalten, die Mistgabel aufzuheben oder ihn erneut anzugreifen. Stattdessen wankte sie zum Ausgang. Ihre langen grauweißen Haare fielen ihr in wirren Strähnen über die hängenden Schultern, die Fettpolster an ihren Armen und Beinen wabbelten bei jedem Schritt hin und her.

Harms biss sich auf die Zähne und versuchte, den Schock dieser unerwarteten Attacke zu verdauen. Die Kreatur beziehungsweise die Alte waren doch mausetot gewesen. Wie selbstverständlich hatte er angenommen, dass es vorbei war. Dabei hätte er wissen müssen, dass auf die Schlussfolgerungen von rationalem Denken beim Kampf gegen Dämonen und Höllenkreaturen kein Verlass war. Stöhnend setzte er sich auf. Mit seinem unversehrten Arm stützte er sich ab und mühte sich auf die Beine. Als er endlich stand, torkelte er wie ein Betrunkener, letztlich gelang es ihm aber, sein Gleichgewicht zu halten. Tief durchatmend stolperte er hinter der Fleischerin her, welche die Scheune inzwischen verlassen hatte. Kurz vor dem Ausgang klaubte er neben dem toten Alten den Revolver auf. Der Mann lag mit weit aufgerissenen Augen und geöffnetem Mund, aus dem sein Gebiss bei den Tumulten herausgefallen sein musste, auf der Erde und schien empört in den imaginären Himmel zu starren. Harms schwenkte die Trommel des Revolvers aus, überprüfte, dass sie geladen war, und drückte sie zufrieden zurück in das Gehäuse. Gleißende Schmerzen zuckten bei jeder Bewegung durch seinen Arm. Die pochende Beinwunde erschwerte ihm das Gehen, er lief buchstäblich auf dem Zahnfleisch, aber er musste es zu Ende bringen.

Draußen erfrischte die kühle Nachtluft kurzzeitig seine Sinne und milderte seine Qualen. Er sah sich um und entdeckte schnell die offen stehende Tür in dem lang gestreckten Gebäude neben dem Wohnhaus, von dem er annahm, dass es sich um die Fleischerei handelte. Ein schmaler Lichtstreifen drang daraus hervor. Harms hinkte auf die Tür zu, zog sie weiter auf und schob sich ins Innere. Die Leuchtstoffröhren an der Decke sandten ihr kaltes Licht in einen sterilen, weiß gefliesten Flur, von dem mehrere Türen abgingen. Ein penetrantes süßlich-würziges Duftgemisch hing in der Luft. Harms wollte gerade in dem offen stehenden, hell erleuchteten Raum zu seiner Linken nachsehen, als ein Poltern von der anderen Seite seine Aufmerksamkeit erregte.

Mit schussbereiter Waffe schob er sich rechts durch die geöffnete Tür und fand sich im Schlachtraum wieder. Zahlreiche Geräte und Apparaturen aus Edelstahl funkelten unter den Deckenleuchten. Die Fleischerin stand mit dem Rücken zu ihm am gegenüberliegenden Ende vor einer Anrichte. Eine mit zahllosen Blutstriemen verschmierte Metzgerschürze verhüllte ihren nackten Körper, ein fleckiges Schiffchen saß so schief auf ihrem Kopf, als würde es jeden Moment den Kampf gegen das tosende Meer aus Haaren verlieren und untergehen. Die Fleischerin hatte den Kopf in den Nacken geworfen und schüttete sich irgendetwas in die Kehle. Im nächsten Moment knallte sie eine Flasche aus Braunglas auf die Anrichte.

Harms richtete die Waffe auf sie und trat näher. »Umdrehen und die Hände über den Kopf!« Mit einer Schnelligkeit, die ihn verblüffte, wirbelte sie herum. In ihrer Rechten blitzte die lange Klinge eines Schlachtermessers auf.

»Legen Sie die Waffe weg!« Harms blieb mit genügend Abstand vor ihr stehen. Die Fleischerin wackelte merkwürdig mit dem Kopf und bleckte die Zähne.

»Ich puste Ihnen den Kopf weg, wenn Sie die Waffe nicht weglegen.« Aus dem Augenwinkel sah er Blaulicht, das aus einem der hoch liegenden schlitzförmigen Fenster drang, über die Wandfliesen zucken.

»Kennen Sie … die Werbung … aus den Achtzigern?«, lallte die Fleischerin wie sturzbetrunken. »Fleisch muss sein … beiß rein!« Sie hob ihren linken Unterarm an den Mund und biss kraftvoll hinein. Entsetzt glitt Harms' Blick von dem tennisballgroßen Krater in ihrem Arm zu ihrem Gesicht. Ein dickes Stück blutigen Fleisches hing zwischen ihren Lippen. Sie grinste ihn an und kaute schmatzend. Schließlich spuckte sie ihm einen Fleischbrocken entgegen und rammte sich das Messer tief ins Herz. Nach einem kurzen Aufstöhnen verdrehte sie die Augen und sackte leblos zu Boden.

Epilog

Untermalt von einem monotonen Rauschen fiel der Regen unablässig auf den Oldenburger Gertrudenfriedhof als würden die Engel im Himmel bitterlich die Seelen der Verstorbenen beweinen. Harms hatte sich seine Baseballkappe tief ins Gesicht gezogen, doch gegen die allgegenwärtige Nässe bot sie lediglich marginalen Schutz. Ein frischer Wind mit stetigen Böen peitschte feine Tröpfchen in sein Gesicht. Auf dem Grab, auf dem sein Blick ruhte, sammelte sich der Regen in Rinnsalen, die sich hier und da zu kleinen Pfützen formierten. *Ob die Verstorbenen etwas von den Wetterkapriolen über ihren letzten Ruhestätten mitbekommen? Wahrscheinlich nicht*, dachte Harms, *genauso wenig wie von den Tränen ihrer Angehörigen.*

Das hinderte ihn nicht daran, mit seiner Nichte zu reden, die am Rande des Familiengrabs bestattet lag. »Es tut mir leid, dass ich dich nicht beschützen konnte.« Harms wischte über seine feuchten Augen. Nach einer Weile wanderte sein Blick weiter zur Ruhestätte seines Vaters Georg und er stellte sich vor, mit dem alten Mann, wie noch kürzlich im Pflegeheim, bei Kaffee und Kuchen zusammenzusitzen und ihm von seinem Tagesablauf zu erzählen. Diesmal war auch Lisa bei ihnen. Zwar war Harms wegen der schweren Haut- und Muskelverletzungen in seinem dick bandagierten Arm nur vermindert einsatzfähig, aber als Inhaber einer Detektei konnte er es sich nicht erlauben, gar nichts zu tun. Selbstständig kam schließlich von selbst und ständig, man kannte das. Heute hatte er neben routinemäßiger Büroarbeit begonnen, in einem Fall von *Ghosting* zu ermitteln, bei dem eine verzweifelte junge Frau zu ergründen versuchte, warum sie quasi über Nacht, scheinbar ohne ersichtlichen Grund von ihrem langjährigen Freund verlassen und auf sämtlichen Kanälen blockiert worden war. Harms sah vor seinem geistigen Auge, wie er von seinen Recherchen berichtete und seinen Vater dabei mit der Kuchengabel fütterte, die der mit seinen zittrigen Händen nicht mehr gut benutzen konnte. An manchen Tagen, wenn die Alzheimerkrankheit die Persönlichkeit ihres Opfers gerade nicht mit unbarmherziger Härte ausquetschte und ein paar lichte Minuten zuließ, hatte er mit dem alten Mann ein beinahe normales Gespräch führen können. Das waren die wertvollen Momente gewesen, in denen bis zuletzt echte Nähe möglich gewesen war. Vorbei, zumindest in dieser Realitätsebene. Nicht zuletzt durch seine Erlebnisse in der jüngeren Vergangenheit war Harms in den letzten Wochen zu der Annahme gelangt, dass die objektive Realität nur eine von mehreren Dimensionen darstellte. Vermutlich existierten die Seelen der Verstorbenen in einer anderen Ebene weiter, was etwas Tröstliches war. Immerhin hatte er eindrücklich miterlebt, wie Dämonen auf der Erde ihr Unwesen trieben, also musste es auch Engel geben und beim Himmel handelte es sich nicht nur um einen von der Bibel propagierten Sehnsuchtsort, erfunden, um Gläubige zu einem gottesfürchtigen Leben zu verleiten.

Ein eiskalter Windhauch ließ ihn frösteln. Er zog den Reißverschluss seiner Jacke hoch und verabschiedete sich stumm von seinem Vater und Lisa. Mit den Händen in den Hosentaschen vergraben, eilte er in Richtung Friedhofseingang. Die Bisswunde in seinem Bein war schon so gut wie verheilt und beeinträchtigte ihn beim Laufen nicht mehr. Während er ein Grab nach dem anderen passierte, dachte er an den Friedhof auf dem Anwesen der Schlachterei. Hinter dem Bungalow, in dem Henry gewohnt hatte, hatten die Behörden über ein Dutzend Skelette von Hunden, Katzen und Nagetieren gefunden, die in der Erde verscharrt worden waren. Zwischen den Tierkadavern war außerdem die skelettierte Leiche eines jungen Mädchens ausgegraben worden. Die Annahme bestätigte sich später, dass es sich um die Überreste von Jessica Lejeune handelte, der Tochter des Schamanen.

Plötzlich spürte Harms ein Kribbeln im Nacken und er fuhr herum. Außer ihm hatte sich keine Menschenseele an diesem regennassen Spätnachmittag auf den Friedhof verirrt. Jenseits der Gräber erstreckte sich ein Wäldchen, dessen noch karge Baumwipfel sich sanft im Wind wiegten. Er konnte sich des Eindrucks nicht erwehren, dass ihn zwischen den Bäumen und Sträuchern jemand beobachtete. Mit zusammengekniffenen Augen versuchte er, im dunklen Unterholz etwas zu erkennen, das dort nicht hingehörte.

Schließlich wandte er sich unwirsch kopfschüttelnd um und ging weiter. Ihm war, als wäre die Düsternis sein ständiger Begleiter geworden, nie weit entfernt und darauf lauernd, sich ihn einzuverleiben. Seit einer Weile plagten ihn vermehrt schreckliche Albträume, die während seines Aufenthalts in den Ardennen angefangen hatten. Grausame Bilder von dämonischen Wesen und Fratzen schlichen sich nachts in seinen Kopf, immer wieder musste er hilflos zusehen, wie die Menschen, die er liebte, geschändet und übel zugerichtet ihre letzten Atemzüge aushauchten. Als er den Friedhof durch das schmiedeeiserne Tor verließ, vibrierte sein Handy in der Hosentasche und bescherte ihm ein schmerzhaftes Déjà-vu. Vor rund drei Wochen hatte er an ziemlich genau derselben Stelle den Anruf von Lisa erhalten, der ihn in die Ardennen geführt hatte.

Harms erreichte sein Auto, wuchtete sich auf den Fahrersitz und zog energisch die Tür zu. Er nahm die Kappe vom Kopf, schmiss sie auf den Beifahrersitz und strich sich über den feuchten Schädel. Nachdem er das Auto schon gestartet und die Scheinwerfer eingeschaltet hatte, siegte doch seine Neugier. Er zog das Handy aus der Hosentasche und spähte aufs Display. Im Autoradio lief der Song *Running up that Hill* von Placebo. Eine neue Nachricht von Bernadette: *»Vielleicht hast du Lust vorbeizukommen und mir Gesellschaft zu leisten?«* Angefügt hatte sie ein Kuss-Emoji. Unwillkürlich stahl sich ein Lächeln auf sein Gesicht. Er hatte seit einer Woche nichts mehr von ihr gehört und wusste gar nicht, dass sie wieder im Lande war.

»Klar, bin in einer Stunde da«, schrieb er zurück und fügte ebenfalls einen Kuss hinzu. *Die Einladung war ein Lichtblick zur rechten Zeit,* dachte er, während er vom Parkplatz fuhr. Und vielleicht war das alles, worum es beim irdischen Dasein ging. Genügend Licht zu entfachen, um die Dunkelheit in Schranken zu halten und zu verhindern, dass sie über einen herfiel.

Nachwort

Dieses Buch entstand 2020, einem Jahr, das uns sicher allen wegen der Pandemie in eher unschöner Erinnerung bleiben wird. Für mich war 2020 geprägt von dem Verlust eines geliebten Menschen, weswegen ich mich Harms in dieser Geschichte oft besonders nahe gefühlt habe.

Bei den örtlichen Gegebenheiten habe ich mir einige kreative Freiheiten erlaubt. Die Orte gibt es zwar alle wirklich, manche Schauplätze basieren allerdings allein auf meiner Fantasie. Ich habe mich jedoch bemüht, das Flair der Ardennen wiederzugeben, auch wenn es dort meist weniger unheimlich ist als in dieser Geschichte. Lasst euch also von mir einen Urlaub in den Ardennen nicht verderben! Die Figur der Fleischerin wurde übrigens von der Serienmörderin Katherine Knight inspiriert, die auch als Australiens Hannibal Lecter bezeichnet wird.

An dieser Stelle möchte ich mich noch mal bei allen Lesern bedanken, die dem Vorgängerroman *Dschinn* mit ihrer Stimme zum Gewinn des Skoutz-Awards 2020 in der Rubrik ›Horror‹ verholfen haben. Ich hoffe, dass euch auch *Ardennen* gefallen hat und würde mich sehr über eine Bewertung auf den gängigen Portalen freuen. Lasst mich auch gern wissen, ob ihr weitere Geschichten dieser Art mit Harms lesen wollt.

Passt auf euch auf in dieser außergewöhnlichen Zeit und bleibt gesund!

Februar 2021, André Wegmann

VERLAGSPROGRAMM

www.redrum.de

01 Candygirl: *Michael Merhi*
02 Lilith Töchter, Adams Söhne: *Georg Adamah*
03 Höllengeschichten: *Wolfgang Brunner*
04 Roadkill: *Alex Miller, Joe De Beer*
05 Bad Toys: *Anthologie*
06 Gone Mad: *A.C. Hurts*
07 Mindfucker: *Joe De Beer*
08 All Beauty Must Die: *A.C. Hurts*
09 Runaways: *Alexander Kühl*
10 Love Of My Life: *A.C. Hurts*
11 Klipp Klapp … und du bist tot!: *Mari März*
12 Carnivore: *A.C. Hurts*
13 Lyrica: *Jane Breslin*
14 Der Feigling: *Andreas März*
15 Kinderspiele: *Wolfgang Brunner*
16 Victima: *Sam Bennet*
17 Blutbrüder: *Simone Trojahn*
18 Fuck You All: *Inhonorus*
19 Cannibal Holidays: *Ralph D. Chains*
20 Kellerspiele: *Simone Trojahn*
21 Der Leichenficker: *Ethan Kink*
22 Lyrica – Exodus: *Jane Breslin*
23 Gone Mad 2: *A.C. Hurts*
24 Der Leichenkünstler: *Moe Teratos*
25 Wutrauschen: *Simone Trojahn*
26 Dort unten stirbst du: *Moe Teratos*
27 Fida: *Stefanie Maucher*
28 Die Sodom Lotterie: *Ralph D. Chains*
29 Streets Of Love: *Ralph D. Chains*
30 Er ist böse!: *Moe Teratos*
31 Franka: *Moe Teratos*
32 Melvins Blutcamp: *Dagny S. Dombois*
33 Frosttod: *Moe Teratos*
34 Franklin: *Stefanie Maucher*
36 Hexentribunal: *Gerwalt Richardson*

87 Das Leben nach dem Sterben: *Simone Trojahn*
88 Paraphil: *Jacqueline Pawlowski*
89 Schicksalshäppchen 2 – Dark Menu: *Simone Trojahn*
90 Schicksalshäppchen 1: *Simone Trojahn*
91 Pro-Gen: *Wolfgang Brunner*
92 Selina´s Way 2: *Simone Trojahn*
93 Tunguska: *U.L. Brich*
95 Ausgeliefert an das Böse: *A.C. Hurts*
96 Hof Gutenberg: *Andreas Laufhütte*
97 Bad Toys 2: *Anthologie*
98 Sam – Band 1 Die Jagd: *Gerwalt Richardson*
99 Sam – Band 2 Die Lust: *Gerwalt Richardson*
100 Geständnis 1: *Moe Teratos*
101 Geständnis 2: *Moe Teratos*
102 Moonshine Games: *Jutta Wölk*
103 Cannibal Holidays 2 - Reborn: *Ralph D. Chains*
104 Martyrium: *Baukowski*
105 Schaffenskrise: *Simone Trojahn*
106 Dschinn: *André Wegmann*
107 DOGS: *Andreas Laufhütte*
108 Vertusa: *Moe Teratos*
109 Der Teufelsmaler: *Gerwalt Richardson*
110 Cannibal Love: *Ralf Kor*
111 Leiser Tod: *Moe Teratos*
112 Der Kehlenschneider: *Moe Teratos*
113 Weltenbruch: *Moe Teratos*
114 Deep Space Dead: *Murray Blanchat*
115 Sam – Band 3 Der Preis: *Gerwalt Richardson*
116 Bull: *M.H. Steinmetz*
117 Giftiges Erbe: *Simone Trojahn*
118 Sinnfinsternis 2 – Diener des Chaos: *Reyk Jorden*
119 Leid und Schmerz: *Michael Merhi*
120 Die Sonne über dem südlichen Wendekreis: *Georg Adamah*
121 Die Anstalt der Toten: *Moe Teratos*
122 Pott-Mortem 1– Oktoberblut: *Andi Maas*
123 Snuff.net: *Jean Rises / Elli Wintersun*
124 Das Vermächtnis des Jeremiah Cross: *Andreas Laufhütte*
125 Insanes: *Gerwalt Richardson*
126 Alvaro: *A.C. Hurts*
127 Macimanito: *Ralf Kor*
128 Jelenas Schmerz: *Moe Teratos*
129 Once upon a Time in … Baukowski and Friends

130 Pott-Mortem 2 – Die Blutgruppe: *Andi Maas*
131 Hof Gutenberg 2: *Andreas Laufhütte*
132 Mutterfleisch: *Simone Trojahn*
133 Bärenblut: *U.L. Brich*
134 Spirituosa Sancta: *Baukowski*
135 Der Teufelsmaler 2: *Gerwalt Richardson*
136 House Of Pain: *Marco Maniac*
137 Engel des Todes: *Marc Prescher*
138 Schwarze Sau: *J. Mertens*
139 Drecksmutter: *Anais C. Miller*
140 Der Zwischenraum: *Stefanie Maucher*
141 Mordhaus: *Moe Teratos*
142 Mordsucht: *Moe Teratos*
143 Das Mordgesindel: *Moe Teratos*
144 Mordversprechen: *Moe Teratos*
145 Blutige Ketten: *Moe Teratos*
146 Blutiger Augenblick: *Moe Teratos*
147 Blutige Bestien: *Moe Teratos*
148 Blutiges Finale: *Moe Teratos*
149 Tage der Vergeltung: *Simone Trojahn*
150 Straße Der Gerechtigkeit: *Simone Trojahn*
151 Am Ende Der Hoffnung: *Simone Trojahn*
152 Hof Gutenberg 3: *Andreas Laufhütte*
153 Snuff Theater: *Pjotr X*
154 Die Hölle von Bossenborn: *Anais C. Miller*
155 Opus Eins: *Simon Lokarno*
156 Abrechnung mit dem Universum: *J.Mertens*
157 Sadistic Forest: Ralph D. Chains
158 Sam – Band 4 Das Ziel: *Gerwalt Richardson*
159 Teufelssommer: *Andi Maas*
160 USA 2084: *Pjotr X*
161 Home Invasion: *J.Mertens*
162 Carnivore 2: *A.C. Hurts*
163 Schwarzer Herbst: *Dagny S. Dombois*
164 Ardennen: *André Wegmann*

REDRUM CUTS

1. Bizarr: *Baukowski*
2. 50 Pieces for Grey: *A.M. Arimont*
3. Koma: *Kati Winter*

4. Rum und Ähre: *Baukowski*
5. Hexensaft: *Simone Trojahn*
6. Still Morbid*: Inhonorus*
7. Fuck You All - Novelle: *Inhonorus*
8. Das Flüstern des Teufels: *A.M. Arimont*
9. Kutná Hora: *André Wegmann*
10. Die Rotte: *U.L. Brich*
11. Blutwahn: *André Wegmann*
12. Helter Skelter Redux: *A.M. Arimont*
13. Badass Fiction*: Anthologie*
14. Bloody Pain: *Elli Wintersun*
15. In Flammen: *Stefanie Maucher*
16. Denn zum Fressen sind sie da: *A.C. Hurts*
17. Die Chronik der Weltenfresser: *Marvin Buchecker*
18. Psychoid: *Loni Littgenstein*
19. Geisteskrank: *Marc Prescher*
20. Sweet Little Bastard: *Emelie Pain*
21. Süchtig nach Sperma: *Marco Maniac*
22. Badass Fiction 2019*: Anthologie*
23. Human Monster: *Stephanie Bachmann*
24. Wut: *Alexander Wolf*
25. Perfect Match: *A.C. Hurts*
26. Harlekin: *Loni Littgenstein*
27. Nachts, wenn die Lämmer schreien: *Anais C. Miller*
28. Hexenwerk – Die 13: *Moe Teratos*
29. Badass Fiction 3
30. Nur ein Stich: *Andrea Storm*

Limited Edition

01 Toter Schmetterling: *Simone Trojahn*
02 This is Madness: *Michael Merhi*
03 Eine Verhängnisvolle Mutprobe: *Andreas Laufhütte*
04 Hexensaft: *Simone Trojahn*

SIMONE
TROJAHN
TOTER
SCHMETTER
LING
REDRUM

ANDI MAAS
TEUFELS
SOMMER
EIN
POTT-MORTEM-THRILLER
REDRUM

ANDRÉ WEGMANN
HORROR
DSCHINN
REDRUM

ANDREA STORM
Bizarro Fiction
NUR EIN STICH!
REDRUM CUTS

REDRUM loves you!

REDRUM liebt dich!

Printed in Poland
by Amazon Fulfillment
Poland Sp. z o.o., Wrocław

92000866R00195